CONOCIENDO A TÍA KELLY

Francis Molehorn

I0652811

Venus and Amor
Publishing

Derechos de autor

DEDICATORIA

A todos aquellos que me han soportado durante el proceso de creación de esta novela.

A los que me han ayudado con su apoyo y sus consejos.

A aquellos que me han aceptado como soy y no han intentado corregirme implantándome sus «valores morales».

A aquellos que son capaces de tomar la sexualidad con naturalidad y amplitud de criterio.

A Alan Lambert y a la Tía Kelly.

DEDICATORIA

A todos aquellos que me han soportado durante el proceso de creación de esta novela.

A los que me han ayudado con su apoyo y sus consejos.

A aquellos que me han aceptado como soy y no han intentado corregirme implantándome sus «valores morales».

A aquellos que son capaces de tomar la sexualidad con naturalidad y amplitud de criterio.

A Alan Lambert y a la Tía Kelly.

PRÓLOGO

La tía Kelly no era familia de ninguno de nosotros. Solamente estaba casada con el tío Heller, que tampoco era pariente nuestro, sino un amigo de la infancia de nuestro padre, y a través de él habíamos heredado el vínculo ficticio. A los dos los conocíamos desde que teníamos uso de razón.

No recordábamos ninguna Navidad ni Año Nuevo en que no nos hubiéramos juntado, aunque fuese por un momento, para darnos un abrazo y regalarnos algo.

Definitivamente eran nuestros tíos favoritos, muy lejos de los que compartían nuestra sangre. Entre esos había de todo, pero —sin llegar a ser insufribles—, les faltaba mucho para llegar al encanto y la generosidad de nuestros «tíos Heller».

Una ironía del destino hizo que el día que me tocaba cumplir los diecisiete años, todas mis expectativas de pasar un día inolvidable con mis amigos se estrellaran con la noticia de que la tía Kelly había tenido un accidente de automóvil y se encontraba hospitalizada en la unidad de cuidados intensivos. Según las informaciones, estaba en coma inducido y con respiración asistida.

Los antecedentes eran confusos y cuando llegamos al hospital, el médico tratante no tenía tiempo de atendernos.

El tío Heller estaba en Alemania y le correspondía a mi padre hacerle llegar la mala noticia, pero no quería hacerlo hasta que no hubiera algo más de claridad acerca del estado de la tía.

—Además del médico de guardia, ¿hay alguien que nos pueda dar alguna información? —preguntó mi padre a la enfermera que estaba detrás del mesón.

—El médico vendrá enseguida, señor —respondió la mujer, repitiendo lo que había venido diciendo durante la pasada hora y media.

—Pero ¿cuál es el problema? —insistió mi padre, ya cercano a perder definitivamente la paciencia—. ¿Qué estamos esperando? ¿La están operando? ¿Están haciendo algo?

—Por supuesto, están haciendo todo lo posible —aseguró la enfermera—. Entiendo su inquietud, señor, pero ahora lo que hay que hacer es esperar. ¿Le puedo traer algo de beber? En esa máquina hay café.

—No, está bien —respondió mi padre con gesto sombrío—. Gracias.

Volvió a sentarse a nuestro lado y me dijo, mirándome con una sonrisa.

—Alan, vete. No tienes necesidad de quedarte aquí. Ya te informaremos de lo que suceda. —Y tomándome la mano y apretándomela con cariño agregó—. Feliz cumpleaños, hijo.

Mi primera reacción fue la de negarme y solidarizar con el resto de la familia presente, que eran solamente mi padre y mi madre, ya que mis dos hermanos, Herb y Sal, estaban con sus respectivas novias y no se habían enterado de nada. Sin embargo, comprendí la lógica de las palabras de mi padre, o eso fue lo que mi egoísmo me llevó a creer, y decidí hacerle caso.

Y lo peor de todo es que, con el paso de las horas, me despreocupé totalmente. Más tarde intentaría convencerme a mí mismo de que tenía la corazonada de que la tía Kelly se salvaría y se recuperaría perfectamente de su accidente, pero claro que no era otra cosa que el más pútrido oportunismo, y lo que ocurrió fue que me olvidé.

Al regresar, de madrugada, la familia ya estaba durmiendo y no había manera de obtener ninguna información. Por una parte me fastidió no tener noticias, pero también algo me tranquilizó. Si hubiera empeorado o estuviera en peligro de muerte, seguramente mis padres se hubieran quedado en el hospital, o al menos habrían estado despiertos a la espera de noticias.

Estaba claro que mi capacidad de autoexculpación era ilimitada, pero había sinceridad en mis presentimientos, aunque no estuvieran apoyados en lógica alguna.

No podía ser que alguien como la tía Kelly muriera a los cuarenta años. Era demasiado lo que tenía ante sí, demasiada necesidad de vivir la vida, de ser feliz y de hacer felices a los demás. Por esas fechas, yo todavía no tenía una idea cabal de cuál era la dimensión en la que se manejaba la tía Kelly para ser feliz, y especialmente para hacer felices a los demás, pero con el paso del tiempo me fue quedando clara, y sin siquiera esperarlo.

Cuando entré a mi dormitorio, sobre mi mesa de noche había un paquete en papel de regalo y una tarjeta. El paquete contenía una Tablet de más de seiscientos dólares que yo había soñado con tener y un teléfono celular de última generación. En la tarjeta se podía leer, debajo de los parabienes por mi cumpleaños, que la tía Kelly había salido del coma inducido, que su situación era estable y que iba a ser operada dentro de unas horas. Los médicos esperaban un desenlace positivo, aunque la intervención era complicada.

Después me enteraría de que el accidente había sido muy serio, y que el coche había quedado totalmente destruido. La persona que iba al volante, obviamente, no era el tío Heller, sino otro señor que ninguno de nosotros conocía, pero nuestra familia era discreta y no se preocupó de indagar demasiado. Además el hombre había resultado prácticamente ileso, porque su reacción instintiva había sido la de girar el coche hacia la izquierda, de modo que el grueso del impacto se produjo en el lado del pasajero.

Cuando escuché todos esos detalles mi corazón dio un vuelco. Ya podían haberme dicho que la tía Kelly estaba gravísima y que se debatía entre la vida y la muerte y yo lo iba a sentir, desde luego, pero que hubiera podido quedar desfigurada después de un accidente de esas dimensiones me llenó de consternación.

La tía Kelly era un ejemplo para mis hermanos mayores y yo de lo que debía ser una hembra.

No es que lo conversáramos mucho, pero trascendía cada cierto tiempo la admiración por esos muslazos cincelados que aparecían debajo de su falda cuando cruzaba las piernas, ese busto generoso y perfecto que latía debajo de su blusa cuando reía y ese trasero esculpido por Dios, que hacía de sus andares un ballet erótico incomparable.

Si cualquiera de esas partes de su anatomía hubiera sufrido merma a causa del accidente, ya hubiera sido una pérdida para el género humano. Pero si ese rostro anguloso de belleza italiana se deformaba, equivaldría a lo que fue la destrucción de la cara de la Virgen de *La Pietà* en la Catedral de San Pedro, por un descentrado mental.

Todas esas virtudes exhibidas por la tía llegaron incluso, según me enteré por terceros, a transformarse en la inspiración de alguno de mis hermanos —o ambos— para alguna sesión de placer solitario.

Debo confesar que cuando escuché ese extremo me vinieron algunas ideas a la cabeza, pero primó mi respeto por la tradición, y seguí con el Playboy.

Pasaron varios días antes que nos permitieran verla. El tío Heller había vuelto apresuradamente de Europa y estaba con ella día y noche. En principio las visitas no eran bienvenidas, pero en nuestro caso tanto el tío como las enfermeras hacían una excepción por la cercanía de nuestra familia con la paciente.

El tío Heller se alegró de verme y se levantó para darme un fuerte abrazo cuando entré, en una manifestación de efusión que ya le conocía en su trato con nosotros.

—Está descansando —me dijo—. Pero puedes hablarle si quieres. Está muy sedada, pero estoy seguro que nos oye.

Las palabras se escuchaban como una fabulación para esconder algo muy grave, y convencerse de que todo iría bien, pero yo también sentía la necesidad de sumarme a la farsa, porque no podía aceptar que esto terminara así.

Me acerqué a la cama de la tía Kelly, con el miedo corroyéndome el alma ante la posibilidad de verla mutilada, y mi corazón dio un vuelco cuando vi su faz, serena y bella como siempre, aunque con un tubo en la boca para asistirla en su respiración.

Las facciones estaban intactas y mis aprensiones me hicieron verla todavía más hermosa de lo que la recordaba. Su pelo negro le caía al costado de la almohada, como la *Bella Romana Durmiendo*, de Clément, y por primera vez en mi vida, me vi en la libertad de gozar sin impedimentos la visión de la perfecta línea de su cuello.

Ni siquiera la presencia del tío Heller me hizo renunciar a darme aquel íntimo e inofensivo placer de la carne. El tío había vuelto a sumergirse en sus pensamientos, y seguía cabizbajo al borde de la silla.

La tía Kelly emitió una leve tosecilla y el tío saltó como un resorte, al punto que tuve que sostenerlo para que no se desplomara sobre la enferma.

—Es sólo una tos, tío —dije suavemente.

El tío Heller seguía con los ojos desorbitados tratando de descubrir la razón de la reacción, y revisando tubo por tubo y sonda por sonda.

—Si quieres llamo a la enfermera —dije, intentando tranquilizarlo.

—No —dijo, algo más calmado, y volviendo a su lugar en la silla—. Tienes razón. Ha sido sólo una tos.

Lo miré, pensando, con la mirada perdida en algún lugar del embaldosado, y entendí por primera vez lo profundo de sus sentimientos por esa mujer. Todo lo que no había demostrado en los años que lo conocía, había aparecido ahora como una abrupta declaración pública de amor, y como la demostración de un miedo enfermizo de perderla.

En ese momento sentí una vergüenza atroz por los pensamientos impropios que había tenido, no sólo al aprovechar la oportunidad de observar con lujuria el cuello y el incipiente nacimiento del pecho de la tía Kelly en su lecho de enferma, sino por todas las imágenes impuras y los pensamientos licenciosos que me había permitido tener alguna vez, con ella en la memoria.

La historia completa, por cierto, tenía varias aristas.

La tía Kelly era conocida oficiosamente como el putón en residencia de la familia Heller, así como de la nuestra, por extensión, y se sospechaba que su vida, sin ser disipada del todo, o por lo menos disimularlo muy bien, dejaba bastante espacio para especulaciones de infidelidad y para calificar al tío Heller de cornudo abobado e ingenuo.

De hecho, ni siquiera se preocupó de indagar desde que volvió de Alemania, quién era el sujeto que viajaba con su mujer en el coche y que había propiciado esta dramática situación. A pesar de todo, ya fuera por costumbre o porque las cualidades de la tía ensombrecían todas las demás sospechas, ese tema no se tocaba casi nunca, y cuando se hacía era a través de ambigüedades, que podrán haber sido decidoras pero que, en realidad, decían poco.

—¿Te quedas aquí por un momento? —me dijo el tío Heller mientras se levantaba—. Necesito ir al baño.

—Por supuesto —le dije—. Ve tranquilo.

El tío se marchó, no sin antes dirigirle otra mirada a su mujer. Tuve la impresión de que quería decirle algo pero que se contuvo por mi presencia. Seguramente no quería parecer tan loco ni tan sentimental, aunque no estaba teniendo demasiado éxito en sus esfuerzos.

Me quedé solo con la tía Kelly.

A cada momento me parecía más bella, y me comenzaba a entrar una sensación de rabia por lo que nos estaba haciendo. ¿Por qué tenía que andar corriendo en coche como desaforada, con un amante que ni siquiera se preocupó por su estado? Esperaba que el hijo de puta pagara por su irresponsabilidad con la cárcel, y que cuando saliera alguno de mis hermanos le diera la paliza de su vida.

Aunque su culpa era parcial. La principal culpable era esa mala pécora que me enseñaba su cuello de porcelana y el nacimiento de su pecho celestial, y que cada vez me enamoraba más, con su rostro limpio de maquillaje, más hermoso que nunca. ¿Sería posible que todo fuera a terminar allí?

—¡Mala puta! —susurré casi sin quererlo—. No sea que te vayas a ir antes de volver a gozar tu cuerpo majestuoso con mi mirada, y de escuchar tu risa ronca y pastosa que parecía ser una invitación al placer. No te puedes ir sin que me hayas contado en detalle toda tu vida, en la que nunca tuve parte, y por eso me lo debes. Tengo derecho a que me lo cuentes todo, porque yo sí te he amado a pesar de la lujuria. Siempre te he sido fiel sin esperar nada. Mis hermanos se pajeaban contigo, pero nunca te amaron. Yo sí. A cambio de nada. Mala puta. No me puedes dejar así.

Al cabo de un momento la puerta se volvió a abrir y entró el tío Heller con un café en la mano y una bebida para mí.

—Si quieres comer algo, hay una máquina en el pasillo —me dijo. Y echando mano a su monedero agregó—: Toma, aquí tienes.

Mientras le decía que no y le agradecía por el ofrecimiento, me di cuenta que me corría una lágrima por la mejilla —cosa de la que no me había percatado mientras increpaba a la tía Kelly—, y me la sequé apresuradamente.

El tío Heller me miró con una sonrisa de simpatía.

—Se pondrá bien —me dijo—. No te preocupes, que se pondrá bien.

1

Había pasado más de un año después que se llevaran a la tía Kelly a Alemania para someterla a un tratamiento de recuperación luego de una serie de intervenciones al cerebro, que nos eran descritas en detalle por el tío Heller por medio de correos electrónicos frecuentes. En casa todos los leíamos con avidez, aunque nos dejaban exactamente igual que antes en cuanto a información debido a nuestra supina ignorancia en lo referente a temas de neurocirugía. Lo único que éramos capaces de captar y que nos interesaba realmente, eran las reflexiones finales que incluían el pronóstico de los especialistas, y que invariablemente eran optimistas y acercaban la fecha del regreso de la tía Kelly a casa.

El día llegó, y la familia en pleno estaba en el aeropuerto esperando la llegada de los Heller desde Alemania. Las perspectivas de una recuperación de la tía ya se habían afianzado, y todos estábamos expectantes por verla llegar caminando por su propio pie y sin vestigios de secuela alguna de su gravísimo percance. Lo que nadie hubiera osado imaginar era, sin embargo, la forma en que la recuperada tía Kelly se nos presentó a su regreso. Mientras todos aguardábamos a una señora cuarentona del brazo de su solícito marido y tratando de hacer el menor esfuerzo posible que la pudiera fatigar, lo que vimos salir de la recogida de equipaje fue una beldad morena en la flor de su vida, vistiendo una blusa fucsia con pequeños estampados y un pantalón vaquero ceñido que remarcaba sus curvas de modelo de pasarela. Llevaba la cabellera azabache suelta sobre los hombros, y su sonrisa de siempre iluminaba su rostro cuando nos saludó con la mano desde el interior.

Para nosotros fue como si hubiera salido el sol. Estábamos todos, menos Sal quien se había disculpado por tener que acompañar a su amiga a Pasadena. Nuestra reacción fue fragorosa y unánime: un grito de admiración que despertó la atención de la demás gente que esperaba pasajeros. La tía Kelly salió de la puerta de corredera empujando un carro en el que parecía traer su casa entera, incluyendo todo el mobiliario, y se acercó a nosotros mostrando una emoción que no le conocíamos, pero aderezada con su refulgente risa ronca y sensual.

Nos fue saludando uno a uno con abrazos apretados hasta perder el aliento y besos en las mejillas que dejaban marcas de lápiz labial que parecían indelebles. Cuando llegó donde yo estaba, se detuvo, me clavó los ojos, me agarró fuertemente las greñas que mi madre me había ofrecido dinero para que me cortara, y me dio un beso en los labios que parecía que no iba a terminar nunca. Más tarde, mi hermano Herbert me dijo que no había sido más que un piquito de nada, aunque no dejó de impresionarle el hecho de que me lo hubiera plantificado en el puto morro.

Yo estaba flotando en el aire ante el inesperado saludo, y tuvo que pasar algún tiempo antes de que aterrizara y me pusiera a pensar a qué se debió. Posiblemente el tío Heller le haya contado que estuve a verla varias veces, y que una de ellas me emocioné al punto de soltar una lágrima, como un gilipollas. Eso para una mujer tiene que ser un gesto admirable y digno de gratitud, especialmente viniendo de un palurdo como yo. Interiormente agradecí al tío Heller que hubiera recordado el incidente y que se lo hubiera comunicado a la tía.

Viajamos en caravana hasta la casa de los Heller y los dejamos que descansaran después de la paliza transcontinental, aunque, viajando en primera y a juzgar por el ánimo que traían, no pareció afectarles mucho. Mi padre insistió, eso sí, que el haberlos acompañado hasta la puerta fue un acto testimonial y que los íbamos a dejar, hasta la primera oportunidad que tuviéramos de juntarnos y de hablar de todo. Eso de «hablar de todo» desde luego era una generalización bastante poco apropiada, considerando que si había un tema que podría ser interesante en toda la odisea, éste era el menos indicado para ser discutido. El accidente mismo y las circunstancias que lo rodearon, ya habían quedado borrados de la memoria de todos los miembros de ambas familias y a nadie se le iba a ocurrir mencionarlo. De modo que «de todo» se iba probablemente a reducir al historial clínico y poco más.

Después de insistir diplomáticamente por algunos momentos, el tío Heller estuvo de acuerdo con nuestra voluntad de retirarnos y dejarlos descansar. A todo esto colaboró el que no nos hubiéramos siquiera bajado del coche, y que todas las negociaciones se llevaran a cabo a través de la ventanilla.

Aceptada la decisión, todo el mundo se dedicó a decir adiós con la mano y a lanzar besos, hasta que hubimos recorrido el caminillo que llevaba a la salida del condominio, y enfilado hacia la carretera. Yo todavía estaba impresionado por el saludo de la tía Kelly, y mi mente afiebrada que recién salía de la pubertad sin mayores honores, todavía se debatía por poner las ideas en su lugar.

Cuando la miré de nuevo mientras el coche se alejaba, había perdido la sonrisa. Me miraba fijamente sin manifestar ningún sentimiento reconocible. Esperó que el coche cruzara el puentecillo de salida, para darse vuelta y entrar a la casa, mientras yo no le podía quitar los ojos de encima.

Esa noche jugué con la idea de faltar a mi compromiso de honor con Hugh Hefner y aprovechar el sentimiento totalmente desconocido que se había despertado en mi interior para con la tía Kelly, pero desestimé la idea enseguida. Eran demasiadas las tradiciones y los deberes morales que había que infringir por un gustillo pasajero, que podía ser satisfecho fácilmente sin necesidad de sacrificar ningún principio. Además, en mi subconsciente algo me decía que si me permitía a mí mismo ver a la tía Kelly como algo más que la mujer del bueno del tío Heller, iba directo, en curso de colisión, al siguiente desengaño. Uno más de los tantos que me habían golpeado en mi breve andadura de relaciones con el sexo opuesto.

Los días pasaron y el tema de la recuperación de la tía Kelly fue perdiendo actualidad en las conversaciones habituales de la cena. Por mi parte, reconozco que duró un poco más, pero a través de una impecable faena de autoconvencimiento, en las que era tan ducho por mi propia experiencia, conseguí quitarme de la cabeza cualquier idea que tuviera relación con la tía Kelly y yo, que no correspondiera al más estricto ámbito doméstico. Dejé abiertas las opciones de mirar subrepticiamente sus piernas y de apreciarle el esculpido trasero cuando no me veía, como ya era una práctica habitual e incorporada a la normalidad de la convivencia entre las dos familias, pero en ningún caso incurrí en fantasías, ni mucho menos la utilicé como sujeto de inspiración culpable, como los depravados de mis hermanos. Ya hubiera querido ver yo a los cabrones si la tía Kelly les hubiera morreado como lo hizo conmigo. Habrían tenido una orgía de gayolas hasta el siguiente año bisiesto, y ni aun así habrían vivido lo que viví yo, porque no saben apreciar lo que tienen. Los dos tienen novia y siguen frotándose como si fueran niños. No es que yo fuera mucho mejor, pero tengo la excusa de la falta de alternativas.

Es lo que tiene ganarse fama de «intelectual» y de destacar en labores que, para los que realmente disfrutan la juventud, no son otra cosa que un aprovechamiento irracional del tiempo libre. La lectura, los clubes literarios y el entrenamiento de escolares en la práctica del béisbol, son categorías que en el diccionario de cualquier chico o chica *cool*, pasan a incorporarte irremisiblemente a la categoría de «perdedor».

Estaba embebido en mis pensamientos cuando mi madre se me acercó con un sobre en la mano.

—Alan —me dijo— ¿Has visto el sobre que te llegó?

¿El sobre? De la gente que yo conocía, no tenía información de nadie que supiera para qué podría servir el Correo. Todos nacieron cuando el mundo de las comunicaciones ya estaba confinado a la informática.

Mi madre me entregó la carta y se desentendió de mí. El sobre venía a mi nombre y no tenía remitente, pero lo que me sorprendió todavía más, es que cuando comencé a leer el mensaje noté que tampoco tenía destinatario. Simplemente comenzaba en la primera frase.

Me alegro que estés tan interesado en mi vida, y me has dado una buena idea. Creo que debemos juntarnos para que

*vayas anotando mis relatos para futuras memorias. Sé que
eres serio y que escribes bien, y a mí no hay nada que me
aburra más que sentarme sola a esperar que se me ocurra
algo para garabatear en una página.*

*No sé si debo estar complacida o decepcionada que
nunca te hayas masturbado pensando en mí, pero eso no cambiará los términos de nuestra relación. Llámame cuando tengas tiempo para hacer una cita para nuestra primera reunión
de trabajo. Ya ves que no te he dejado todavía.*

La Mala Puta

Mientras leía, me cruzaban por la mente varias posibilidades. Una era ir a la cocina, coger un cuchillo y cortarme
las venas; la otra era tomarme toda la reserva de pastillas
para dormir que mi madre mantenía en el botiquín, y la tercera era saltar del puente más alto que encontrara, que podía
perfectamente ser el que me quedaba en el camino a la Em-
bajada de Francia, donde tenía la intención de ir a enrolarme
a la Legión Extranjera. Nunca me había sentido tan aver-
gonzado y tan humillado, y lamentaba no tener los poderes
de Carrie, para hacer mierda todo lo que estuviera a mi
mano, solamente con la fuerza de la mente.

La tía Kelly había escuchado todo lo que le solté en un
rapto de cólera sentimentaloide y ahora me lo estaba enros-
trando punto por punto. Y lo peor es que no puedo decir
que no me lo hubieran advertido. El tío Heller me dijo que
le hablara y que seguro que entendía lo que le decía, aunque
obviamente lo tomé como un desvarío más de un hombre
desesperado. Ahora el desesperado era yo por bocón y por
no creer en locuras.

Plegué la carta y me quedé sentado, tratando de buscar alguna salida menos cruenta a mi desesperación. Poco tardé en darme cuenta que, en realidad, toda la agitación no era otra cosa que una pose para dar énfasis a una situación, que no solamente no era negativa, sino que abría perspectivas insospechadas. Empecé a atar cabos y entendí que el beso en el aeropuerto respondía también a mi desafortunado monólogo en el hospital, y que lo que le había dicho a la tía Kelly cuando pensaba que no me entendía, había sido recibido con complacencia.

Volví a leer el inicio y comprendí que lo importante era lo que venía y no lo que había ocurrido. La tía Kelly había depositado toda su confianza en mí, no sólo intelectualmente sino afectivamente, para que le colaborara en la redacción de lo que esperaba que fueran sus memorias. Y para recalcar esa confianza me había hecho saber que estaba enterada de mi actitud irrespetuosa y degenerada, y que a partir de allí las cosas tomarían un rumbo creativo. Ahora había que pensar hacia adelante.

Guardé la carta en el sobre y la escondí en un lugar donde nadie pudiera encontrarla, especialmente los cabrones de mis hermanos. En primera instancia había pensado en quemarla, pero me pareció demasiado melodramático y además lo único que yo quería era conservarla, por lo menos hasta ver cómo se desarrollaban las cosas. Mientras tanto esperaría hasta que se dieran las condiciones para poder llamar a la tía Kelly y hacer una cita. La primera era la de que mi corazón dejara de latir como una batería antiaérea y pudiera proferir algo que no fuera un balbuceo de retrasado mental, y la otra era la de ordenar mis ideas suficientemente para saber en qué me estaba metiendo.

Sacando cuentas y eliminando paréntesis, lo que me podía hacer sentir más orgulloso y lo único que razonablemente podía esperar, era el crédito que la tía Kelly depositaba en mi capacidad «literaria», al encomendarme la tarea de consignar sus intimidades para una publicación posterior. Si bien me embargaba una curiosidad morbosa por enterarme de cosas que la tía Kelly nunca había confesado a nadie antes, esa era toda la connotación sexual que le atribuía a la actividad, y cualquier esperanza de otro tipo moría allí. La idea, lejos de decepcionarme, me tranquilizó y me aboqué íntimamente a la preparación de mi inesperado papel.

2

—¿Aló?

El corazón me dio un respingo, pero me complació el haber calculado correctamente que el tío Heller no estuviera en casa para responder el teléfono. No sabía muy bien por qué había tomado esa precaución, considerando que nada de lo que hacía tenía algo para ser reprochado, pero no me imaginaba el tener que saludar al tío y pedirle que me dejara hablar con su mujer.

—¿Tía Kelly?

—Alan —dijo con su voz ronca y afable—, qué bien. ¿Llamas para hacer una cita?

Su voz sonaba como siempre, como si entretanto no hubiera pasado nada, como si la relación no hubiera cambiado de un minuto para otro de forma radical con las obscenidades que se me ocurrió musitarle al oído cuando pensaba que no me oía.

—Llamo para saber cómo estás —mentí.

—Estoy bien. ¿Cuándo puedes venir?

—Cuando quieras —dije renunciando a seguir tratando de hacer conversación—, aunque los fines de semana me vienen mejor porque no tengo escuela.

—Perfecto. ¿Qué te parece el próximo viernes?

—Espera, que lo apunto —dije, dándole el carácter más formal posible a la cita, aunque por dentro estaba temblando.

Por muy distendida que fuera la conversación y por muy natural que pareciera la actitud de la tía Kelly, algo tiene que haberle quedado de lo que yo dije que consideraba reprochable o, si no, habría omitido cualquier mención a eso en su carta.

—El viernes —ratificó la tía Kelly—. Vente sobre las seis. ¿Te parece?

—Perfecto —respondí—. El viernes a las seis.

Mientras la tía hablaba, escuché a lo lejos la voz de alguien que tomé por el tío Heller, y segundos después sentí el ruido del auricular colgado con energía. Me pareció extraño, pero le resté importancia. La verdad es que, si bien estaba lo suficientemente paranoico como para ponerme a relacionar cosas, también estaba demasiado entusiasmado con la nueva tarea que estaba a punto de acometer. La estaba tomando como un verdadero desafío intelectual. Me sentía como William Holden en *Sunset Boulevard*, a punto de verse envuelto en la telaraña de una mujer difícil y fascinante.

Como joven diligente que era, me puse a investigar en internet todo lo relacionado con aquellos que han colaborado en autobiografías, tratando de desentrañar su metodología. Desgraciadamente, lo único que conseguí fue deprimirme, al constatar que se trataba de escritores de primera línea, que habían hecho de esas colaboraciones una carrera periodística. Había llegado el momento de la improvisación y, por supuesto, lo primero que me saltó a la cabeza fue encontrar el sistema más fácil y de menor esfuerzo. Como la tecnología está ahí para algo, decidí llevar una grabadora y registrar todo lo que la tía Kelly me quisiera contar, para después seleccionar lo importante y transcribirlo al ordenador. Así no había cómo equivocarse. Todo el proceso se llevaría a cabo de forma fluida, y yo no tendría de otra cosa de qué preocuparme que de lo que la tía me contara, sus años mozos, sus experiencias en el trabajo, su vida familiar, y quizás algún que otro escarceo erótico.

Me daba igual, realmente. Lo que me ilusionaba era poder compartir una tarde con esa mujer inalcanzable que me gustaba tanto, disfrutarla para mí solo, admirar su belleza y aspirar su aroma de perfume francés que nos volvía locos a todos. El tener que tragarme los capítulos áridos de su biografía para eso, era un precio que estaba dispuesto a pagar gustoso

La llegada de mi hermano Sal interrumpió mis disquisiciones.

—Hola, enano, ¿qué haces el fin de semana? —preguntó desde la puerta.

Hube de morderme la lengua para no revelar mis planes y no tuve que hacer uso de demasiada imaginación para encontrar una respuesta adecuada.

—Estoy ocupado.

—¿Te quieres ganar veinte pavos?

—No.

Sal no estaba para escuchar mis respuestas.

—Meg tiene que hacer de niñera el viernes —dijo— y te ofrezco que lo hagas tú para que ella quede libre. ¿Veinte pavos?

—¿Eres sordo? Te dije que no —respondí.

Se quedó algo descolocado por mi reacción, conociendo mi disposición a ayudar, especialmente cuando el trasfondo del favor era sentimental y había dinero de por medio.

—¿Estás seguro? —insistió con una sonrisa enigmática.

—¡Joder!

—Bueno, bueno. Tranquilo. Sólo era una pregunta. Supongo que no podré mejorar la oferta.

—No —aseguré—. No podrás.

—Ni siquiera si te prometo contarte lo que hicimos la tía Kelly y yo en Venice Beach.

Dejé pasar unos momentos como si estuviera distraído, aunque en realidad era para ordenar mi cabeza después del abrupto ofrecimiento.

—¿Y qué coño me podrá importar a mí lo que hiciste con la tía Kelly en Venice Beach? —dije.

—Ya verás cómo te interesa cuando entre a los detalles. ¿Veinte pavos? Última oportunidad.

—Vete a la mierda. El viernes estoy ocupado. Y el sábado y el domingo y el Día del Juicio. ¿Me entiendes? Te tendrás que follar a tu amiga con el bebé llorando en su cuna. Yo estoy ocupado.

Sal se sorprendió de verme tan encrespado, pero su propósito no era preocuparse de mi estado de ánimo, sino conseguir a alguien para que le cuidara un niño a su amiga mientras ellos fornicaban. Sin manifestar ni mucho ni poco interés, se dio media vuelta y se largó, dejándome con otra imagen en la cabeza, que estaba condenada a quedarse pegada allí por bastante tiempo: Sal con la tía Kelly en Venice Beach. Además venía a sumarse a las otras, que habían convertido mi ya limitado cerebro en un pandemónium.

Para no seguir llenando de basura mí ya repleto contenedor mental, decidí volver a mis tareas inmediatas, que se circunscribían específicamente a una: olvidarme de la tía Kelly hasta que llegara el maldito viernes.

Y el maldito viernes llegó.

El hogar de los tíos Heller estaba en el sitio más caro de

Beverly Hills. Siendo el tío Heller un exitoso hombre de negocios podía permitirse lo mejor de lo mejor, y lo hacía con gran entusiasmo. Su casa estaba ubicada en una zona paradisíaca, aunque desde fuera no podía apreciarse demasiado debido a las altas vallas que la circundaban. Para llegar hasta allí había que adentrarse varios kilómetros desde la parada del último bus, que estaba yo obligado a coger, debido a que todos los coches de la familia habían sido reservados por los miembros más adultos. Yo solía ser el último de la lista cuando se trataba de la repartición. Entre otras cosas también, porque fui el último en sacar los documentos y todavía no había demasiada confianza en mi pericia como conductor.

El condominio no estaba demasiado lejos y, haciendo un simple cálculo matemático, llegué a la conclusión de que perfectamente me podía permitir llamar un taxi y llegar a mi reunión con la tía Kelly a lo grande. Recogí un bloc para tomar apuntes y una pequeña grabadora, que solía utilizar en clases, para registrar lo que me contaran. La premuní de una tarjeta de memoria que me permitía grabar hasta sesenta horas, en calidad de Mp3. Guardé todo un paquete de baterías que me permitiría mantener funcionando el aparato por horas y horas, y me dispuse a salir.

El taxi llegó puntualmente, y a las seis de la tarde me estaba dejando delante de la majestuosa entrada del condominio de los tíos Heller.

El chofer me miró con algo de extrañeza.

—¿Es aquí? —dijo, como comprobando por última vez.

—Aquí es —respondí.

Me dijo el coste del viaje y seguramente esperaba una

generosa propina, teniendo en cuenta la esplendidez del lugar al que me estaba llevando, pero como la posibilidad más viable era que yo estuviera allí para limpiar los baños, decidí no tratar de aparentar lo que no era, le agregué el 10 por ciento de la tarifa, y tan amigos.

Tuve que esperar algún tiempo antes que el intercomunicador comenzara a crujir y la voz de la tía Kelly surgiera de entre los chirridos.

—¿Dígame?

—Tía Kelly, soy Alan.

—Te abro. Asegúrate que la verja quede totalmente cerrada cuando entres.

El zumbido del mecanismo y el leve clic de la cerradura me señalaron que tenía vía libre para entrar a la propiedad. Empujé el pesado portón, me fijé que quedara bien cerrado y comencé a caminar hacia la casa, que estaba a unos 300 metros de la entrada.

El camino estaba rodeado de prados y de arboledas que circundaban todo el muro. Antes de llegar a la puerta ante la cual se erigían dos ostentosas columnas, los senderos se bifurcaban, uno hacia el portón de entrada, y el otro hacia la parte trasera de la mansión en la que se encontraban la piscina y los garajes. Ante la casa estaban estacionados el BMW de la tía Kelly y el segundo cochazo del tío Heller, un Mercedes Benz del año pasado, que generalmente no usaba, por lo que quise suponer que el tío no estaba. Aunque era perfectamente igual de posible que el Mercedes de este año, que era el que solía utilizar, estuviera en la cochera. Por otra parte ¿qué diferencia podría hacer que estuviera o no? Lo más posible es que me hubiera saludado afectuosamente como siempre y se hubiera retirado a su estudio a hacer sus cosas. Y además, ¿cuál era el sentido de quedarse a solas con la tía Kelly? ¿Qué podría esperar? Empezaba a sentir lástima por mí mismo y por mis estupideces de púber desubicado, cuando llegué a la escalerilla que daba al portón, de doble hoja y elegantes ventanales de vidrio biselado.

La puerta estaba abierta y consideré que habría sido superfluo volver a llamar, de modo que me dirigí hacia el amplio salón en el que suponía que me esperaba la tía Kelly y el que conocía tan bien después de innumerables visitas familiares.

Y ahí estaba. Esperándome, con su top negro de tirantes, sus pantalones vaqueros y una humeante taza de café en la mano. Me sonreía con la misma expresión de siempre, tan relajada y simpática como la había visto desde que tenía uso de razón. Se acercó a mí y me dio un beso en la mejilla.

—Qué bueno que hayas venido —me dijo—. Tenemos mucho que conversar. ¿Vienes preparado?

—Sí —respondí—. Pero te confieso que no sé mucho qué hacer.

—Nada especial —dijo sentándose a mi lado—. Solamente escuchar mis aburridas historias, ponerlas en papel y ordenarlas sin faltas de ortografía.

—Bueno, eso puedo hacerlo —dije, totalmente ayuno de cualquier frase inteligente o ingeniosa. Tampoco osé hacer una referencia amable a su afirmación de que lo que me iba a contar era aburrido. Si hubiera sido un caballero había replicado que estaba seguro que no lo sería, pero ni era un caballero, ni sabía si iba a ser aburrido o no, de modo que me abstuve de agregar nada respecto al tema.

—¿Cómo te sientes? —pregunté mientras descargaba mis útiles para iniciar la sesión.

—¿Cómo me veo? —preguntó de vuelta.

—Despampanante —respondí con sinceridad.

—Pues así me siento —fue su respuesta.

Abrí mi mochila y extraje el bloc, aunque sabía que no me sería demasiado útil, y la pequeña grabadora.

—Vaya —dijo la tía Kelly cuando la vio—. Tú tienes una igual a la de Gottfried.

Ese era el nombre de pila, inconfundiblemente alemán, del tío Heller y la razón por la que lo llamábamos tío Heller.

La tía Kelly se volvió a poner de pie y caminó hacia una de las gavetas de la voluminosa estantería de la sala, la abrió y sacó un aparato similar al mío aunque seguramente más caro.

—Esta es una de las declaraciones de amor más emocionantes que me ha hecho Gottfried en todos los años que llevamos juntos —me dijo mientras volvía a sentarse, esta vez en el sillón frente a mí—. Llevó esta grabadora al hospital para hablarme y contarme todo lo que sentía mientras yo estaba inconsciente para, en el caso que yo realmente no le escuchara, poder mostrármela cuando despertara.

—Estaba destrozado —dije, perdiendo toda discreción—. Yo nunca lo había visto así.

—Yo sí —dijo la tía Kelly—. Varias veces y por otras razones. Yo ya sabía que tenía un corazón, y de oro además.

La tía Kelly seguía manipulando el aparato, por razones que yo no terminaba de entender, hasta que llegó al punto que aparentemente buscaba y presionó la tecla de reproducir. Tardé algunos segundos en identificar la voz que salía de la grabación, pero lo que decía me ayudó a reconocerla:

—*Mala puta. No sea que te vayas a ir antes de volver a gozar tu cuerpo majestuoso con mi mirada…*

—¡Oh Dios! —exclamé totalmente derrotado y esperando solamente que la tierra me tragara.

La tía Kelly soltó una de sus roncas carcajadas, mientras

yo consideraba seriamente echarme a correr.

—¿Qué te pasa? —dijo divertida.

—No puedo creer lo que está pasando —dije con un halo de voz—. No me digas que se lo hiciste oír al tío Heller.

—No —respondió—. Él me lo hizo oír a mí.

—Dios, apiádate de nosotros —dije, casi a punto de echarme a reír también.

—Yo no escuché una palabra cuando me lo dijiste —dijo la tía Kelly—. Estaba totalmente K.O. Pero Gottfried dejó el aparato grabando por accidente y tú, por supuesto, no lo sabías. Es decir, me insultaste directamente al micrófono.

—¿Por qué no me pegas un tiro en la cabeza y terminamos todo esto? —pregunté—. ¿O tengo que esperar que lo haga el tío Heller?

—¡Qué dices! —dijo la tía Kelly—. Él estaba tan emocionado como yo. Me dijo que ya le hubiera gustado a él hablarme así. Seguro que yo se lo habría recompensado con creces.

—¿Eso era todo? ¿Para eso me hiciste venir? —dije, con la esperanza de que la respuesta fuera sí, y me ahorrara el resto de la humillación.

—Por supuesto que no. ¿O es que ya no me quieres ayudar?

—¿Y qué pasará cuando llegue el tío Heller?

—El tío Heller no llegará —dijo la tía Kelly—. Se fue a pasar unos días a San Francisco. Si quieres que alguien te pegue un tiro, tendrás que hacerlo tú solo.

En ese punto tuve que sonreír cortésmente, pero la idea no me parecía mala.

—Además —prosiguió la tía Kelly—, lo que seguramente haría si te viera, sería darte un beso y preguntarte cómo van los estudios. No hay nada que Gottfried valore más que la lealtad. Él es capaz de ponerse en el camino de una bala por defender a un amigo, y confía ciegamente en la gente que no lo ha defraudado. Eso sí, esa confianza hay que ganársela y hay que demostrársela. A mí me costó un tiempo hacerlo, pero lo he conseguido.

La tía Kelly se acomodó en el sofá, dispuesta a iniciar las labores.

—¿La tuya o la mía? —dijo, mirándome directamente a los ojos y con un tono insinuante.

—¿Qué? —pregunté con la guardia totalmente baja.

—Tu grabadora o la mía —aclaró, volviendo a su actitud más fría.

—Ah, la mía —respondí—. De todos modos tengo que llevármela para transcribir lo que digas.

—Bien —dijo, dejando el aparato sobre una de las mesillas del salón—. Ahora déjame que empiece por una historia que no es mía, pero que marcó mi vida.

3

«Cuando yo tenía 24 años», comenzó la tía Kelly, «yo había egresado de la Universidad con bastante desahogo y trabajaba desde hacía un par de años en una agencia de seguros, cuando mi mejor amiga, Roxy, fue a hacerse unos exámenes médicos y le diagnosticaron una rara enfermedad, cuyo nombre he olvidado expresamente. Le dijeron que se preparara porque no tenía más de un año de vida. Posiblemente lo podría vivir satisfactoriamente con la medicación adecuada, aunque en las últimas semanas su estado se deterioraría mucho. Yo fui la primera a la que Roxy le contó la historia, antes que a su padres, y estuvimos llorando hasta que nos dio la noche. En ese momento Roxy tomó la determinación de aprovechar todo lo que la vida todavía le podía ofrecer y, para nuestra sorpresa, todo lo que se imaginaba era perfectamente legal, moral y sano desde los parámetros de una sociedad evolucionada.

»Lo primero que hizo fue renunciar a su trabajo, y se llevó la sorpresa de su vida cuando su jefa recibió la noticia con notorio alivio, aunque manifestando su pesar por la gravedad de la situación. Roxy inició su camino por la realidad y la realización personal, con la comprobación de que había estado a punto de compartir posiblemente décadas de su vida con una panda de cabrones, egoístas y desagradecidos, que habían abusado de sus servicios por años y ahora se alegraban de que se fuera. A pesar de todo aquello en lo que se hallaba, se alegró de la manera como iban yendo las cosas.

»—Dentro de todo, —me decía— estoy agobiada por la situación pero también por haber sido tan imbécil y no haberme dado cuenta que no estaba viviendo realmente. Y ahora que no me queda vida, tengo que recuperar lo que no he hecho.

»Esas palabras me abrieron los ojos. Es verdad. ¿Por qué tomar la decisión de empezar a vivir la vida recién cuando una toma real conciencia de que se va a terminar? Porque eso lo sabemos desde que tenemos uso de razón. Lo que alargamos es el tiempo de decisión. ¿Por qué no hacerlo cuando uno tiene mucho tiempo por delante y, en lugar de disfrutar los últimos meses, ponerse a disfrutar las últimas décadas? Se lo dije y me encontró la razón. Desde ese momento hicimos un pacto. Seríamos mejores que nunca con nuestros semejantes, pero no renunciaríamos a nuestra propia felicidad. El no tener que responder por nuestros actos no significa que tengamos que caer en una vida de abandono e insensatez. Todo lo contrario, ahora éramos libres para elegir lo mejor para nosotras y para los demás, con la conciencia tranquila y sin deberle nada a nadie.»

Asentí enfáticamente mientras garabateaba en mi blog algunos datos para encontrarlos después en la grabación.

—Puedes interrumpirme cuando quieras —me dijo la tía Kelly— y preguntarme lo que quieras.

—¿Todo lo que quiera? —pregunté con una duda específica que me rondaba por la cabeza y que tenía directa relación con el cabrón de mi hermano.

—Todo lo que quieras —aseguró. Y recostando su cabeza sobre el respaldo del sillón, continuó:

—Tu tío Heller y tu padre me conocieron en esas fechas, justamente en la etapa de encontrarme a mí misma.

Ellos eran como hermanos. De hecho en un principio pensé que eran hermanos, pero no. Solamente eran amigos desde la adolescencia y habían pasado muchas cosas juntos. Estuvieron juntos en el ejército, tu padre fue el padrino de nuestra boda mientras estaba de novio con tu madre. Se acompañaron y se apoyaron siempre y nada parecía poder separarlos.

—¿Hasta que apareciste tú? —pregunté sin poder contenerme.

—Alan —respondió en tono de reproche—, yo jamás habría interferido en cosas familiares, y tu padre y tu madre eran como familia de Gottfried, porque él no tenía más parientes que los pocos que le quedaban en Alemania, y lo más cercano que tenía era tu padre. Además, pareces no haber entendido que el hecho de que me emancipara no quiere decir que me haya vuelto deshonesta ni criminal.

—Por supuesto que no, tía Kelly —me apresuré a asegurar—, eso lo he entendido perfectamente.

—Llámame Kelly —corrigió mi tía.

Yo ya lo hacía de vez en cuando, como todo sobrino cercano, pero esta vez parecía significar que, al menos mientras estuviéramos trabajando, nuestra relación era necesariamente formal y seria como para que la llamara por su nombre y no por parentescos inexistentes.

—¿Tu matrimonio se produjo antes o después de lo de Roxy? —pregunté con tono profesional.

—Después —respondió.

—¿Y a pesar de todo te casaste?

La tía Kelly sonrió

—Vamos por parte —dijo—. No adelantemos acontecimientos. Déjame contarte toda la historia, a menos que te aburras.

—No —salté—, de ninguna manera. Perdona.

La tía Kelly volvió a adoptar su pose relajada en el sofá y estuvo a punto de sacarme de mi concentración una vez más, a pesar de los enormes esfuerzos de convencimiento que había hecho antes de salir, y después al llegar a la casa, de no dejarme llevar por las hormonas.

Era la primera vez que me encontraba solo frente a la tía Kelly. Su actitud no había variado demasiado respecto a la que tenía cuando estábamos rodeados de parientes y amigos. Sin embargo, el poder observarla en el medio del escenario con una luz direccional, y dedicando toda su atención a mi persona, era algo que no había experimentado nunca y que me estaba provocando una ensalada de pensamientos difíciles de compaginar y todavía más complicados de explicar.

La afabilidad y frescura que mostraba en reuniones más concurridas, había sido desplazada, aunque no totalmente reemplazada, por un estilo más objetivo, algo más frío. Seguramente era porque no estábamos allí para hablar del tiempo y la salud sino de su vida, y porque se trataba básicamente de una reunión de trabajo. Ese sutil cambio de actitud estaba teniendo efectos altamente inapropiados en mí, que yo trataba de disimular a través de quitarme de la cabeza cualquier pensamiento impuro, cualquier recuerdo comprometedor y toda, pero absolutamente toda reminiscencia de Hugh Hefner, en cualquiera de sus manifestaciones.

«A las pocas semanas de hacer nuestra declaración de principios», continuó la tía Kelly su relato, «me encontré a tu tío Heller en el último lugar en el que esperaba hallar a un hombre de negocios de mediana edad, elegante y de exquisitas maneras: un bar de mala muerte de la zona menos recomendable del Hollywood Boulevard. Yo había llegado allí sin darme cuenta, mientras regresaba de casa de Roxy. Me encontraba tan alterada como cada vez que nos veíamos, y mis esfuerzos por no hacérselo ver me desgastaban hasta el agotamiento, al punto que tuve que detenerme a beber algo en el primer tugurio que encontré.

»Esperaba encontrarme con damas de alterne y bármanes con tatuajes y barba de cinco días, pero lo que yo quería era beber algo para calmar los nervios y largarme cuanto antes, sin perder una sola mirada a mi alrededor. Lo que encontré sin embargo fue un pub perfectamente tradicional, en el más conservador sentido de la palabra, con un camarero de chaleco negro y pajarita. La concurrencia parecía más interesada en conversar de sus negocios —que en mi paranoia convertí inmediatamente en dudosos—, que en importunar a mujeres solas. No era el público común de los bares de más categoría, pero tampoco llamaba la atención por su modestia.

»Eso sí, lo de los negocios dudosos no me lo quitaba de la cabeza, y mis sospechas se vinieron a confirmar con la entrada de un hombre que llevaba gafas oscuras, a pesar de que el local estaba en semipenumbra. Lo acompañaban varios gorilas que parecían ser sus guardaespaldas. De reojo pude ver cómo el hombre se dirigió a una de las mesas ocupadas por dos parejas, y se sentó después de saludar con frialdad a los dos varones. Las mujeres se levantaron y se retiraron discretamente, mientras los hombres se quedaban conversando. En ese momento reconocí algo de lo que temía que encontraría. Por la naturalidad con que las jóvenes dejaron a sus supuestas parejas para que charlaran con tranquilidad, y por los atuendos que llevaban –vestidos ajustados de escote profundo y vistosas lentejuelas–, era obvio que se trataba de una compañía circunstancial y prescindible.

»La constatación me hizo apurar el cóctel que el camarero me había puesto. Le había pedido lo más suave que tuviera después del Shirley Temple, de modo de no correr riesgos con el 0.8 en la sangre. Había contado con bebérmelo con calma, poner mis ideas y mis sentimientos en orden y esperar que bajara un poco el alcohol para engañar al aparato, en caso de un eventual control. Sin embargo, no me sentía tan segura como cuando entré, de modo que decidí apresurar un poco las cosas.

»Al venírseme a la mente la palabra 'seguridad' se me encendieron las alarmas. ¿No se trataba acaso de tomar riesgos sin necesidad de ser insensata? ¿No era que estaba en un proceso de descubrimiento de vivencias nuevas? ¿Qué es eso de huir a la primera de cambio porque cuatro mesas más allá había un grupo de personajes de apariencia sospechosa, haciendo negocios tal vez inconfesables pero sin meterse con nadie, ni mucho menos conmigo? Al fin y al cabo yo era una mujer, y esa clase de especímenes estaba fuera del círculo de gente interesante de esos hombres, a juzgar por el trato que les dieron a sus compañeras. 'Qué demonios' pensé, 'me quedaré por aquí hasta que baje el porcentaje y hasta que me sienta lo suficientemente fuerte para asumir mi soledad en mi apartamento.

»Tal como pensaba, no ocurrió nada fuera de lo común mientras estaba sentada en el amplio mesón, picoteando maní y bebiendo sorbos de mi copa. Excepto por la llegada de tu tío Heller. Entró como si fuera el dueño del establecimiento, vistiendo con elegancia real, sin anillos ni prendedores y con telas auténticamente costosas. El Rolex era claramente original y las gafas que sobresalían del bolsillo del pecho de su saco eran de las caras. Se acercó al mesón y se sentó dos banquillos más allá. No pareció enterarse de mi presencia y esperó sin decir nada hasta que el barman se le acercó y le puso delante un vaso de licor y unas patatas para picar. Tu tío Heller agradeció con un breve gesto y pareció sumirse en sus pensamientos. Estaba claro que era un cliente habitual y el dependiente lo trataba con gran deferencia.

»Recién cuando me miró me di cuenta que lo había estado mirando fijamente sin percatarme de mi imprudencia. Pero no era para menos. Era alto, rubio, hermoso, de facciones regulares y un cuerpo atlético. En ese entonces tenía 35 años pero no los representaba. Yo tenía nueve años menos, pero por mis vestimentas formales daba la impresión de ser más mayor. Me había entretenido observando su perfil de estatua del dios Thor, con su ceño severo, su nariz aguileña y su firme mandíbula. Tenía un aire soñador mientras lamía suavemente el borde de su copa, entre sorbo y sorbo.

»Cuando me clavó sus ojos azules hice lo único que no debería haber hecho: bajé la mirada apresuradamente como si hubiera sido sorprendida en una indiscreción, cosa que efectivamente había ocurrido. Según me enteré más tarde, porque tu propio tío Heller me lo dijo, lo que había que hacer en esos casos era sostener la mirada por unos segundos, como si fuera mera curiosidad y después volver la vista hacia otra cosa de la manera más displicente posible. Eso dejaba abiertas todas las posibilidades sin mostrar debilidad; una sabia estrategia que me ha sido de mucha utilidad en el curso de mi vida.

»Afortunadamente tu tío Heller no hizo caudal de mi turbación y siguió concentrado en su bebida. Daba la más sincera impresión de que no tenía ningún interés en mí y eso me permitió seguir mirándolo, aunque de forma más disimulada. Tenía un aire de gran seguridad, sin ser arrogante, y me imaginaba que cualquier intento de acercamiento por mi parte habría sido recibido con cortesía, pero no me parecía apropiado tomar ninguna iniciativa. Y eso que la elección de lo apropiado o no apropiado estaba siendo muy laboriosa.

»En mi cerebro hojeaba incesantemente el manual de las niñas exploradoras para tratar de descubrir cuál era el mejor sistema para que no se me escapara, pero al mismo tiempo para que no pensara que yo era una de las colegas de las chicas que se habían ido al servicio a empolvarse la nariz. El hombre parecía acostumbrado al ambiente y tal vez por eso se mostraba tan indiferente conmigo, pero no me podía imaginar que tuviera que ver directamente con el negocio. Su porte era demasiado elegante y sus prendas demasiado de buen gusto para eso.

»En medio de mis cavilaciones me sorprendí pensando que mis reacciones y mis dudas no eran otras que las que solía tener antes de cerrar el pacto de honor con Roxy y conmigo misma, y me pregunté si realmente sería capaz de llevar a cabo la transformación. Yo había nacido en una familia y en una sociedad en las que las tradiciones y las reglas eran para cumplirse, y cualquier convenio separado, aparte del que teníamos con Dios y con nuestros ancestros era nulo de toda nulidad. Ese solo pensamiento, que yo había cargado a mis espaldas durante tanto tiempo y que había coaccionado mi vida hasta transformarme en una oveja servil de todo lo que fuera autoridad, fue el que me hizo estremecerme de ira, respirar hondo y armarme de valor.

»—¿Te puedo hacer una pregunta? —escuché decir a

una voz muy parecida a la mía, y noté que mis labios se movían pero no me parecía que fuera yo la que hablaba.

»Tu tío Heller giró la cabeza con cierta extrañeza y me miró con sus ojazos azules hasta traspasarme.

»—Seguro —respondió—. ¿Qué quieres saber?

»Desgraciadamente mi valor me acompañó hasta ahí y me quedé muda, esperando que mi temblor no se notara demasiado, y que la seguridad que había puesto en mi pregunta no se desvaneciera totalmente y me dejara en evidencia como una farsante.

»Puede ser que esa inseguridad que me consumió hubiera tenido un efecto inesperadamente positivo, ya que me hizo bajar los ojos, sonreír levemente y volver a mirar fijamente mi copa.

»Lo que no era más que un signo de cobardía, al parecer fue interpretado como una coquetería y por lo visto despertó la curiosidad de aquel que parecía un hombre de mundo.

»—Déjame adivinar —dijo acercándose al banquillo más cercano a mí.

»—No —respondí—, no adivines. Si adivinas me dejarás en vergüenza.

»Lo que sonaba como una muestra más de picardía no era sino la más rigurosa las verdades. Ya me sentía fatal con lo que había iniciado y no tenía idea cómo terminar, para que ese desconocido todavía comenzara a humillarme, describiendo la impresión que le estaba dando.

»—Como quieras —me dijo calmadamente—, pero esto no va a quedar así. Si crees que me voy a dar por satisfecho con haberte visto una vez y haber dejado una pregunta sin formular, estás muy equivocada.

»Echó mano a su bolsillo y extrajo una estuche de plata

del que sacó una tarjeta de visita y me la extendió.

»—Cuando quieras terminar la frase, llámame —dijo—. No te preguntaré tu nombre. Solamente dime que eres la Diosa del Pub.

»—¿La Diosa del Pub? —repetí divertida— ¿Y crees que me reconocerás por eso?

»—No te quepa duda —respondió—. No puede haber una descripción más inconfundible.

»A esas alturas me estaba comportando como una estúpida colegiala, pero sentía que no podía hacer nada al respecto. Bajé la vista nuevamente y guardé la tarjeta en mi cartera, aprovechando para buscar mi billetera, pagar y largarme cuanto antes de allí.

»—¿Cuánto es? —pregunté al hombre del bar.

»—Está cancelado, señora —me respondió con cortesía.

»Miré a tu tío Heller con cara de pregunta pero él no se dignó a responder mi mirada. El hombre parecía cada vez más enigmático. ¿Cuándo había pagado mi cóctel? ¿En qué momento había hablado con el barman? ¿O tenía algún código privado para entenderse con el personal? ¿Significaba eso que tenía alguna participación en el negocio; en el mismo en el que un hombre de gafas oscuras cerraba tratos, para mí claramente ilegales, con un grupo de personajes sospechosos?

»Mi decisión de marcharme cuanto antes aumentó y no atiné a protestar, sino a levantarme e irme sin siquiera dar las gracias. Cuando pasaba a su lado, todavía sin mirarme, me cogió del brazo y me atrajo hacia sí hasta que mi cara casi rozara la suya.

»—Lee la tarjeta antes de tirarla —me dijo—. Es lo único que te pido.

»El calor del local, la penumbra, el licor recién ingerido, esos ojos azules y ese aroma a perfume francés que me invadió en su cercanía, fueron motivos suficientes para que, sin sospecharlo y sin atinar a nada para impedirlo, dejara que sus labios depositaran un suave beso sobre mi boca y, casi sin quererlo, que yo misma estirara los míos para responderle el gesto.

»Cuando llegué al coche tuve que hacer un esfuerzo por recuperar mi serenidad. Había bebido poquísimo pero sentía como si tuviera una borrachera descomunal. Me senté al volante y esperé. No quería que, si encontraban algunas décimas de alcohol en mi sangre, más allá de lo permitido, también me estuviera comportando como si llevara encima una cogorza de campeonato. Y es así como me sentía.

»Había anochecido rápidamente y la calle estaba en penumbras. Las luces de los negocios de los alrededores no alcanzaban a llegar de lleno a mi coche, y así me quedé, sentada en la oscuridad por varios minutos.

»Maquinalmente abrí mi cartera y saqué la tarjeta. Encendí las luces interiores para ver qué decía. Tenía un logotipo de bastante buen gusto. Fuera de eso, no era la típica cartulina recargada de títulos, direcciones y teléfonos que suelen no dejar espacio alguno para escribir lo que realmente uno quiere que el interlocutor sepa.

»La empresa me sonaba bastante conocida por unos catálogos que había recibido hacía poco de una oficina de promoción inmobiliaria. Junto al nombre, *Gottfried Heller*, aparecía la palabra *Presidente*. No Gerente, ni Director: Presidente. Me imaginé que haber puesto "Dueño" era demasiado ordinario, y se habían decantado por un eufemismo más elegante. En otras palabras, el hombre que me había besado inopinadamente, desafiando mi voluntad, aunque no hubiera mucho para desafiar, y dejándome envuelta en un aroma de perfume francés, era el dueño de una empresa de bienes raíces, y no como yo pensaba, un malandrín de poca monta, aunque buen gusto para ropas.

»Me acerqué la tarjeta de visita a la nariz y aspiré profundamente el perfume que despedía mientras notaba que mis pezones se endurecían y que mi vagina comenzaba a humedecerse. Bendije íntimamente a mi suerte por no haber encontrado una falda suficientemente atractiva para ponerme y haber tenido que elegir un pantalón, lo que me apartaría de los turbios pensamientos y de la tentación de aflojar mis tensiones de manera tan burda en un automóvil aparcado en la calle. El problema es que el maldito pantalón tenía cierre delantero con botón y cremallera, lo que hizo todavía más fácil que mi mano bajara hasta encontrar mi sexo y, sin necesidad de remover mis bragas, pudiera comenzar a acariciar mi región más íntima.

»Los ojos azules del alemán del bar me seguían mirando insistentemente, mientras mi dedo medio acariciaba mi clítoris a través de la seda de la tanga, hasta conseguir un no presupuestado orgasmo que me ayudó a relajarme por un momento, pero que me dejó con una inquietud abierta que para mí se transformó en una obsesión que debía aliviar cuanto antes.»

Yo sinceramente no sé la cara que tendría, pero sé perfectamente la humillación que sentí cuando la tía Kelly me miró con aire divertido, y con esa voz pastosa y esa sonrisa romana me preguntó:

—¿Qué pasa, Alan? ¿Estás mal?

—No —respondí apresuradamente, mientras hacía esfuerzos porque no se me cayera nada de lo que tenía en las manos.

—Si vamos a escribir mi vida, tendrás que soportar alguna intimidad —me dijo—. Aunque si se te hace sentirte violento…

—¡No! —reaccioné, dando un brinco que volvió a hacer sonreír a la tía Kelly—. No te preocupes. Se trata de ser lo más veraces y lo más detallados posibles.

Esta vez la sonrisa de la tía fue algo más cáustica, entendiendo perfectamente por dónde iban mis palabras. A pesar de mi turbación, me di cuenta y no me importó un comino. Las cosas estaban marchando por un camino inesperado, y de lo único que me tenía que preocupar era de no hacer el imbécil y de que mis reacciones no fueran demasiado obvias. Por lo visto la tía Kelly estaba cómoda contándome su vida hasta los detalles más espinosos y no iba a ser yo el que le iba a poner problemas por eso.

—Pues bien, sigamos —dijo la tía Kelly, volviendo a acomodarse en el mullido sofá. Al estirarse para adoptar una posición más relajada, noté que el pantalón vaquero que llevaba tenía cierre delantero con botón. Y cremallera.

4

—¿Y dónde comenzaste la búsqueda? —pregunté.

«En el lugar más obvio», continuó Kelly, «y con métodos todavía más primitivos. Busqué en la guía telefónica el lugar donde estaban ubicadas las oficinas centrales, y me di una vuelta por los alrededores, sin la menor esperanza de encontrarlo, pero solamente para darme una idea de las dimensiones del negocio. Me encontré con un edificio de vidrio con enormes ventanales, ubicado en una zona relativamente elegante aunque no demasiado exclusiva del centro cívico de Los Ángeles, en uno de cuyos pisos funcionaba la sede administrativa de la empresa inmobiliaria de mi alemán. No eran las oficinas que se podrían esperar de un magnate, pero tampoco las de alguien que pasaba sus momentos libres en una tasca de baja ralea en los extramuros de la ciudad.»

A medida que iba avanzando el relato, el bar iba bajando de categoría. Según las primeras descripciones de la tía Kelly, se trataba de un establecimiento relativamente modesto pero dignamente arreglado, y si algo se le podría recriminar era la política de admisión de sus clientes. Ahora se había transformado en un tugurio y yo no tenía muy claro cuándo se había producido esa metamorfosis tan radical. Tal vez mi obligación de biógrafo me hubiera exigido que aclarara el punto antes de continuar, pero había tantas cosas que veía avecinarse en el relato, que preferí guardar silencio y esperar que la tía Kelly pusiera los antecedentes que considerara necesarios en el momento adecuado. Mientras tanto, ella siguió con su historia:

«Había perdido una mañana en visitar las oficinas de la empresa pero eso todavía no me demostraba que mi alemán era el dueño o si realmente trabajaba allí. La tarjeta se veía auténtica y el logo era el mismo pero, con las posibilidades actuales, el falsificarla hubiera sido un juego de niños. Decidí dar un paso más y buscar en Google por su nombre y, efectivamente, lo encontré. Figuraba entre las personas directamente relacionadas con la empresa inmobiliaria, con nombre, apellido y función, pero no fui capaz de encontrar una sola foto en la que poder reconocerlo.

»Me extrañó mucho que un personaje tan importante no tuviera ninguna imagen suya en un buscador de internet, cuando lo suyo habría tenido que ser una serie de televisión de aspirantes a dueños de empresas inmobiliarias. Tal vez, el hecho de que frecuentase sitios como aquel en que yo lo había conocido, también podría explicar su decisión de llevar un bajo perfil.

»Por un momento pensé llamar por teléfono para preguntar por él, pero lo más seguro es que me respondiera una secretaria, diciéndome que el señor Heller no estaba disponible en este momento, y que si quisiera hacer una cita se pusiera en contacto con el número tal y tal, bla, bla, bla.

»Pero, un momento; yo era la Diosa del Pub. Se supone que yo estoy más allá de citas, secretarias y salas de espera. Desde luego que era una apuesta demencial pero, si no resultaba, tampoco pasaba demasiado. Nadie me reconocería y el riesgo de dejar una mala imagen sería nulo. Por otra parte, de no tratarse de mi alemán, me importaba un huevo la impresión que pudiera dejar entre el personal de una empresa inmobiliaria que yo ni siquiera usaba.

»Tomé la tarjeta y marqué el número. Una voz femenina respondió dando el nombre del negocio y el consabido '¿En qué puedo ayudarle?'

»—Soy la Diosa del Pub —dije con frialdad.

»Mientras esperaba el '¿Qué?', y para mi gran sorpresa, la secretaria reaccionó con un simple '¿Un momento, por favor?' y colgó. Una irritante música comenzó a salir del auricular y estuvo taladrándome los oídos por algunos segundos, hasta que una voz familiar de hombre dijo:

»—¿Aló?

»—Soy yo —dije, mientras mi corazón latía con fuerza.

»—¿Dónde estás? —preguntó en ese tono de las llamadas cutres entre amantes, que siguen con '¿Qué llevas puesto?' Yo ya me estaba sintiendo bastante ridícula, pero ahora sí que me vi tentada a colgar y olvidarme de todo.

»Por suerte no pasó demasiado tiempo antes que mi alemán especificara, en un tono formal:

»—Digo, ¿estás en la ciudad?

»—Sí —contesté.

»—Bien. ¿Recuerdas el pub del que te convertiste en la diosa?

»—Por supuesto —dije riendo.

»—¿Puedes estar allí el viernes a las siete?

»Su voz sonaba como si fuéramos a reunirnos para discutir la formación de una empresa mixta.

»—Sí —respondí.

»—Entonces ¿nos vemos?

»—Nos vemos —dije, cerrando el trato.

»Lo único que escuché después fue el clic del teléfono

y el tono de marcar ocupado. Como de costumbre, inmediatamente después de colgar me invadió el arrepentimiento, evocando mis épocas pasadas y todo el complejo de culpa que cargaba sobre mis hombros desde el pecado original, y otros menos originales que se sucedieron entretanto.

»En medio de mi confusión me vino a la cabeza la idea de llamar a Roxy y contarle todo para que me diera algún tipo de apoyo moral, pero temí que me deprimiera más todavía. En todo caso, la cita estaba hecha en un bar de la zona menos recomendable de Hollywood, con todos los riesgos del caso, y se trataba de asumirlos o no, sin ambigüedades.

»Echarse atrás ahora habría sido una declaración de intenciones para toda la vida. Si había tomado una decisión era para llevarla adelante sin matices. El pensar que esta primera vez no sería consecuente, pero la próxima sí, era una claudicación tan cobarde que me avergonzaba solamente de considerarla. O ahora o nunca, qué joder.»

El énfasis que le ponía la tía Kelly a sus palabras demostraba cuán acertada fue la decisión de correr el riesgo, y cuántas ganas tenía de contar su historia para beneficio de generaciones posteriores. Yo estaba admirado de su capacidad de relatar de forma hilvanada y con todos los detalles, sin que yo hubiera necesitado interrumpirla para aclarar o completar nada. Cada vez me estaba involucrando más en una crónica de dos personajes a los que conocía desde mi infancia, pero que, en realidad, estaba comenzando a reconocer recién ahora.

—¿Y llegó el viernes? —pregunté.

«Llegó», me dijo la tía Kelly, «pero más tarde. Primero tuve que tomar algunas providencias para asegurarme de que todo iba a ir bien. A pesar de mis primeras aprensiones acerca de involucrarla en algo que la pudiera alterar, no pude resistirme y lo primero que hice fue hablar con Roxy, contárselo todo, mostrarle la tarjeta y darle la dirección del bar en el que nos íbamos a juntar. No quería ser tan melodramática como para decirle 'si han pasado tantas horas y no sabes de mí, ve a la policía', pero no estaba de más que mi mejor amiga supiera cuál había sido el periplo previo a mi desaparición, en caso que ésta se produjera.

»Roxy estaba bastante mejor cuando la fui a ver. Había terminado con un medicamento y había comenzado con otro más suave que no la tenía tan embotada todo el día como las otras píldoras. Se alegró de verme, me recibió con el cariño de siempre y las cosas fueron muy bien hasta que le conté lo de mi alemán.

»—¡Tú estás chiflada! —gritó.

»—Roxy, cálmate —dije—, no ha pasado nada todavía y estoy tomando las precauciones para que no haya sorpresas.

»—Pero no sabes nada de él —protestó—. ¿Qué pasa si es casado?

»—¿Y a mí qué cojones me importa que sea casado? —dije—. No pensarás que lo quiero para marido. Si es casado, pues me lo tiro y se lo mando de vuelta a su esposa. ¿Qué crees tú?

»—'Espero que ese desparpajo tuyo no te lleve por la calle de la desventura', suspiró Roxy, que se ponía maternal cuando veía que su ejemplar amiga pudiera descarriarse. El problema es que, de un tiempo a esta parte, ése era justamente el propósito. Y también el de ella, aunque no pudiera aprovecharlo en toda su magnitud por su estado de salud. Se lo recordé y me dio la razón, pero el tema tenía ramificaciones tan tristes que decidimos dejarlo allí.

»—De ser el que tú dices que es —concilió Roxy— sería un partido admirable.

»—¡Pero qué fijación por casarme, por Dios! —protesté.

»—Perdona —sonrió Roxy—, debe ser porque quiero que quedes segura después de…

»Yo sabía perfectamente lo que quería decir, porque ya lo había notado varias veces. Roxy no quería dejarme antes de que yo hubiera ordenado mi vida y adquirido cierta seguridad. Y eso en el preciso momento en que yo hacía todo lo posible por desordenarla.

»Su preocupación me conmovía, pero más por el hecho de que estábamos hablando de que me dejara, de que ya no la tuviera a mi lado. Me había convencido a mí misma de que me ocuparía de llorar por Roxy cuando llegara el momento y no antes, y que entretanto íbamos a sacarle todo el partido al tiempo que nos quedara, pero mi disciplina mental me abandonaba cada vez que surgía el tema.

»Mi Roxy, con su cabello negro y sus ojazos azules, su cuerpo bien torneado de figura de Rubens, aunque más rellenito de lo que ella hubiera deseado. No había bajado de peso con su enfermedad, y bromeaba diciendo que era lo que más le hacía ilusión de todo el drama. Siempre se quejó de estar demasiado gorda, y a veces no le faltaba razón, pero seguía siendo atractiva, con sus pechazos turgentes y sus curvas interminables.

»Yo tiré la toalla tratando de convencerla que estaba estupenda y que tenía que notarlo por la atención que despertaba entre los hombres. Ella lo atribuía a que se burlaban de ella, pero yo sabía muy bien que era otra cosa.

»Ya en la Universidad se acercaban chicos a preguntarme por ella, porque no se atrevían a enfrentarla directamente. Varios intentos de acercamiento habían terminado mal, por la persistencia de Roxy de pensar que lo hacían para reírse de ella.

»—Eres una burra —le decía—. Así no vas a follar nunca.

»Roxy se ruborizaba como una adolescente cuando me escuchaba hablar así, pero no cejaba en su obcecamiento.

»Solamente una vez la vi flaquear. Fue cuando le conté que Bruce Johannesen me había preguntado por ella. Era un gigantesco y exageradamente apuesto defensa del equipo de fútbol americano de la Uni, y el sueño húmedo de todas las porristas, que precisamente se reían de Roxy por el tamaño de su trasero. Y eso era justamente lo que pareció haber llamado la atención de Bruce, hasta llevarlo a preguntarme por ella. Por supuesto que yo me agarré de la oportunidad a dos manos, e hice todo lo posible para que no se me escapara.

»—¿Te gusta? —le pregunté a Bruce, haciéndome la gilipollas.

»—¿Gustarme? Me vuelve loco —respondió.

»—Espero que sea así —le dije— porque no quiero que le causen dolor.

»—En eso no te puedo prometer nada —dijo Bruce— pero que me vuelve loco, me vuelve loco.

»Tuve que reír ante la guarrada que me soltó, con un desparpajo como si fuéramos amigos de toda la vida. Su actitud hizo que creyera notar en sus palabras toda la sinceridad que se podía esperar de un jugador de última línea de defensa del equipo de fútbol americano de la Universidad, y eso me llevó a seguir elaborando por ese camino.

»—Te puedo conseguir una cita con ella —le dije—, pero bajo la condición de que me prometas que no la harás sufrir. Ella representa mucho para mí y como le hagas algo lo vas a pagar muy caro.

»No sé si sería porque mis palabras fueron muy poco convincentes para el gigantón, o porque realmente no tenía la intención de correr ese riesgo conmigo, pero el hecho es que las recibió con una calma que me tranquilizó.

»—No te preocupes —me dijo—. Yo soy el primer interesado en que todo vaya bien.

»—Bien —dije, cerrando el trato.

»Cuando se lo conté a Roxy, se quería morir. No hallaba dónde meterse y me dijo perentoriamente que ni amarrada la llevarían a encontrarse con ese tío y convertirla en el hazmerreír de toda la escuela.

»—Pero ¿no te gusta? —le pregunté.

»—Coño, cómo no me va a gustar. Está exquisito.

»—Pues él te encuentra exquisita a ti también. Deja de tocar los huevos y por lo menos permítele que te llame.

»—¿Qué me llame?

»—Sí —dije—. Está esperando mi visto bueno para llamarte.

»Los ojos de Roxy se iluminaron como si recién se hubiera dado cuenta de lo que se le estaba presentando ante sus ojos, y en un rapto de entusiasmo exclamó:

»—¡Pues, dáselo!

»Saqué mi teléfono y presioné la tecla de Bruce que había guardado en la memoria, y antes que Roxy tuviera tiempo de pensárselo, ya tenía al muchacho al aparato, feliz de recibir las buenas noticias. Cuando colgué, la cara de mi amiga había vuelto a apagarse.

»—No creo que resulte —me dijo en tono sombrío.

»—Vete a la mierda —respondí—. Resultará porque eres un amor, eres bella, eres lista, eres inteligente y el chico está loco por ti. ¿Qué cojones más necesitas? Me estás haciendo perder la paciencia.

»—Está bien, está bien —dijo Roxy—. Ahora tendré que iniciar la remodelación para la cita.

»—Nada de eso —dije—. Tú vas a ir tal como eres, que es como él se fijó en ti. Lo otro es mostrar demasiada intención de agradar o de no ser tú misma. Ni hablar.

»Roxy parecía estar resignada, como una res que llevan al matadero, y se limitó a asentir con la cabeza.

»—Lo único que tienes que hacer es contarme todo lo que ocurrió con detalles.

»Roxy me miró sin pronunciarse demasiado, pero parecía no ver con malos ojos la idea de comunicarme sus experiencias, aunque no tuviera muy claro cuáles serían.

»Por lo visto fueron absolutamente celestiales, y mi amiga siempre lo tuvo en cuenta cuando se trataba de mostrarme su gratitud por mi gestión. En un principio se pensó que se trataría de un encuentro puntual, pero se siguieron viendo de vez en cuando. Y cuando Bruce se enteró de la enfermedad, se hizo presente enseguida para interesarse por ella.»

Kelly hizo una pausa, como rebobinando sus pensamientos.

—¿Cuánto tiempo había pasado después que le diagnosticaron la enfermedad —pregunté.

—Había pasado un par de meses —me dijo la tía Kelly— y los síntomas no se habían agudizado.

—¿Tardaron mucho más en agudizarse? —pregunté.

—No —respondió—, no mucho. Y la etapa crítica duró varios meses. Durante todo ese tiempo Bruce estuvo a su lado. Ese primer encuentro fue memorable, pero nadie esperaba que la relación fuera a durar tanto.

—Es cierto —dije—. Unos pocos meses pueden parecer mucho tiempo.

—No fueron unos pocos meses —dijo la tía Kelly—. Ha durado más de 20 años y todavía están casados y tienen dos hijos. Viven en Glendale en una casa muy bonita pero hace mucho tiempo que...

—¿Te has propuesto martirizarme?— interrumpí.

La tía Kelly me miró con sus ojos intensos y, dándole aún más profundidad a su voz, me dijo:

—Alan, todavía no he comenzado a martirizarte.

Dejando pasar el comentario, intenté quitarle hierro al tema fingiendo hacerme la víctima.

—Con lo sensible que soy, me cuentas esa historia que me pone un nudo en la garganta y ahora resulta que es mentira.

—Nada de lo que te conté es mentira. Lo que pasa es que no había llegado al desenlace —dijo la tía Kelly—. Y no te preocupes por tus sentimientos. Los tendré muy en cuenta. Ahora vamos a cenar algo y después seguimos. Supongo que habrás contado con quedarte a alojar aquí. Podemos trabajar todo el fin de semana si quieres.

Yo no había hecho planes concretos, pero no había considerado la posibilidad de quedarme a dormir. Pensé que si las cosas se retrasaban podría llamar un taxi, o el propio tío Heller me podría pasar a dejar a casa, pero ahora que me enteraba que no estaba y que no volvería en todo el fin de semana, la situación había cambiado radicalmente. Un leve temblorcillo me recorrió la espalda cuando tomé conciencia de que tenía la posibilidad de pasar 48 horas completas a solas con la tía Kelly en su casa, con el propósito de que me contara los detalles más picantes de su vida.

Lo que para mis dos hermanos equivalía a un niño encerrado en una pastelería, para mí, que no era un degenerado, ésta era una situación algo embarazosa. Porque los pensamientos turbios en realidad también los tenía; lo que pasa es que no los veía realizables. Y estar tan cerca de una quimera y que siga siendo una quimera, es peor que no haberse acercado nunca.

—Por supuesto, Kelly —dije—, me quedaré a alojar aquí.

5

La cena fue frugal pero sublime, servida con gran circunspección por Gastone, el apuesto sirviente de los Heller, que muchas bocas maledicentes habían relacionado con la tía Kelly. Desde luego no tenían prueba alguna, y se basaban solamente en el cliché de que la tía se cepillaba todo lo que le caía entre las manos, extremo que tampoco había podido ser comprobado fehacientemente.

Gastone era un joven alto, moreno, no extremadamente guapo de cara, pero con un cuerpo apolíneo que despertaba la atención de todas las damas que visitaban la casa, aunque se sospechaba que era homosexual. Nadie le conocía mujer alguna y sus salidas de fin de semana solía pasarlas, o eso decía, en casa de su madre en Irvine. Yo hacía todo lo posible por no enterarme de todos los detalles domésticos que se intercambiaban durante las visitas de los Heller, pero tanto la simpatía del tío, como la cautivadora presencia de la tía Kelly hacían que permaneciera escuchando, por largas horas, anécdotas desprovistas de cualquier interés para mí.

—¿La comida ha sido de su agrado, señora? —preguntó Gastone.

—Sí —respondió la tía Kelly, quien no solía detenerse en mayores efusiones—. Cuando quieras te puedes marchar. Nosotros nos haremos cargo de la vajilla.

—Gracias —dijo Gastone, recogiendo los últimos cubiertos.

—No hay más que meterla en la lavadora —aclaró la tía Kelly, después que Gastone se retirara.

Estiré la mano para coger la cafetera que había dejado el criado para la sobremesa, y le serví a la tía Kelly, mientras ella encendía un cigarrillo extra largo con filtro, que sacó de un estuche de metal. Solía hacer que Gastone los guardara allí, para evitarse el desagrado de tener que leer advertencias que conocía de sobra, o incluso, en alguna época, de tener que verse confrontada con fotos de las más truculentas dolencias físicas, destinadas a convencerla de que la compra había sido un error. No tenía intención de recibir lecciones no solicitadas y además fumaba poquísimo, según decía, aunque esa afirmación estaba sujeta a debate.

—La comida estaba fabulosa —dije, para retomar el diálogo.

—Gastone es italiano y los spaghetti son su especialidad —respondió la tía Kelly—. Especialmente la salsa boloñesa.

Y mirándome, divertida, la comisura de mi labio, agregó:

—Lo malo es que suele dejar rastros que no notamos.

La tía Kelly reclinó levemente su cuerpo, y con su índice retiró una pequeña mancha de salsa que se me había quedado sin remover en la boca, para después lamerse el dedo con naturalidad, como si fuera el más lógico procedimiento a seguir. De más está decir que para mí no lo era, y que la desgana con que cumplió con el trámite, me causó un breve estremecimiento de excitación, que esperé que no hubiera notado.

Al parecer no lo notó, porque la conversación siguió como si nada hubiera ocurrido.

—Dime una cosa —me dijo—. ¿Qué opinión tienen en tu familia de mí?

—Te adoran —respondí.

—Sí, pero ¿qué piensan?

Me quedé en silencio, haciendo como que no entendía el alcance de la pregunta.

—Piensan que soy una puta ¿verdad?

—¡No! –exclamé con toda la vehemencia que fui capaz de fingir.

—¿No? Muy bien. Vamos a hacer una prueba. Ahora cogerás tu celular y llamarás a tu madre para decirle que te quedarás conmigo el fin de semana, y que Gottfried está de viaje. A ver si tienes los cojones de hacerlo.

Con gran determinación, saqué mi teléfono y marqué la tecla de mi casa. Era lo único que podía hacer si era consecuente con lo que había dicho, pero en el fondo compartía la duda de la tía Kelly, y no sabía cómo reaccionaría mi madre ante la noticia. No esperaba que llegara en diez minutos con la policía, pero lo más probable es que no se quedara demasiado tranquila. Y eso que nunca había demostrado públicamente nada que se pudiera acercar siquiera a las sospechas que rondaban la figura de la tía Kelly.

En todo caso, todas las vacilaciones y las conjeturas que me asaltaron venían a demostrar claramente que la tía Kelly tenía razón, y que por mucho que yo lo negara por cortesía, eso no cambiaría. Eso sí, cuando fue Sal el que atendió el teléfono, no hubo titubeo alguno de mi parte cuando dije:

—¿Aló, Sal? Soy, Alan. Dile a mamá que estoy con la tía Kelly y que pasaré el fin de semana aquí porque me ha pedido que le ayude en algo. Adiós.

Cuando colgué me felicitaba a mí mismo de haber podido hablar con mi hermano en lugar de mi madre, lo que me ahorró varias explicaciones. Además, me permitió jactarme ante el bocazas de Sal de algo de lo que él alardeaba.

Ya podía volver a hablar de su presunta aventurilla con la tía Kelly, que yo me reiría en su cara.

La verdad es que yo no esperaba nada tampoco, pero sí tendría el gran privilegio de hacer como que estuviera guardando un gran secreto y alimentando toda clase de fantasías. Con eso tenía más que suficiente.

—Vaya, lo has hecho muy bien —dijo la tía Kelly después que colgué.

—Ya ves. Así de simple fue —respondí.

—Por supuesto que no has confirmado nada, pero no me preocupa —aclaró—. Siempre me ha ocurrido lo mismo y no veo la razón para tener que probar mi virtud ante nadie. Están en su derecho a pensar que soy una mujer de vida disipada, aunque nunca nadie haya sido capaz de demostrarlo.

—Pues ahora nos encargaremos de demostrar lo contrario —dije.

La tía Kelly me quedó mirando por unos momentos y prorrumpió en una resonante carcajada, mientras se levantaba para ir a la cocina. La seguí como un corderito, por primera vez. Ya habría otras.

Cuando llegamos a la cocina los platos ya estaban lavados y la vajilla ordenada. Gastone se había preocupado de todo antes de salir, como correspondía a un criado responsable e idólatra de su ama. Ahora lo que correspondía era llevarse la cafetera y las tazas al living y sentarse a recopilar recuerdos.

Yo estaba más que expectante por saber cómo llegó la tía a conquistar a "su alemán", y cómo se dieron las cosas de allí en adelante. Hasta el momento la imagen que me estaba dando del tío Heller como un hombre frío y de personalidad seductora, no calzaba mucho con lo que conocíamos. No se podría decir que era un hombre conservador, a pesar del fortunón que poseía, o que fuera tímido, pero tampoco lo veíamos como un Casanova. Y después del accidente de la tía, la fuerza de su personalidad bajó bastantes puntos, al verlo tan destrozado y sin reaccionar ante lo que, tal vez, fuera la primera prueba fehaciente de la infidelidad de su mujer.

No pasó demasiado tiempo hasta que la tía Kelly se acomodó y reinició su relato:

«El viernes llegó y me presenté ante la puerta del bar The Ghost, en el Bulevar Hollywood, pocos minutos después de las siete de la tarde. Me sentía como la pobre Gretel antes de entrar al horno. La diferencia era que, ni mi alemán era tan gilipollas como la bruja, ni yo tampoco tenía muchas intenciones de mandarlo a él a las brasas. A decir verdad, me había entregado a mi suerte sin mirar para ningún lado y totalmente conforme conmigo misma por lo que me pudiera esperar. Me había puesto un vestido negro corto, con manga japonesa y falda sobre la rodilla, y un cinturón ancho de hebilla dorada. Si se lo hubiera hecho ver a Roxy lo habría calificado de vestido 'listo para quitar', pero realmente no era mi intención. No es que quisiera dar una impresión decepcionante, pero tampoco quería presentarme como lista para la guerra.

»Entré a la semipenumbra y comencé a buscar a mi alemán. Lo encontré sentado en una de las mesas, con una copa de licor en la mano y sumido en sus pensamientos. Tenía la misma expresión ausente con que lo conocí, y seguía dando la impresión de ser alguien que prefería la soledad. Por eso, me volvió a sorprender el que me hubiera demostrado tanto interés la primera vez que nos vimos. No es malo sentirse especial de vez en cuando, aunque las circunstancias sean un poco confusas.

»Al verme acercarse a su mesa, reaccionó con amable frialdad, se puso de pie y me invitó a que me sentara, no sin antes atraerme hacia sí, igual como lo hizo cuando me marchaba la primera vez que lo vi, y darme un suave beso en los labios, que esta vez, inexplicablemente, devolví de forma más demostrativa.

»Nos sentamos y me dijo:

»—Ese fue un beso de casados.

»Sonreí, mientras le decía:

»—¿Los de solteros son mejores?

»—¿Te pareció tan malo éste? —preguntó.

»—No —respondí—, a mí me gustó.

»—¿Te casarías conmigo? —dijo, perfectamente serio.

»—Bueno, me gustaría conocerte un poco mejor antes de tomar la decisión, si no te importa.

»—Y si me conocieras bien y te gustara le que ves, ¿te casarías conmigo?

»—La verdad es que no tenía pensado casarme...

»—A eso precisamente me refiero —interrumpió—. Es obvio que para casarte conmigo tienes que conocerme mejor, pero mi pregunta era si eres el tipo de las que se casan. No tienes prometido, espero.

»—No —respondí.

»Echó la mano al bolsillo de su chaqueta y extrajo un pequeño estuche revestido en terciopelo negro. Lo abrió y me lo extendió. El recinto pareció iluminarse con la aparición de un anillo de compromiso de diamante, con zafiro y oro blanco, que tenía que costar una fortuna. En el dedo anular de la mano con que me tendía el regalo, mi alemán lucía otro anillo, tanto o más caro, de una forma curiosísima.

Era similar al de la pantera de Cartier, pero con la forma de una cabeza de cerdo con velo de monja, como la que yo recordaba haber visto en el infierno del Jardín de las Delicias, de El Bosco.

»Abrí los ojos como dos huevos fritos, pero tuve que moderarme para no demostrar demasiado entusiasmo y, especialmente, para convencerme a mí misma que no había manera en el mundo que yo pudiera aceptar un regalo así de un desconocido.

»Por otra parte, el mundo podrá parecer muy ideal, a veces, pero no es así. A ninguna persona razonable le cabe en la cabeza que alguien te vaya a hacer un regalo de cinco mil dólares la segunda vez que te ve, y sin siquiera haberte preguntado el nombre. Por mucha pasta que tenga, nadie la derrocha de esa manera. Y si realmente era tan millonario como para permitírselo, lo que estaba haciendo era tratarme como una prostituta, follarme, darme una fortuna y después largarse. El procedimiento coincidía, en parte, con el esquema mental que me había planteado yo cuando decidí tomar la vida como viniera y disfrutar al máximo las oportunidades. En ese caso, sin embargo, la forma de hacerlo era sin anillo, y además, la prostituta no iba a ser yo.

»Liberarse no significaba sacrificar principios, y eso era exactamente lo que le iba a decir. Es verdad que me había impresionado mucho la apariencia de la joya, pero también me chocaba la impertinencia de un hombre que, sin conocerme, pensaba que me podía alquilar para pasar un buen rato, sea por la suma que fuera.

»Respiré hondo, dispuesta a decirle todo lo que pensaba y esperando que las palabras me salieran en el orden correcto, cuando mi alemán se me adelantó:

«—Es tuyo —me dijo—. Sin tratos ni condiciones. En

este momento te puedes poner de pie y marcharte con el anillo en tu dedo y no volver a verme más.

»Lo miré, sin atinar a decir nada.

»—Pero yo sigo insistiendo en que te casarás conmigo.

»Al oírlo decir eso con tanta seriedad se me escapó una sonrisa y mis aprensiones disminuyeron un tanto. No estaba convencida de nada, pero concluí que valía la pena, al menos, abrir alguna opción para que mi alemán me explicara lo que quería. A ver si podía convencerme de si era una persona relativamente normal o un loco.

»—Es un anillo de compromiso —dije—. Si lo uso equivale a comprometerme.

»—Ya te he dicho que no —respondió—. No hay compromiso de ninguna clase. Puedes llevártelo, guardarlo o venderlo mañana mismo si quieres, y si no aceptas mi propuesta no nos veremos nunca más. ¿Qué dices?

»Yo lo seguía mirando sin reaccionar y sin poder hacerme una idea clara de lo que estaba viviendo. Tenía que haber algo detrás, un plan maquiavélico, una trampa, algo, cualquier cosa que no fuera esa sinceridad que me resultaba imposible atribuirle a un espécimen del género humano y, para peor, del sexo masculino.

»—Puedes pensarlo, si quieres, o tomar la decisión de marcharte para no verme más. Tú dirás.

»—¿Me darás tiempo para conocerte? —pregunté con timidez.

»—Todo el que necesites —respondió.

»—¿Y me responderás lo que quiero saber? —agregué.

»—Todo lo que quieras —me dijo con una voz que me pareció sincera. Había llegado el momento de averiguar si era verdad.

»—¿Por qué? —le pregunté a bocajarro.

»Cualquier galán coquetón con la intención de llevarte al huerto, y lo sabía por una larga experiencia propia, lo primero que hubiera hecho habría sido responder 'Por qué, ¿qué?' para dar ritmo a la conversación e intercambiar miraditas seductoras haciéndose el retardado. Éste no. Su respuesta fue directa y cautivadora.

»Porque te amo. Solamente por eso. Creo que no encontraré nunca una mujer que me atraiga tanto como tú. Eres bella, distinguida, tienes humor. Eres coqueta y a la vez recatada. Eres capaz de tomar iniciativas y mantener tu dignidad. Eres osada y a la vez prudente. ¿Qué más puedo pedir de una mujer?

»Tratando de ocultar mi estupefacción ante un análisis tan generoso, en el que incluía tantas características que yo ni siquiera conocía, le pregunté:

»—¿Pero de dónde crees saber tanto sobre mí? ¿Qué pasa si no soy nada de lo que has dicho, y tengo la honestidad de reconocerlo? Perdona, no quiero ser ruda pero, sinceramente, esa lista de virtudes solamente se encuentra en los horóscopos. Suelen tener el objetivo de mover a la gente a que se reconozca entre tanta perfección, y crea en algo que obviamente es una patraña. Yo no soy así y espero que me lo creas.

»Mi alemán me miraba sin reaccionar.

»—En todo caso, tu declaración te la agradezco, pero no es suficiente para aceptar una propuesta de matrimonio, y lo espléndido de tu regalo, tampoco. Perdona, pero no lo puedo aceptar.

»—Ya te he dicho que el anillo es tuyo —dijo mi alemán—. No necesitas no aceptarlo. Y respecto a la proposición, haz como si no te la hubiera hecho, pero no me dejes todavía. Dame tiempo para conocerte mejor y que me conozcas mejor. Sabiendo que no te quieres casar conmigo, ya no hay nada que condicione nuestra relación. Podemos movernos con toda libertad, sin ataduras ni compromisos, y podemos separarnos para siempre cuando queramos.

»Se quedó mirándome a la espera de una respuesta, pero no me salía palabra.

»—De lo único que quiero estar seguro es de que, el hecho de que no te acepte que me devuelvas el anillo, no va a influir en absoluto en tus decisiones y en tu actitud hacia mí. ¿Aceptas?

»—Acepto si me permites devolvértelo, si esa es mi voluntad —respondí.

»—Pero no ahora —dijo.

»—No —concedí—, ahora no.

»—Perfecto —dijo mi alemán—. Ese es el reto. Te doy todo el tiempo que quieras para que me conozcas, pero tienes que aceptar la tarea con apertura de miras y con sinceridad. No correrás ningún riesgo. Es tu decisión y lo será siempre.

»Toda la propuesta me pareció demasiado clara para ponerle alguna pega. Me lo estaba poniendo todo en bandeja, quizá demasiado, pero no me pareció estar arriesgando nada, y el viaje hacia la personalidad de mi alemán era demasiado interesante, hasta para correr incluso algún riesgo.

»—Ahora bien —dijo, por fin—. Yo también tendré que ver hasta dónde cumples con las características ideales que te he atribuido, y que estoy convencido que tienes, aunque sin haberlo comprobado todavía. Quiero ver hasta dónde eres capaz de llegar para responder a ese ideal. ¿No te importa someterte a ese escrutinio?

»—Me parece lo más lógico —respondí—. Démonos

un tiempo para evaluarnos mutuamente y después veré si te devuelvo el anillo o no.

»—El anillo es tuyo —dijo—. Ese punto no se negocia.»

Llegados a ese momento, comencé a pensar que quizás el fin de semana se me iba a hacer un poco largo. La reunión había empezado de lujo, solos con la tía Kelly, admirando subrepticiamente su voluptuosa belleza, y degustando cada detalle, como aquel de quitarme con el dedo la mancha de salsa boloñesa de mi boca, para después chupárselo. Eso era erotismo de primera especie y jamás hubiera esperado vivir algo así. Sin embargo, todo dejó paso a una intrigante, pero no demasiado interesante historia de amor, cuya única característica digna de mención era la de mostrar un tío Heller que yo no conocía, y que distaba mucho de ser ese personaje simpático, dicharachero y bastante ingenuo, que daba vida a nuestras relaciones sociales.

Al parecer la historia había llegado a su fin en ese punto, y Kelly no tenía la intención de retomarla, porque se levantó del sillón y anunció:

—Ahora me voy a dar una ducha. Mientras tanto eres libre de hacer lo que quieras. Si quieres beber, o leer algo, lo que quieras.

Honestamente, ninguna de las dos opciones se me había pasado por la mente, pero eran dignas de ser consideradas. Aunque no tanto como la tercera que apareció sorpresivamente después:

—El espejo del baño detrás de la ducha es semiplateado —dijo abruptamente Kelly.

—¿Es semi qué? —pregunté.

—Es un espejo de una sola dirección. En el baño parece un espejo, pero desde nuestro dormitorio es una ventana.

Gottfried lo hizo instalar cuando nos vinimos a esta casa, hace muchos años. Por cierto, me preguntó si me parecía bien, aunque cuando el artefacto ya estaba montado.

—Y tú estuviste de acuerdo —dije.

—Por supuesto. Además no solamente sirve para que él me vea desnuda a mí mientras me ducho, sino para que yo lo vea ducharse a él también.

—Muy buen arreglo —dije, para añadir una obviedad más, mientras tragaba saliva.

La tía Kelly me miró fijamente, como escrutando cada una de mis reacciones.

—De ti depende si quieres mirarme desde el dormitorio o no.

—Lo pensaré —dije, sacando chulería no sé de donde.

Kelly esbozó una sonrisa y se marchó, caminando lentamente y comenzando a quitarse la blusa mientras se alejaba. Ahora sí que no quedaba duda. La tía Kelly, o estaba intentando seducirme realmente, o estaba poniéndome a prueba por algo. La situación había cambiado fundamentalmente y desde ese momento se me disiparon todas las dudas respecto a lo divertida que se iba a hacer la actividad del fin de semana.

6

Cuando desperté, alrededor de las nueve de la mañana, me di cuenta que había tenido un descanso inexplicablemente reparador, que había dormido de un tirón y que ni siquiera había tenido sueños eróticos. La tía Kelly no me había asignado dormitorio, pero yo sabía dónde estaba la habitación de las visitas y encontré mi camino sin problemas. Ella desapareció, después de lanzarme el desafío de mirarla desnuda desde el dormitorio, mientras se duchaba. Yo no lo había hecho y temía que eso hubiera herido su vanidad, en caso de haberse dado cuenta, pero, desde luego, todas esas elucubraciones no eran otra cosa que rizar el rizo para sacar el mayor provecho de la situación, aunque fuera con fantasías infundadas. Decidí bajar a la sala para ver si estaba allí y, en caso de no ser así, darme una ducha, por cierto en el servicio para las visitas.

Cuando entré al living, Kelly ya estaba levantada, revisando una correspondencia con un café en la mano.

—Buenos días —me dijo con voz cantarina y una sonrisa en los labios.

—Buenos días —respondí— ¿Has dormido bien?

—Como una marmota —me dijo—. ¿Y tú?

—Yo también —dije.

Más banal imposible. Al parecer, toda la tensión producida por la dudosa propuesta de la noche anterior, había quedado olvidada. Kelly no parecía recordarla, y estaba claro que, el que yo no hubiera respondido a su bravuconada, no lo tomó como una afrenta personal, sino como una sensata manera de zanjar las cosas.

—En la cocina hay café. Yo ya me duché.

—No sabía que eras tan madrugadora —le dije—. Eso también tendré que incluirlo entre tus datos biográficos.

—Son casi las diez —me dijo—. Difícilmente se le puede llamar madrugar.

Kelly vestía una bata de baño de seda blanca que se amoldaba cruelmente a su maravilloso cuerpo, que tantas veces había intuido en mis pensamientos, por lo que me extrañó que me dijera que ya se había duchado sin después haberse vestido. Pero, por cierto, yo no podía estar interiorizado en las costumbres de Kelly en la intimidad, y parte de mi esperanza en este proyecto consistía precisamente en desentrañar algunos de esos hábitos que, seguramente, me imaginaba más picantes de lo que realmente eran.

—Creo que me ducharé antes de tomar café —dije—. Así podemos comenzar a trabajar inmediatamente mientras desayuno.

—Muy bien —dijo Kelly—. Te he dejado toallas, champú y pasta dental en el baño principal. Puedes usar mi escobilla de dientes. Es la azul.

Vaya, pues hablando de intimidades ya estábamos dando un importante paso adelante. No solamente me estaba ofreciendo usar algo tan personal como su escobilla de dientes, sino que me había dejado todos los adminículos justamente en el lugar donde me podría observar duchándome en pelotas desde su cuarto, si le diera la gana. En ese momento caí en la cuenta de que todo no era más que una provocación algo infantil, y posiblemente una prueba de mi capacidad de raciocinio y, ¿por qué no decirlo?, de mi lealtad. Era obvio que no había un espejo de un solo lado en la ducha, y si yo hubiera cometido la estupidez de intentar averiguarlo por mí mismo, lo más posible es que hubiera dormido en el garaje, y ahora estaría camino de vuelta a casa.

—¿Y cómo sé yo que no me vas a espiar? —dije, siguiendo la broma.

—¿Me espiaste tú? —preguntó Kelly.

—No —respondí.

—Entonces ¿qué interés puedo tener yo?

—Tienes razón —dije poniéndome de pie.

Cuando llegué al cuarto de baño principal me encontré con un ambiente fastuoso de mármoles y tules, con columnas dóricas, un tocador interminable, un jacuzzi que parecía tener dimensiones de piscina olímpica y una ducha que semejaba un altar, a la que se accedía por dos peldaños. Era tan amplia que no hacía falta cerrar las compuertas para que no salpicara el suelo. En el muro de atrás de la ducha se podía ver, con toda majestuosidad, un amplio espejo. Es decir, había un espejo. La primera parte de mi composición de lugar se había visto desmontada. Había un espejo. Ahora, que fuera solamente de una dirección ya era otra cosa.

Comencé a desnudarme mientras dejaba correr el agua. Me tomó algún tiempo elegir entre los veinte tipos distintos de chorro que ofrecía el grifo, y finalmente me decidí a dejarlo como estaba, que seguramente era la manera como le gustaba a la tía Kelly. Por mi mente, que ya estaba empezando a mostrar trazos de bobaliconería manifiesta, me cruzó la idea de que estaba compartiendo el chorro con ella. Que esa misma agua había recorrido su cuerpo escultural pocos minutos antes, y eso nos daba otro punto de conexión física. Era una sandez, desde luego, pero si lo homeópatas aseguraban que el agua mantenía sus características y sus poderes de curación, después de haber diluido el contenido del medicamento hasta que no quedara una sola molécula presente en la solución, quién me decía a mí que esa agua, que recorría la misma manguera, que salía por el mismo grifo y que caía en al mismo sitio en el que ella había puesto sus pies, no era la misma que había acariciado su anhelada piel.

Después de constatar, al cabo de una brevísima reflexión, que la explicación era todavía más idiota que el postulado, decidí olvidarme de tanta historia y poner los pies en la tierra. Mis fantasías me estaban restando la oportunidad de disfrutar la realidad, y eso era lo más absurdo que podría ocurrir.

Dejé mi ropa en uno de los bancos y me dispuse a meterme. Mientras lo hacía, mi cabeza hacía todo lo posible para deshacerse de las imágenes que me habían estado persiguiendo, y especialmente para convencerme de que no había nadie al otro lado, y que estaba ante un espejo común y corriente. Y lo hubiera logrado si al lado del marco no hubiera visto un interruptor que no parecía cumplir ninguna función, pero que supuse que era el que había que activar, en caso que uno deseara que se le respetara su privacidad. Mi estado de confusión era demasiado avanzado como para que eso me fuera a afectar demasiado, pero lo que sí me sobresaltó fue que, durante todo el tiempo en que me estaba jabonando el cuerpo, sin atreverme a mirar siquiera en el maldito espejo, había mantenido una erección descomunal, única y exclusivamente atribuible al recuerdo de la tía Kelly.

Pero las cartas estaban echadas y ya no había vuelta

atrás. Salirse ahora era claudicar ante un enemigo invisible. Además, el agua estaba causando un efecto afrodisíaco en mí al que no estaba dispuesto a renunciar, por lo menos hasta que hubiera terminado con las abluciones habituales que corresponden a una ducha. El jabón me palpaba el cuerpo como si fuera una mano femenina, y mi cerebro insistía en hacerme creer que esa mano femenina era de Kelly. Esa imagen me llevó al punto de tener que detener abruptamente las frotaciones, a riesgo de sufrir una eyaculación, que de precoz no tendría nada, pero que sí sería extraordinariamente inoportuna, más allá de que hubiera alguien mirando o no.

Después de la ducha caliente estaba precisando una ducha fría, para morigerar mis instintos y ser capaz de hacer frente al resto de la velada, pero eso del efecto sauna no va conmigo. Es por eso que decidí que lo mejor era asumir mi destino y esperar que el resto de las historias fueran tan domésticas y descafeinadas como la que había escuchado hasta ahora: la bonita historia de amor de la tía Kelly con el tío Heller.

Cuando entré al salón, la tía Kelly estaba sentada en una silla, hojeando una revista. Todavía vestía esa bata blanca de seda que me había acompañado durante buena parte de mi ducha.

—¿Qué te pareció el baño? —me preguntó.

—Estupendo —respondí.

—Sí —dijo Kelly—, vi que lo disfrutaste mucho.

—Lo viste —repetí, sin poder disimular un tono de escepticismo en la voz.

—Vi que se te puso tiesa como una estaca, y me dio la impresión de que lo estabas pasando bien.

La miré, con una especie de sonrisa, y de inmediato

comprendió que no le estaba creyendo, y que pensaba que todo lo hacía sólo para hacerme ruborizar.

—Ese lunar en la entrepierna no te lo conocía —dijo, en tono coloquial.

Si lo que estaba buscando era que me ruborizara, lo estaba consiguiendo. No existía otra manera en el mundo de que ella se hubiera enterado de la existencia del lunar, a menos que alguno de los bocazas de mis parientes se lo hubiera contado como gracia cuando yo era niño. Estaba claro que la tía Kelly no estaba decepcionada porque yo no fuera un fisgón y hubiera dejado pasar la oportunidad única de disfrutar de su belleza al natural. Lo que no dejaba de ser extraño, sin embargo, es que insistiera en el tema, aderezado con el morbo de haber hecho ella lo que decliné hacer yo. Porque yo elegí no mirarla a través del espejo. Por discreción. Yo, gilipollas de mierda.

—Me gusta que demuestres voluntad —dijo Kelly—. Me pregunto hasta dónde estás dispuesto a mantenerla.

—¿Qué quieres decir? —pregunté, realmente interesado.

—Durante toda aquella etapa de transición, después de conocer a tu tío Heller, mi vida fue una sucesión de situaciones en las que debía decidir si seguía adelante o no; si estaba dispuesta a transigir o no; si estaba dispuesta a dejarme manipular o no.

Yo pensé que había vuelto a su relato y me levanté a buscar la grabadora que había dejado sobre la mesa. Kelly me dejó hacer, y una vez que me hube sentado de nuevo dijo:

—No la enciendas todavía. Contéstame lo que te he preguntado.

—¿Si me dejaría manipular? —dije—. No lo sé. Yo creo

que no, si pudiera evitarlo…

—No —interrumpió Kelly—, me refiero hasta dónde estarías dispuesto a soportar por tener algo que ansías. Ya fuiste bastante fuerte al negarte a ir a mirarme desnuda, pero ¿cuánta fuerza es necesaria para eso? ¿A cuánto más estarías dispuesto a someterte?

¿Por tener algo que ansío? ¿De qué estaba hablando Kelly? ¿De ella? No, me dije apresuradamente, seguro que no. Solamente estaba empleando un símil para contarme el resto de la historia y que me quedara más clara. No estaba hablando de nada específico, seguro que no.

Todo lo que yo había emprendido valerosamente para quitarme cualquier connotación erótica de la cabeza, estaba siendo demolido, quizás involuntariamente, por cada palabra que pronunciaba la tía Kelly. A pesar de eso, yo estaba convencido que era un problema mío, y que a ella ni siquiera se le pasaba por la mente el querer provocarme.

En ese momento recordé la estúpida grabación del hospital y creí comprender. Mientras trataba de sobreponerme a la vergüenza, entendí que lo que le dije no era otra cosa que una declaración, explícita y obscena, no sólo de amor, sino de deseo. Una manifestación de ansias de follármela antes que se muriera en un accidente estúpido, ocasionado por uno de sus muchos amantes. Eso a cualquier mujer normal la habría llevado a romper relaciones inmediatamente con un individuo tan desvergonzado. A mí me granjeó esta entrevista y un beso en el aeropuerto, delante de todo el mundo. Por lo visto, las cosas con la tía Kelly había que verlas desde una perspectiva muy distinta de lo que yo tenía por normal.

—Yo creo que estaría dispuesto a someterme a cualquier prueba, si se tratara de lo que ansío —dije, sin saber exactamente en qué berenjenal me estaba metiendo.

—Bien —dijo la tía Kelly—. De momento te llevo una ventaja. Tú fuiste demasiado correcto o demasiado medroso para espiarme cuando te lo ofrecí; yo simplemente lo hice. Tú demostraste tener capacidad de contener tus impulsos; yo ni siquiera me preocupé de pensarlo. Tú estás inquieto, yo estoy tranquila. ¿Me vas entendiendo?

—Yo no estoy inquieto —mentí—. Y no hubo tanto que controlar.

La tía Kelly me miró con los mismos ojos que me había clavado cuando dejábamos su condominio y decíamos adiós con la mano, después de su vuelta de Europa.

—Me alegro que te sientas tan seguro. Ya veremos si esa seguridad es sincera.

Kelly se levantó, se desató pausadamente el cinturón de seda y dejó que su bata de baño se escurriera lánguidamente por su cuerpo. Después se sentó en la silla y cruzó las piernas, dispuesta a continuar la sesión.

Sentí que la boca se me secaba y no era capaz de pronunciar palabra. Ni siquiera sabía dónde mirar. Kelly no hacía ningún esfuerzo por cubrir nada y todo estaba a mi disposición para admirar. Pensé que lo mejor habría sido haber eyaculado en la ducha, de modo que la erección ahora no fuera tan escandalosa. Pero si era verdad que me estaba mirando por el espejo, el haberlo hecho habría puesto una marca más en la libreta de mis debilidades que, por lo visto, la tía Kelly estaba decidida a enumerar y explotar al máximo.

—¿Qué pasa? —me dijo Kelly.

La pregunta no podía ser más superflua, y a la vez más vaga. Obviamente, la tía no esperaba respuesta y yo tampoco tenía ninguna.

—¿Crees que eres capaz de seguir adelante estando yo

desnuda delante de ti?

—No lo sé —dije con sinceridad.

—¿Y si te digo que nunca dejaré que me folles, y que te puedes quitar de la cabeza toda esperanza?

Guardé silencio. Ya estaba empezando a quedar bastante claro que se trataba de una táctica de humillación, y lo que faltaba era saber si yo estaba dispuesto a aceptarla o no. Mi orgullo de macho, no demasiado avezado, pero macho al fin, me hacía resistirme a cualquier abuso, pero mi curiosidad de neófito carnal recién saliendo de la pubertad, me ataba fuertemente a mi asiento sin dejarme la capacidad para reaccionar.

—Creo que ya has entendido —dijo Kelly, saboreando el hecho de haber dejado todo claro de forma tan cruel—. Ahora, a lo nuestro, si todavía tienes ganas.

—Por supuesto —dije, sin que las piezas del rompecabezas se hubieran comenzado siquiera a ordenar en mi mente.

En ese momento cometí el error de mirar. Kelly seguía desnuda, observándome con fijeza y esperando mi reacción. Mis respuestas habían sido ambiguas, y no la habían convencido de nada. A mí tampoco. Sentí, con toda su brutalidad, la conmiseración que la tía sentía por mi indefensión, y además su notorio desprecio por mi fragilidad.

Ese era el mejor momento para tomar una decisión que intentara poner a salvo lo poco que me quedaba de respeto por mí mismo —como ponerme de pie y largarme—, pero había cometido el error de mirar. Nada de lo que hubiera podido imaginar en el sueño más febril, se podía comparar con esa visión.

Su belleza sobrepasaba todo lo que me había imaginado,

y todo lo que hubiera podido ser considerado una imperfección no era sino un detalle más para refrendar esa hermosura única. Estaba cruzada de brazos, y sus senos se alzaban por sobre sus antebrazos como un modelo de proporciones y de firmeza. Sus pezones morenos mostraban cierta dureza, aunque no sabía si atribuirlo a algún grado de excitación o simplemente a que sintieron frío sin la seda que los cubría. Sus caderas habían quedado en una posición ideal para la admiración, después de que cruzara sus piernas, más largas de lo que parecían con ropa, dejando adivinar el inicio de su vello púbico, de rizos azabaches, pulcramente recortado.

Y lo peor de todo era que esa diosa, que se exponía impúdicamente en un altar para su admiración, me seguía mirando como si nada estuviera ocurriendo, como si todo fuera lo más normal del mundo y como si el latido de mi corazón y el sudor que me empezaba a surcar la frente, no fueran sino un estado natural para enfrentar una conversación doméstica.

No sabía si sería capaz de soportar mucho más la situación, pero no tenía idea por dónde desembocaría si seguía así. Una reacción animal estaba descartada, y desgraciadamente era la más justificable. Dedicarme a examinarla exhaustivamente tenía el inconveniente de que Kelly podría interpretarlo como un desafío, y por otra parte, mientras más la mirara, más me aumentaría la angustia y más posibilidades habría de que cometiera alguna cagada.

Cualesquiera que fuera la intención de la tía Kelly, la maniobra la estaba llevando a cabo de forma brillante, y el resultado lo estaba consiguiendo con creces. Me sentía subyugado, intimidado, derrotado y cachondo, y todo esto sin entender qué había hecho para merecer este tratamiento.

Cualquiera diría que me tendría que dar con un canto

en los dientes (mis hermanos, los primeros) por tener la posibilidad de admirar a la tía Kelly luciendo su gloriosa desnudez delante de mis narices, pero para mí era una declaración de bancarrota. Tenía que tener claro que, para mí, verla desnuda no era una gratificación sino una condena, y que todo esto era parte de un extraño ajuste de cuentas.

Estuve a punto de preguntarle si seguíamos con el relato, pero me contuve. No estaba el horno para ese tipo de desplantes, y mientras no hubiera cierta claridad acerca del devenir futuro de los acontecimientos, lo mejor era mantener un perfil modesto.

Ahora se trataba de esperar, pero con una decisión ya tomada. Estaría abierto a soportar todo lo que me ofreciera la tía Kelly, y si lo que quedaba por esperar era algo como esto, la palabra «soportar» era bastante inadecuada. Pero la relación entre lo que se tiene y lo que se espera es muy variable, y el concepto de lo que es suficiente, cambia radicalmente según las circunstancias.

Mi padre, que no era millonario ni mucho menos, aunque tenía un buen pasar, decía siempre que, así como él era feliz con lo que tenía, si Donald Trump se encontrara con que en su cuenta bancaria tenía su saldo, seguro que se arrojaría desde lo más alto del Trump International Hotel & Tower de Nueva York. Sin embargo, para él era suficiente para estar contento.

En este caso, yo estaba cumpliendo con un sueño que no habría tenido jamás la audacia de imaginar siquiera, y no se trataba de ponerse codicioso. Por mucho que, conseguido algo, siempre se desea más, en este caso lo conseguido no era algo sino demasiado. Había que aprovechar lo mejor de la experiencia, y todo lo que llegara de aquí en adelante, sería un bono extra.

La tía Kelly se incorporó, en un movimiento en cámara lenta que seguí, embelesado, con los ojos, y recogió la bata blanca de seda para volvérsela a poner. En los segundos que duró la maniobra, esculpí en mi memoria todos los detalles que quería conservar hasta el último día de mi vida y que, posiblemente no tendría otra oportunidad de ver.

Después de lo vivido, la visión de la tía Kelly con su bata de seda no fue suficiente para tranquilizar mis hormonas, y la erección que me había empezado a atormentar desde que entré al salón, permaneció inmutable durante prácticamente toda la sesión. Kelly pasó por alto esta circunstancia, demostrando que, al parecer, sus intenciones no eran exclusivamente desalmadas.

7

«—No te irás a ir todavía —me dijo Gottfried, después de haber aclarado precariamente la situación.»

Encendí la grabadora, mientras la tía Kelly continuaba con su relato. ¿Ahora qué? ¿Me contará cómo se tomaron de la manito, se miraron a los ojos y se declararon amor eterno?

«A mis espaldas se produjo una pequeña conmoción que no fue suficiente para hacerme darme vuelta, pero Gottfried fijó sus ojos en el sitio de donde venía el ruido, y no mostró demasiada reacción. Por lo visto se trataba de clientes que buscaban mesa y no había mayores razones para dedicarles más atención.

»Efectivamente, el grupo de hombres, seis en total, pasó por nuestro lado y alcancé a reconocer al hombre de las gafas oscuras que me había dado la impresión de ser un gánster la primera vez que lo vi junto a sus guardaespaldas, y sentado justamente en la mesa que ocupábamos nosotros en ese momento. El grupo se detuvo por un instante, y llegué a pensar que el hecho que estuviéramos ocupando su lugar podría llegar a crear un conflicto. Sin embargo, al parecer la única razón para la dilación fue el hacer un gesto de entendimiento, por parte del de las gafas, respondido por otro similar de Gottfried. Obviamente se conocían, y además bien, para poder llegar a entenderse por señas tan enigmáticas.

»Los hombres siguieron su camino y se dirigieron a lo que parecía una entrada a una habitación trasera, cuya puerta estaba oculta por una gruesa cortina roja. Yo no me había percatado de su existencia, pero teniendo en cuenta que me acababan de proponer matrimonio y de regalar un anillo de compromiso que valía una fortuna, no era de extrañar que mi atención estuviera fija en el delicioso hombre que tenía frente a mí.»

'Ya está', me dije a mí mismo. Ahora volvemos a Barbara Cartland, sus hombres deliciosos y sus mujeres frígidas a la espera del despertar erótico, que generalmente se produce después de haber pasado la contratapa, y lejos de la mirada pública. La tía Kelly hizo una pequeña pausa y continuó:

«Después que los recién llegados hubieran desaparecido, miré a Gottfried y le pregunté:

»—¿Los conoces?

»Esperaba no estar arruinando la relación con mi curiosidad, especialmente cuando mi alemán había tenido la delicadeza de no ser inquisitivo respecto a mi vida personal, pero por suerte su respuesta, por muy parca que fuera, me tranquilizó.

»—Sí.

»Envalentonada por el primer intento me permití preguntar:

»—¿Sabes a dónde va a dar esa puerta?

»—Sí —respondió Gottfried—. Y tú lo descubrirás muy pronto también. ¿Quieres?

»—No lo sé —respondí— ¿Hay algo interesante?

»—Eso habrá que descubrirlo —dijo Gottfried—, pero

79

una vez adentro, no hay vuelta atrás. ¿Aceptas?

»Había algo turbadoramente solemne en el tono de su voz. Sus palabras sonaban como un ultimátum, pero sin el fondo de rudeza de una imposición. Permanecí en silencio por un instante, en una actitud muy parecida a la tuya hace pocos momentos, sin saber si tragar saliva, salir corriendo, llamar a la policía o rendirme. Y me rendí. Eso era lo que estaba buscando, y ahora que lo tenía, no iba a echarme atrás.

»—Acepto — dije con decisión.

»Gottfried esbozó una sonrisa casi imperceptible y apuró lo que quedaba de su cóctel. Se puso de pie y me extendió la mano. Cuando se la cogí, vi cómo nuestro 'anillo de compromiso' resplandecía con los focos direccionales del bar, como si fuera un símbolo o una premonición. Me condujo lentamente hacia la cortina roja, mientras yo lo seguía como una cachorrita sumisa. Cuando traspasamos la puerta me vi ante un pasillo no muy largo, con diversas entradas a los costados. En la primera, Gottfried se detuvo e hizo una señal a un intercomunicador con cámara, ubicado junto al marco. Se escuchó un zumbido metálico y el chasquido de la cerradura al abrirse.

»Entramos en una habitación que no se parecía a ninguna de la que yo pudiera tener noticia. Era relativamente amplia y tenía sillas y sillones por todo su alrededor. Había una cama con catre de bronce, pulcramente arreglada con cubrecamas, sábanas y almohadas blancas, y con esposas de cuero en los costados. Al centro había una especie de tronco de árbol grueso y rugoso, y del techo colgaban lo que parecían ser unos ganchos de carnicería. En uno de los muros se podía ver una repisa de la que colgaban diversos tipos de fustas y látigos de cuero.

»En otras palabras, para cualquier persona que no hubiera nacido ayer en Marte, no podría quedar la menor duda de que de lo que se trataba era de molerme a porrazos, para regocijo de todo el mundo. Si ésta era la primera prueba que me correspondía pasar, había serias posibilidades de que mi periplo por el camino de la liberación sexual sin trabas, iba a fracasar prácticamente en su gestación. El momento de la primera decisión había llegado y, para mi asombro, mi reacción fue la de depositar mi absoluta confianza en mi alemán, y esperar a ver por dónde iban las cosas. No estaba nerviosa ni temerosa, solamente curiosa.

«Gottfried me condujo suavemente hacia el tronco y me hizo pararme ante él. Su mirada de azul profundo me traspasaba, mientras acercaba su cara a la mía y comenzaba a darme un tierno beso en los labios que, si bien era tan suave como los que ya me había dado, presagiaba un desenlace mucho más ardiente. Nuestras bocas comenzaron a acariciarse y, como respondiendo a una singular forma de ley de gravedad, nuestros labios empezaron a separarse, y nuestras lenguas, respondiendo a un imán invisible, comenzaron a rozarse tímidamente hasta que se fueron reconociendo y, luego que nuestras bocas se pegaran la una a la otra, las caricias se hicieron más y más vehementes. El resto de nuestros cuerpos permanecía inmóvil. Sólo el beso era una erupción de deseo inocultable, y nuestra concentración se centraba exclusivamente en él. Las reacciones de otras zonas de nuestra anatomía no desempeñaban, por el momento, sino un papel de observador circunstancial.

»Una vez concluida la primera parte del ceremonial y luego que nuestras bocas se reconocieran y estrecharan lazos, Gottfried me giró hacia el tronco y desde atrás comenzó a desabrochar mi cinturón. El vestido que Roxy calificaba como 'listo para quitar', efectivamente respondió a la descripción a las mil maravillas. En cosa de segundos me había desnudado y dejado literalmente en bragas. Al parecer, esto también era un vestuario excesivo para mi alemán, quien no tardó en hacer recorrer mi tanga a lo largo de mis piernas, mientras depositaba tiernos besos en mis muslos.

»Llegado el momento en que ningún género se interponía entre mi piel y su persona, y que mis reacciones, al parecer, habían sido de su satisfacción, Gottfried decidió dar un paso más adelante. No era de extrañar, considerando que yo me había comportado como una esclava sumisa —o como una idiota sin voluntad, según se mire—, y lo había dejado hacer todo lo que quisiera, sin detenerme en pudores ni temores, a pesar que dentro de mí todavía había bastantes dudas. Esperaba que me castigara físicamente, y no dejaba de preocuparme mi reacción, aunque hasta ahora, si bien sentía algún desasosiego, también estaba curiosa por las sensaciones. Nunca había tenido tendencias sadomasoquistas, ni atracción alguna por el dolor, pero la inminencia de experimentarlo no me preocupaba, sino que, por el contrario, me daba esperanzas de sumar un placer más a mi catálogo, todavía no demasiado nutrido, de vivencias sensuales.

»Lejos estaba yo de intuir que esa no era la prueba a la que mi alemán me estaba sometiendo y, cuando me di cuenta, comprendí que era más serio de lo que yo temía. Cuando Gottfried me dijo que quería ver hasta dónde era capaz de llegar para responder a un determinado ideal, no estaba bromeando, y cuando yo, la tarada, dije 'acepto', me estaba metiendo de cabeza en un lío de resultados imprevisibles.

»Pero la verdad es que tampoco me podía hacer tantas

recriminaciones. Si actuaba bajo la lógica tradicional, era difícil pensar que ese individuo inteligente, sofisticado y aparentemente serio, podía tener tantos desvaríos en su cabeza. Entiendo que me habría bastado con ver el telediario de ese día para comprender que todo era posible, y que el género humano es capaz de concebir las más extrañas manías, pero mi decisión de deshacerme de las ataduras sociales y de dar rienda suelta a mis instintos, por bajos que fueran, me habían hecho obviar cualquier consideración razonable. Además, cuando una es tonta, es tonta. ¿Qué le va a hacer?

»Sentí como su miembro me acariciaba inopinadamente las paredes de mis nalgas. Así, sin mayores prolegómenos. Lo reconocí enseguida y noté que estaba como Dios lo echó al mundo, sin gomas de ninguna especie. Y, sin embargo, no me preocupó. Mi alemán tenía tan pocas razones para confiar en mí, como yo en él, y si me daba el beneficio de la duda, yo no podía más que actuar de forma recíproca. Además tenía unas ganas enormes de que me penetrara, aunque los preliminares se hubieran reducido a una, breve pero intensa, sesión de besos. El rumbo que estaba tomando la reunión era ya bastante poco convencional para tratarse de una primera cita en un bar, pero a eso había ido, a enfrentarme con la sorpresa. Y hasta ese momento la sorpresa estaba siendo agradable.»

En ese momento, la tía Kelly tuvo que haber observado mi estado de embobamiento, porque interrumpió el relato para preguntarme:

—¿Estás bien? ¿Quieres que hagamos una pausa?

Tratando de disimular mi emoción, le respondí que no, que estaba bien, que íbamos por buen camino y que, por favor, continuara. Kelly sonrió, y me confesó:

—La verdad es que la pregunta iba también para mí. A

veces siento remordimientos de estar haciendo esto, y de contarte cosas tan personales que ni yo misma fui capaz de digerir en su momento.

La aclaración no me convenció. Kelly parecía estar tratando de convencerme de que tenía escrúpulos en hacer públicas sus intimidades, con lo cual me estaba revelando que ésta no era una encerrona para hacerme sufrir, como me había imaginado yo en un principio. Pero, entonces, se podría haber ahorrado eso de desnudarse delante de mí, y de refocilarse tanto con mi reacción.

Yo todavía no decidía si lo estaba pasando bien o mal, pero no quería decantarme por ninguna opción definitiva, hasta que la tía Kelly hubiera concluido su número conmigo. Además, el fin de semana recién estaba empezando.

—En serio, cuando quieras que paremos, me lo dices —me dijo Kelly, con un deje de sarcasmo difícilmente confundible.

—Sigamos —dije con decisión, pensando que la frase iba dirigida a mí. Pero no.

«Fue lo que me dijo mi alemán, mientras me acariciaba las nalgas con su miembro. No tuve fuerzas para responder con la voz, pero algo hice que lo convenció de que estaba de acuerdo en que continuara. Si lo veía desde el punto de vista de mis aprensiones sociales y de mi dignidad, estaba siendo humillada y tratada como escoria por un desconocido, pero nada de eso tenía importancia en esos momentos. Ya estaba embarcada en una aventura sin vuelta atrás y, viniera lo que viniera, estaba dispuesta a soportarlo. ¿Por otra parte, qué podría ser 'peor'?

»Sentí que me penetraba lentamente, con toda la suavidad que propiciaba la humedad acumulada en mi vagina, con tanta experiencia nueva. No tenía prisa. Parecía querer disfrutar cada milímetro de los muchísimos que tenía a disposición. Su pene era masivo pero calzaba perfectamente en el espacio que yo le ofrecía, sin necesidad de forzar ni de acomodar nada. Toda la concentración estaba consagrada al acto de la penetración, que se extendía hasta el infinito. Hasta ahora, el contacto había sido reducido a los factores inmediatos en juego: las bocas en el beso, los sexos en el coito. Sentía que mi deber era quedarme quieta y esperar que me penetraran, sin cometer la osadía de mover mis caderas hacia atrás y hacia adelante para coger un ritmo común y comenzar a demostrar pasión. No se trataba de un acto sexual, sino de una inauguración. La inauguración de una nueva vida.

»En ese momento nada importaba, excepto esos milímetros que ganaban terreno implacablemente en mi interior, y que me podían llevar a tomar las decisiones más absurdas sin siquiera detenerme a pensar. Con cada avance de su pene, crecía en mí la decisión de aceptar su proposición y de casarme con él apenas hubiera tenido su orgasmo. Si esa era la prueba a la que me estaba sometiendo, yo la había pasado con honores. Pero, claro, era como decirle a un niño que si no se bebe la sopa, iba a estar obligado a comerse la torta de postre y hasta el helado de chocolate. Mi alemán me había cautivado; lo único que yo atinaba a hacer era suspirar hondo y esperar a que las cosas pasaran por fin a mayores, y fuera capaz de conseguir que nuestros cuerpos se fundieran por completo para culminar el acto.

»Pero no era esa la prueba que mi alemán me tenía preparada. Una vez que me hubo penetrado completamente, permaneció unos segundos dentro de mí, y su boca depositó un suave beso en mi hombro. No necesité nada más. Mi cuerpo se estremeció, comenzó el conocido cosquilleo y me empecé a sacudir desde las suelas de los zapatos de tacón, que todavía tenía puestos, hasta el último de mis cabellos negros. Las tercianas se redoblaron y no pude reprimir los fuertes gemidos que me sacaron totalmente del libreto de la mujer hierática a la espera de que la penetraran y la llenaran de jugos para después decir: 'gracias'.

»Todavía no se calmaban los últimos espasmos, que me habían hecho abrazarme al tronco, que hasta el momento no me había atrevido a tocar, cuando percibí alrededor la sensación de presencias ajenas. Mi alemán me seguía teniendo penetrada hasta el fondo, y sus manos me habían tomado de la cintura para prevenir que mis convulsiones orgásmicas terminaran conmigo en el suelo. Lo único que quería ahora, era que todo continuara. Que mi alemán comenzara a follarme de verdad y que yo pudiera follarlo de vuelta. Ahora quería tener sexo sin protocolos. No recuerdo haber estado tan caliente en mi vida, y cualquier detalle que notara, no hacía más que agigantar esa emoción. Había tenido el primero de los monumentales orgasmos que esperaba tener en la velada, y esa decisión no me la quitaría nada, ni nadie, de la cabeza.

»Yo creo que, si no hubiera estado en ese estado, no habría reaccionado jamás como reaccioné cuando me percaté de que estábamos rodeados de hombres de terno y corbata, que nos miraban con ojos escrutadores desde una prudente distancia. El miembro de mi alemán lo tenía dentro en toda su longitud, y ni siquiera los temblores del orgasmo lo habían hecho recular un ápice. Sus manos cruzaban mi talle, y las puntas de sus dedos cosquilleaban mi estómago, dándome una sensación todavía más placentera. Para mi sorpresa, los estertores de la violenta eyaculación, no solamente no amainaron, sino que se reprodujeron a la vista de los intrusos.

»Todo se desarrollaba en el más escrupuloso de los silencios. Los hombres parecían levitar a mi alrededor, a tal punto que no me percaté de su presencia hasta que los tuve al lado. El hombre canoso de las gafas oscuras, estaba sentado en uno de los sillones, junto al que parecía ser su guardaespaldas principal, un mocetón de mediana edad, cuya vestimenta atildada no conseguía enmascarar la vulgaridad de su semblante.

»Había tres o cuatro más deambulando en torno a nosotros, pero no era capaz de reconocer fisonomías en medio de mi temulencia sexual. Uno de ellos se me acercó desde el costado. Cuando lo vi junto a mí, no pude reprimir un respingo, remanente del reciente orgasmo. En ese momento, mi alemán comenzó a moverse hacia atrás y hacia adelante, y mis caderas se amoldaron al ritmo casi sin proponérselo. El hombre a mi lado, rubio, de pelo corto y facciones toscas, con una barba de tres días, acercó su rostro al mío y no vi otra salida que extenderle mis labios y ofrecerle mi lengua para que la acariciara con la suya. Mi alemán me seguía follando con suavidad y método. En el momento en que mis labios se confundían con los del desconocido, y nuestras lenguas serpenteaban, una en busca de la otra, y se mimaban golosamente, sentí que el cosquilleo de mi cuerpo se reproducía, y el nuevo orgasmo pregonaba su inminente arribo.

»Siempre fui multiorgásmica, pero dentro de lapsos razonables; no uno detrás de otro. Esta vez sentí por primera vez lo que era empalmar una eyaculación con la siguiente, y la sensación que me causó fue de apoteosis. Mi alemán me poseía cada vez con más fuerza y sus manos me sostenían los costados para permitir la mejor penetración, en medio de los estertores. El hombre me había dejado de besar y ahora me acariciaba los senos con una mano, mientras con la otra me recorría la espalda.

»No sé cuánto duró. Cuando volví en mí, mi espalda estaba reclinada sobre el pecho de mi alemán, que me decía palabras bonitas al oído, y me recorría el pecho y el estómago con sus fuertes manos de terciopelo. El hombre seguía a mi lado, con su rostro junto al mío, y no me quedaba otra opción que besarlo de nuevo. Lo hice, y nuestro beso fue de una ternura incompatible con el escenario y la situación. Cuando nuestras lenguas se juntaron de nuevo, entre nuestros labios entreabiertos, comprendí que estaba descargando mis sentimientos, provisoriamente, en un desconocido, mientras mi alemán no me permitiera hacerlo con él. Una vez que el hombre se separó de mí, y volvió a su puesto junto al hombre de las gafas, el campo quedó libre para manifestar mi amor a quien realmente se lo quería dar. Giré mi cuello y abrí mi boca para aceptar el beso que mi alemán, al parecer, también se estaba muriendo por darme. Nos quedamos así por una eternidad, y cuando nos separamos, noté que los hombres ya no estaban. El beso con Gottfried me había trasladado a una dimensión ignota, de la cual tardé mucho en volver, y entretanto, los curiosos se habían marchado.»

—¿Lo tienes todo? —preguntó la tía Kelly, apuntando a mi grabadora.

Reaccioné como si viniera saliendo de un trance hipnótico. Es decir, como un imbécil.

—¿Qué? ¿Grabadora? Sí.

—Ah, bien —dijo Kelly, con indiferencia—. Ahora podemos hacer una pausa, si quieres, y te puedes relajar, dar un paseo, beber algo…

Sinceramente, relajarse no era una opción para mí. Un

paseo no haría más que sumirme en mis pensamientos, que ya me estaban acosando más de lo que hubiera imaginado jamás, y beber algo, como no fuera cicuta para terminar este calvario de una puta vez por todas, no tenía ningún sentido.

—Podemos concluir este capítulo —propuse.

—Bueno, tienes razón —dijo Kelly—. No falta tanto.

«—¿Te casarás conmigo? —dijo Gottfried, después de girarme hacia sí y mantenerme fuertemente sujeta contra su cuerpo.

»—Sí —dije, sin titubear.

»—Te advierto que las pruebas no han terminado —me dijo.

»—No me importa —dije—. Estoy preparada.

»—Puede ser que no te gusten —insistió mi alemán.

»—Si no me fueran a gustar, no me las pondrías —dije—. Tú quieres que me case contigo, ¿no?

»—Lo quiero más que nunca —dijo Gottfried.

»—Entonces ya buscarás la manera de no ofenderme.

»La verdad es que tendría que haber buscado mucho la manera de ofenderme, después de lo que habíamos experimentado. Al parecer, sus inclinaciones sexuales eran bastante particulares, y los celos no daban la impresión de estar entre sus defectos. Por otra parte, admiré su capacidad de contención. Me había follado durante largos minutos, y me había visto hacer lo que daba la impresión de ser lo que le ponía sexualmente y, sin embargo, no había eyaculado.»

No pude sino sentir la más rendida de las admiraciones por el tío Heller por este último detalle, teniendo en cuenta que yo había estado tentado de pedir permiso para ir al servicio varias veces durante la narración y, si no lo había hecho, había sido porque no quería quedar en evidencia ante la tía, y darle todavía más razones para que se pudiera vanagloriar de haberme vencido.

Kelly ya había hecho varios paralelos durante nuestra conversación, entre su decisión de aceptar abusos, dentro de lo razonable, y mi capacidad de soportar sus propias provocaciones. Si bien algunos retos ya los había superado, aunque fuera a duras penas, no era impensable que los siguientes no fuera capaz de soportarlos sin tener que sacrificar demasiado de lo que me quedaba de dignidad.

Lo peor de todo, fue el poder comprobar la refinada perfidia con que la tía Kelly había urdido todo para dejarme en calidad de guiñapo, y la imposibilidad de entender por qué lo hacía, cuando yo había sido tan fiel con ella.

—Tú también has sido capaz de controlarte —dijo—. Me gusta eso.

—Gracias —respondí.

La tía Kelly me miró profundamente a los ojos.

—Ya te lo dije. Tus condiciones son exactamente las mismas que las mías. Puedes seguir adelante, o renunciar a todo. Tú decides.

De algún sitio de mi cerebro, ya bastante descalabrado, saqué el valor para responder:

—Sigo, pero no renuncio a todo. Seguiré disfrutando de tus relatos y de tu compañía.

Kelly me volvió a regalar una de sus arrebatadoras sonrisas y asintió, para después ponerse de pie y dirigirse a su cuarto. Ya eran cerca de las tres de la tarde y no habíamos comido nada, pero ninguno de los dos pareció echarlo en falta.

8

—Espérame en la piscina —gritó la tía Kelly desde el segundo piso—. Lleva algo de comer de la cocina.

Gastone, como de costumbre, había dejado un gran surtido de entremeses en el refrigerador, para ser consumidos cuando fuera necesario, y mi decisión fue llevar una bandeja a la mesa del jardín, acompañada con una botella de vino blanco y una bebida para mí. Con todas las inesperadas emociones, mi apetito se había reducido a cero, y la tía Kelly llevaba una dieta relativamente disciplinada, y tampoco era de mucho comer. Los canapés nos ayudarían a pasar el tiempo y engañar la tripa hasta la hora de la cena.

Había llevado mi grabadora, para el caso de que la tía Kelly decidiera continuar con su relato, pero, al parecer, la idea era tomarse un descanso, lo que para mis nervios era realmente lo más bienvenido. La palabra «descanso», sin embargo, parecía estar fuera de toda expectativa durante este fin de semana, al menos en lo que se refería a mi nivel de alteración. Con todo lo sucedido, cualquier cambio de ambiente o variación en el libreto, llevaba consigo un nuevo riesgo de goce/sufrimiento, tan cruel como los que ya llevaba vividos en tan poco tiempo.

Y mis temores se comenzaron a hacer realidad con la entrada de Kelly. Vestía un bañador con tiras y aberturas a los costados, escotado hasta casi el ombligo, que me dolió más que un bikini. Ya la había visto desnuda, y esto era el piso siguiente del ascensor del Purgatorio en mi camino hacia los infiernos. La prueba continuaba, y lo peor de todo es que no tenía recompensa posible, como no fuera aprovechar estos momentos fugaces de placer, en los que la tía Kelly se recreaba jugando con mi indefensión, como una chica malvada le arranca las alas a una mariposa.

Ya me lo había dicho rotundamente: «nunca dejaré que me folles». Todo el deseo que pudiera ir acumulando no serviría más que para un bonito recuerdo y una gratificación solitaria. Las cosas no podías estar más claras, y su planteamiento era tan honesto como inclemente. Pero, bueno, ya le había dicho yo que lo soportaría, y no podía echarme atrás. ¡Mala puta!

—Qué buena idea —me dijo Kelly, con su mejor sonrisa— *Hor d'oeuvres*.

—¿Te puedo hacer una pregunta? —dije, sin transición alguna.

—Por supuesto —respondió.

—¿Me vas a contar lo que ocurrió en Venice Beach?

—¿En Venice Beach? —repitió, sin entender.

—Sí —dije—. Con Sal.

—¿Sal? ¿Tu hermano?

—Sí, mi hermano.

—Venice Beach —dijo, tratando de recordar—. Ah, sí. Estuvimos en Venice Beach. Pero hace tiempo. Antes de mi accidente.

—¿Y me vas a contar lo que pasó? —insistí.

—¿Lo que pasó?

Kelly parecía genuinamente desconcertada y yo estaba cada vez más impaciente. Obviamente no entendía mis preguntas, ni parecía recordar que hubiera pasado algo. Al cabo de un minuto pareció encendérsele la bombilla.

—¿Te refieres a la tienda de ropa? —preguntó.

—No sé —dije, con aspereza—. Eres tú la que conoce la historia.

—¿Te dijo algo?

—No. No me dijo nada —respondí.

—Me alegro —dijo Kelly—, porque no había nada que contar. Simplemente me acompañó a una tienda de ropa a comprarme una blusa, y en un momento salí del probador, vistiendo solamente el sujetador y los vaqueros, y tu hermano miró como si se le hubiera aparecido la Virgen. Un símil bastante improbable, pero así fue.

—¿Eso fue todo?

—Eso fue todo. No sé qué te habrá dicho pero, por lo visto, tu hermanito es capaz de pajearse con un dibujo de Minnie Mouse.

Sonreí educadamente, pero después de lo vivido, yo estaba en una situación similar.

—No me dijo nada especial. Solamente que había vivido un momento muy agradable contigo en Venice Beach —mentí.

—Y tú inmediatamente pensaste que me había tirado.

La tía Kelly estaba usando un vocabulario desconocido en su estilo, y cada palabra que decía, se hacía más obscena por venir de quien venía. No estaba llevando la cuenta, pero creo que mi pene no se había relajado desde que me metí a la ducha en la mañana, y esa circunstancia no parecía haber pasado desapercibida para Kelly, aunque la había aceptado como algo inevitable. El ver la paulatina descomposición de la imagen de esa beldad madura, directamente ante mis ojos, estaba resultando tan morboso como una visita a la morgue de un necrófilo. La veía hundirse en un pantano de leche y miel, después de haber endiosado ese contraste entre la gran dama, a la que se le suponían numerosas aventuras, pero ninguna lo suficientemente convincente como para mancillar su virtud, y esta libertina disoluta que me había tomado como su juguete, y que me arrojaría a la basura después de hacerme mil pedazos.

—¿Quieres que sigamos? —le dije—. En cualquier caso, no creo que terminemos este fin de semana. Seguramente tendré que volver después.

—Sin duda —dijo Kelly—. No hay prisa, pero si te interesa podemos seguir.

Asentí mientras volvía a echar a andar la grabadora. La tía Kelly se había acomodado en la silla de playa, y esas perforaciones en su malla de baño, que dejaban ver la piel bronceada del costado de su cuerpo, me hacían dudar acerca de mi voluntad de regresar a seguir sufriendo.

—Está andando —dije—. Puedes comenzar cuando quieras.

«—Pasaron dos días, y nos volvimos a citar con mi alemán en The Ghost, esta vez en calidad de prometidos formales. Durante el tiempo que transcurrió entre un encuentro y el otro, no volvimos a tomar contacto, salvo para quedar de vernos de nuevo. Ambos teníamos que asimilar lo que había ocurrido, y ver cómo se podría seguir adelante. Por lo visto, los dos llegamos a la misma conclusión, porque cuando me llamó por teléfono —ya habíamos intercambiado nuestros datos personales—, su voz sonaba más urgente que de costumbre. De la mía no cabía duda. Me estaba muriendo por verlo, por besarlo y por que me hiciera suya de una vez por todas, y para siempre.

»Sabía que era una imprudencia unir mi vida a un desconocido solamente porque me humedecía de sólo pensar en él, pero había tantos factores externos que me hacían tenerle confianza y esperar lo mejor de la relación, que me hacían confiar en que la decisión no era del todo descabellada.

»Decidimos encontrarnos lo antes posible porque, sinceramente, no sé cómo habría soportado la espera, si se hubiera alargado por más de algunas horas. Durante el tiempo que pasó, había reunido la suficiente fuerza de voluntad para no llamarlo, pero ya estaba a punto de flaquear cuando recibí su llamada.

»Cuando llegué a The Ghost, estaba sentado en la misma mesa de siempre, pero esta vez no esperó que me aproximara. Se puso de pie y avanzó a recibirme, para después guiarme, sin más prolegómenos, hacia la cortina roja que nos separaba de nuestro placer. A pesar de las prisas, su expresión no denotaba ansia. Seguía serio, como siempre, pero menos efusivo que cuando me propuso matrimonio imprevistamente.

»Al pasar frente al mesón, la mujer detrás del bar dio un respingo y salió apresuradamente por la puerta de atrás, mientras se quitaba el delantal. Ya me había llamado la atención por su porte distinguido y su belleza rubia. Debía medir más de un metro ochenta, y llevaba sus más de treinta años con una gracia inusual.

»Cruzamos el umbral y...»

La tía Kelly volteó la cabeza, dándome el tiempo justo para levantar la vista de su cuerpo y mirarle la cara. Me miró intensamente, casi con odio, y ordenó:

—Apaga la grabadora.

Obedecí.

—Esto no es una buena idea —dijo, algo más calmada.

Yo ya lo tenía bastante claro. No se trataba de ponerme

a prueba de nada, sino simplemente de martirizarme, por alguna razón que desconocía y que no me interesaba en absoluto. Había llegado el momento del *narratius interruptus*, y era hora de prepararse para pasar la noche en la confortable cama de mi casa, después de haberme hecho añicos a gayolas, y atesorar el recuerdo para el resto de mi vida. Estaba pasándolo mal en algunos momentos, pero la tía Kelly se equivocaba si pensaba que me estaba realmente haciendo daño.

Ya solamente esa malla de baño de generosos agujeros, era capaz de resarcirme de toda privación, y cada vez que la viera en el futuro, pulcramente vestida de visita en nuestro hogar, la desnudaría con mis ojos y la sentaría en una silla frente a mí, como una prostituta en una ventana del barrio rojo de Ámsterdam. Y posiblemente ella sería la única que entendería mi sonrisa boba cada vez que sintiera mis ojos recorriéndola entera.

Se produjo un silencio, y mientras esperaba instrucciones, la tía Kelly se acomodó en la silla de playa e, inesperadamente, continuó su relato:

«La actitud de mi alemán había cambiado y, por un momento, pensé que el juego había terminado y que había que empezar a afrontar una realidad distinta de la que me había hecho imaginar. No sé si sentí temor por la transición pero, en cualquier caso, la curiosidad era más poderosa que el miedo. Apenas entramos al cuarto, me encontré con la rubia del bar. Se había quitado el vestido y solamente llevaba el sujetador y las bragas. Era bella y desafiante, con un rostro delgado y un cuerpo de ensueño. Si mi alemán tenía predilección por ese tipo de voluptuosidad, ya podía yo empezar a hacer las maletas, pero afortunadamente se demostró que no era necesariamente así, y que, por otra parte, las curvas que la rubia lucía las había acuñado con la edad, y ese desarrollo también habría de vivirlo yo.

»La mujer me apartó de la mano de mi alemán y me condujo a las cercanías del famoso tronco, que me despertó los recuerdos lujuriosos que venía rememorando desde hacía varios días. Ya solamente el entrar en la habitación, y que me invadiera el olor a madera, cuero y muebles antiguos y algo polvorientos, me produjo una reacción que pensé que no podía pasar desapercibida para nadie. No dejé de sentir un cierto pudor por haber proferido un casi imperceptible gemido.

»—Por lo visto viene dispuesta a divertirse —le dijo la rubia a Gottfried, mientras comenzaba a desabotonarme el vestido—. ¡Mira, si ni siquiera se ha puesto sostén!

»Miré a mi alemán con cara de pregunta, pero él no reaccionó. Solamente seguía con atención la operación de desvestirme que llevaba a cabo la mujer. Cuando me tuvo en bragas, me cogió violentamente del pelo y acercó su cara a la mía.

»—Has venido sólo para que te follen, ¿verdad, putita? —me susurró.

»Yo nunca antes había besado a una mujer, y me sorprendió mi reacción de separar espontáneamente mis labios al sentir los suyos, para dejar que su lengua buscara la mía. La sensación fue gratamente reveladora. La suavidad de su boca, y la dulzura con la que nuestras lenguas se acariciaban, casi por inercia, dejándose llevar como una flor en la corriente de un río, no la había sentido con ningún hombre. Había besado hombres muy tiernos, y mi alemán era uno de ellos, pero ésta era otra dimensión. Lo que no sabía era que este río iba a desembocar en una catarata incontrolable, cuya profundidad desconocía.

»Mientras me sumía en el efecto casi adormecedor de la ternura, la rubia, que ya se había quitado el sujetador mientras nos besábamos, me tiró fuertemente de los cabellos, me giró y me aplastó contra el tronco. La violencia de la reacción me pilló tan de sorpresa que no pude evitar una exclamación de temor.

»—Pues no —gritó la mujer—. A ti no te va a follar nadie. Me follarán a mí, y tú tendrás que mirar.

»Mi corazón dio un vuelco. Al final mi alemán iba a ser solamente un pervertido que me había tomado como juguete para sus porquerías, y que después de utilizarme me dejaría caer como una buscona más de las muchas que debía conocer. El libreto decía que, en ese momento, tenía que coger mi ropa, ponérmela, hacer una vistosa peineta a dos manos a todos los presentes y largarme, pero mi voluntad no me acompañaba. En lugar de rebelarme, dejé que la mujer, que después del beso parecía todavía más bella, me cogiera por las muñecas desde el otro lado del tronco y me atara firmemente con una cuerda de las muchas que colgaban en la repisa.

»Cuando la rubia se dirigió al arsenal a elegir sus útiles, lo primero que pensé es que volvería con una fusta para darme de latigazos, pero solamente se trató de la cuerda. En ese momento no supe si mi suspiro fue de alivio o de decepción. Algo me había despertado una curiosidad inédita después de haber tomado contacto con ese entorno sadomasoquista, y esperaba que mis antecedentes exclusivamente teóricos de ese mundo se transformaran, en algún momento, en ejemplos concretos.

»La rubia me ató con cuidado hasta dejarme inmovilizada. El contacto de mi cuerpo desnudo contra el palo frío y rugoso, me causó un leve estertor, que no habría podido calificar como de placer, si no hubiera sido porque mi vagina estaba tan húmeda como expectante. La mujer, se volvió hacia mí y acercó nuevamente su bello rostro al mío. Esta vez fui yo la que estiró la lengua para encontrar la suya, y el beso fue todavía más tierno que el primero. En medio de mi embriaguez, pude ver de reojo a mi alemán, que sonreía complacido. Obviamente me había dejado llevar por sus manejos y me estaba entregando en cuerpo y alma a sus raros caprichos, pero no tenía ni la claridad para pensar más allá de mis sentidos, ni la intención de flaquear ahora, cuando había llegado tan lejos, y esperaba con ansias el desenlace.»

La tía Kelly humedeció sus labios, y sentí que me resultaba imposible controlarme. Estaba llegando al punto sin retorno, sin haber siquiera rozado mi sexo durante todo el relato. Era la primera vez que me ocurría, y justamente tenía que pasarme delante de la tía Kelly. La humillación estaba adquiriendo características de calvario, pero no veía la manera de evitarla, y ni siquiera estaba seguro de que lo deseaba.

En mi desesperación, un ingenio que no tenía vino en mi ayuda, con una táctica tan simple como ridícula. Solté una carcajada atronadora, di un salto y me lancé a la piscina, a pesar que llevaba los vaqueros puestos, al grito de «¡Chapuzón!».

Si hubiera buscado una reacción más idiota, seguramente no la habría encontrado, pero a la tía Kelly pareció no extrañarle. Por el contrario, rio sinceramente con su voz irresistible, y siguió lo que pensó que era una broma, con gran entusiasmo. Cuando me vio lanzarme al agua, se puso de pie y se tiró en piquero gritando «chapuzón», con una vehemencia similar a la mía pero, obviamente, con otra motivación.

La respuesta no pudo ser más bienvenida. Primero, porque mi actitud de retardado mental no pareció despertar ninguna suspicacia, lo que en otras circunstancias podría haber sido tomado a mal, pero en este caso era lo mejor que podía pasar y, segundo, porque estando los dos en el agua, la tía Kelly no tendría todo el tiempo y la tranquilidad de observarme y ver mis reacciones, que tenían que ser bastante reveladoras, por mucho que me tratara de moderar.

Y efectivamente fue así. Kelly se puso a nadar a lo largo de la imponente piscina, y me ignoró por los segundos necesarios para que pudiera tener mi orgasmo en paz. En la algarabía del baño inesperado, me tomé la libertad de soltar algunos gritos de placer, que podían ser interpretados como una genuina demostración de alegría por el ejercicio.

La tía Kelly se giró, dio algunas brazadas en mi dirección y se detuvo frente a mí:

—¿Estás mejor ahora? —preguntó.

—Sí —respondí sinceramente—. Mucho mejor.

9

La verja que separaba la piscina del jardín de entrada, estaba cubierta por un seto de coníferas de más de dos metros, que hacía imposible que desde fuera se pudiera ver algo. La pequeña portezuela estaba entreabierta, pero eso no ofrecía un riesgo para la privacidad, dado que la entrada a la casa estaba fuertemente protegida. Tanto más grande fue mi sorpresa cuando vi que la puerta se movía y, momentos más tarde, vi aparecer la figura de Gastone, el fiel sirviente de los tíos Heller, pulcramente vestido y cargando su maleta.

Al verlo, me dio la impresión de que no esperaba encontrarnos en la piscina, pero su semblante discreto no delató mayor sorpresa. Si estaba entrando por ese camino en lugar de la puerta principal, se debía a que no quería irrumpir sin aviso, y nuevamente mi imaginación afiebrada me hizo elucubrar toda clase de teorías que podían haberlo llevado a tomar esas precauciones. A pesar de mi decisión de mirar las cosas objetivamente, y resignarme a que mi presencia en la casa se redujera a echar a andar la grabadora y escuchar, todavía mi descerebrado subconsciente me seguía mandando mensajes de esperanzas infundadas, no se sabe de qué.

—Gastone, querido —dijo la tía Kelly, girándose al notar su presencia—. ¿Qué ocurrió? ¿Mamá no estaba en casa?

—Sí —respondió Gastone—, pero esperaba visitas.

—¿Y cuál es el problema? —preguntó Kelly.

—El problema es que yo no las soporto. La sola idea de tener que pasar el fin de semana con mis tíos y primos del campo, me descompone el estómago.

—Pues, bienvenido de vuelta —dijo Kelly, sacando medio cuerpo del agua, y estirando el cuello para que el criado le diera un suave piquito en los labios, a modo de saludo.

Vaya, qué bonito, pensé. En esa casa todo el mundo mojaba menos yo. Hasta el maricón tocaba pelo, mientras yo me tenía que limitar a mirar y aguantarme, consciente de que mi futuro era el fracaso y la total desilusión. Si bien al empleado le tomó algún tiempo reaccionar ante la invitación de Kelly para que la besara, no pareció un procedimiento insólito por la naturalidad con que se llevó a cabo.

—Dejaré la maleta en mi habitación y estaré disponible para lo que me necesite —dijo Gastone, incorporándose.

—De eso nada —respondió la tía Kelly—. Tú tienes el fin de semana libre y no moverás un dedo, a menos que te dé la gana.

—Gracias —respondió simplemente Gastone, dirigiéndose hacia la amplia mampara por la que se entraba a la casa.

La tía Kelly volvió a sumergirse y nadó hacia donde yo estaba, con una sonrisa en los labios. Se detuvo frente a mí y me asió la cintura con las dos manos, aunque sin llegar a acercarse demasiado.

—Le ocurre a menudo —dijo—. La madre es un encanto, pero su familia parece ser una peste. Bueno, por lo menos comeremos bien, sin necesidad de llamar a un restaurante.

—Yo pensé que Gastone era gay —dije, sin alzar demasiado la voz.

—Lo es —respondió Kelly.

Alguien todavía más tonto que yo se atrevió a salir con una frase como:

—Algunos pensaban que te lo cepillabas, pero yo tenía mis dudas.

La tía Kelly se puso seria, pero sin mostrarse demasiado severa.

—O sea que es verdad que en tu casa me consideran una puta.

—No he dicho eso —me apresuré a decir—. Ni siquiera creo haberlo escuchado en mi casa. En todo caso da igual. Que piensen lo que quieran.

La tía Kelly se separó de mí y se dirigió a la orilla de la piscina.

—No creas que estaban tan desencaminados —dijo—, pero fue distinto a lo que se podían imaginar.

Kelly salió y se paró a la orilla de la alberca, ofreciéndome su cuerpo inmaculado en toda su gloria.

—Si supieran cómo fue, habría sido mucho peor.

Luego de una breve ducha, que tampoco tuve el coraje de seguir a través del espejo de un solo sentido, nos volvimos a sentar en el living con el propósito de continuar recogiendo antecedentes para el dichoso libro, cuya verdadera motivación se me antojaba cada vez más incierta. La tía Kelly decidió vestirse de manera tradicional, con un jersey delgado y una falda hasta más abajo de la rodilla, lo que aportó una buena cantidad de serenidad al procedimiento, pero no alcanzó a apaciguar la inquietud que me estaba persiguiendo desde que el relato comenzó a ponerse más escabroso.

«La rubia se había despojado de todo lo que llevaba puesto, y estaba tan desnuda como yo cuando se acercó a mí y me dio una fuerte nalgada, diciendo:

»—Ahora veremos hasta dónde piensas llegar. Pareces una chica fuerte, pero toda voluntad tiene su límite. Vamos a descubrir cuál es el tuyo y, si pasas la prueba, tendrás tu recompensa.

»Después de aparecidas las palabras 'prueba' y 'recompensa', el jueguito ya me empezó a parecer un poquito tonto. El diálogo estaba empezando a asemejarse a una película erótica de hace treinta años atrás. Sin embargo, a pesar de que mi intelecto me ponía trabas para aceptar lo que veía, mi sexo insistía en saltárselas y en urgirme para que siguiera adelante.

»Sin tener entera seguridad de si era una reacción de excitación o de contrariedad, mi corazón dio un vuelco cuando la rubia se giró hacia mi alemán y lo besó apasionadamente. Gottfried, sin emplearse demasiado, devolvió el beso con una dosis razonable de pasión, mientras me miraba de reojo. Habíamos alcanzado el punto sin regreso. Se trataba de aceptarlo todo o terminar para siempre.

»En esos momentos me di cuenta de cuánto me faltaba para conseguir transformarme en una mujer sin trabas. Cuán lejos estaba todavía de acercarme siquiera a la vida desenfrenada que mi alemán me estaba haciendo ver, y cuán fácil era proponerse algo cuando no se tenía una idea cabal de qué concesiones había que hacer y cuánto valor había que demostrar para lograrlo.

»Bien es verdad que mi intención original era correr riesgos, olvidarme de la vida pequeñoburguesa que había llevado hasta ese momento y gozar la vida en su plenitud, pero encontrarme cara a cara con esto era demasiado fuerte para alguien con una preparación previa tan pobre. Si bien no me consideraba una pacata, jamás se me hubiera ocurrido hacer el amor con más de una persona en el cuarto, o exponer mi desnudez ante extraños. Me daba la impresión que me había saltado varios capítulos en el desarrollo de mi liberación sexual, y había pasado directamente a la tesis doctoral, con un profesor asesor tan atractivo como inescrupuloso.

»Y quizás lo más extraño de todo, era que no estaba siendo capaz de sentir otra cosa que no fuera excitación. Ni celos, ni rabia, ni vergüenza. Solamente excitación y curiosidad por lo que viniera. Y lo que vino me invadió de esa tibieza previa al orgasmo, pero sin desenlace, que duró hasta que hubo pasado mucho rato: Gottfried se había abierto la cremallera y la rubia se había acomodado lindamente en su voluminoso pene, haciendo que la penetrara por detrás, de pie frente a mí. Ambos me miraban, pero claramente concentrados en lo que hacían. Yo los observaba jadeante, atada fuertemente con cuerdas a un tronco rugoso.»

—Espera un momento —interrumpí—. ¿Estamos hablando del tío Heller?

—Sí —dijo Kelly— como saliendo de un trance—. Estamos hablando del tío Heller. Difícil de creer, ¿verdad?

—Muy difícil —admití.

La historia me excitaba poderosamente, pero no podía quitarme de la cabeza que era ficción, y que la tía Kelly me estaba utilizando para pasar un buen rato a mi costa. En cualquier caso, fuera inventado o no, el escuchar tantas enormidades de labios de alguien como Kelly, era lo suficientemente placentero como para no necesitar buscar corroboraciones de otro tipo a la historia.

—Bien —dije, volviendo al tema—. ¿Qué pasó después?

«Después las cosas se fueron caldeando más y más, hasta que mi alemán y la rubia terminaron rodando por el suelo de baldosas, follándose mutuamente con furia, mientras se manoseaban y se besaban como si no hubiera un mañana. En ese punto, lo que yo más lamentaba era no tener mis manos libres para poder darle paz a mi clítoris, que reaccionaba como si lo estuvieran martirizando con un vibrador, sin permitirle una puerta de escape. Estaba tan húmeda que me podría haber penetrado un burro y no me habría causado dolor.

»Mientras tanto, mi alemán seguía machacando a la rubia hasta dejarla sin aliento, tal como me había imaginado que me hiciera a mí, desde que nos despedimos la última vez que nos encontramos.

»En el momento en que ya no podía más de deseo, los amantes decidieron tomarse una pausa y ocuparse de mí. Yo estaba jadeante y empapada en transpiración, a pesar que el ejercicio lo habían hecho ellos. Lo único que quería era que me desataran para perderme en los brazos de mi alemán y amarlo como no lo había amado nadie jamás. Pero esa puta rubia tenía otros planes. La zorra no había terminado de humillarme, y mi alemán no parecía tener problemas con eso. Muy por el contrario.

»—¿Estás gozando, perra? —me dijo, asiéndome el cabello con fuerza y echándome al cuello hacia atrás—. Pues se supone que no es lo que te corresponde. Has venido aquí para sufrir. ¿Entiendes?

»—Sí —respondí, casi sin querer.

»Sinceramente no sabía por qué había de querer sufrir ni qué razón podría haber para ello, pero mi voluntad estaba en el más profundo de los sótanos, y todo lo que fuera a ocurrir conmigo lo aceptaba sin rechistar, a la espera de que, fuera lo que fuera, me otorgara placer.

»—Desátame —dije, con un hilo de voz.

»—¿Quieres que te desate? —dijo la rubia.

»—Sí —respondí.

»—¿Para que puedas refocilarte con mi hombre, como una asquerosa buscona?

»—Sí.

»—Pues va a ser que no —dijo la rubia—. Todo has de ganártelo, bonita. La vida ha sido demasiado fácil para ti. Ahora te tendrás que esforzar.

»La mujer me obligó a girar la cabeza hacia su rostro, y me depositó un beso en los labios que, con lo necesitada que yo estaba de contacto erótico, me supo a gloria y devolví con ardor.

»—Ahora relájate, que tendrás que sufrir un poco si te quieres ganar el cielo. ¿Estás dispuesta? —dijo al rubia.

»—Sí —contesté sin vacilación.

»—Es sólo un poco, al principio. Ya te acostumbrarás.

»Sus labios seguían rozando los míos mientras me hablaba, y su cercanía me estaba gustando tanto, que ya no se me planteaba como una forma de consuelo circunstancial, ni un sucedáneo para la sexualidad reprimida, sino como una alternativa legítima para mis prácticas habituales. Por ahora, sin embargo, mis prioridades estaban en descubrir qué iba a pasar conmigo en los próximos minutos.

»La mujer se separó de mí y se fue al otro lado del tronco a revisar si las cuerdas estaban bien atadas a mis muñecas, y a ponerme unas tobilleras de cuero, unidas por una cadena, la que, al pasar alrededor del tronco, separaba mis piernas y les limitaba toda capacidad de movimiento.

»Sentí que mi respiración comenzaba a agitarse cuando miré de reojo, y vi a mi alemán acercarse a mí con un adminículo en la mano, que posteriormente me fue descrito como un 'flogger'. Se trataba de un látigo de alrededor de un metro, con numerosas tiras negras, al parecer de cuero, sujetas a un mango grueso. El semblante de Gottfried era tan tranquilo como si estuviera trayendo una jofaina para regar las plantas. La mujer regresó a mi lado y me acarició el cabello.

»—¿Estás lista? —me dijo.

»—Sí —respondí.

»El primer golpe resonó en mis nalgas como una explosión de cristalería. Mis carnes se encendieron y sentí como si un fuego me recorriera todo el cuerpo. No fui capaz de reprimir un quejido, mientras la rubia me seguía acariciando y diciendo palabras consoladoras, como una enfermera a un niño que recibe su primera inyección. No sé si la sorpresa actuó como anestésico o si mi estado de excitación reemplazaba cualquier sensación por una de placer, pero debo reconocer que el dolor no fue tan intenso como esperaba. Hasta que llegó el segundo.»

—¿Me estás diciendo que el tío Heller te sometió a un castigo sadomasoquista? —pregunté—. Porque sinceramente me suena sacado de una porno barata.

—¿No me crees?

—Tía Kelly —le dije, enfatizando la palabra 'tía'—, creo que he escuchado suficiente. Me parece que me has estado llevando al huerto desde que llegué, y no te niego que lo he disfrutado, pero ahora que veo que todas son fantasías tuyas, ya no sé qué pensar. Eres una gran contadora de cuentos, pero si no son reales el efecto no es el mismo. ¿No te importa que pasemos a otra cosa? ¿O me quieres contar algo verdadero de tu vida?

La tía Kelly se puso de pie, con aire de dignidad, y caminó hacia la puerta que daba a las habitaciones de la servidumbre. Al llegar al umbral, gritó:

—¡Gastone!

En ese momento me arrepentí de haberla ofendido, porque realmente estaba disfrutando su compañía, a pesar de mis aprensiones y, además, porque la quería mucho y habría hecho todo lo posible para no causarle una molestia. Pero mi bocaza me jugaba una mala pasada, como tantas veces, y mi aventura de reconocimiento de las intimidades de esa apasionante mujer, iba a terminar con el criado escoltándome hacia la puerta, posiblemente con la instrucción de no dejarme volver a entrar.

Pocos momentos después, Gastone se hizo presente, y yo me puse de pie para ahorrar tiempo, mientras la tía Kelly le decía:

—Querido, ¿puedes arreglar la 'zona'?

—¿La 'zona'? —repitió el criado, algo extrañado.

—Sí —dijo la tía Kelly—. Quiero que Alan vea en qué consiste.

—¿Con él? —preguntó Gastone.

—No —respondió Kelly—. Conmigo.

Gastone arqueó las cejas levemente y se retiró sin decir una palabra. La tía Kelly volvió a sentarse frente a mí y esperó en silencio, mientras yo no sabía qué hacer ni qué decir. No parecía demasiado ofendida, pero tampoco demostraba interés en continuar la conversación. Solamente por romper el hielo, cogí la grabadora y dije:

—¿Te parece que continuemos desde el lugar en que lo dejamos?

—No —respondió Kelly—. Lo retomaremos más tarde.

Su voz mostraba frialdad, pero no molestia. Por lo visto había tomado mis dudas como algo normal, y que no me podía ser reprochado, pero no veía cómo aquella 'zona' me las podría disipar. Estuve a punto de preguntarle qué era lo que me quería demostrar, pero no estaban las cosas como para seguir corriendo riesgos de meter la pata, y decidí callarme.

El móvil que estaba sobre la mesa, sonó, y la tía Kelly respondió.

—¿Aló? Sí, mi amor… Estoy aquí con Alan…

Kelly, apartó el celular y me dijo:

—El tío Heller te manda un abrazo…

—Gracias —respondí—. Dale uno de vuelta.

La tía retomó la conversación.

—Estamos a punto de mostrarle la 'zona'.

Desde la distancia escuché el grito del tío Heller, que provocó una sonora carcajada de Kelly.

—No te preocupes —dijo—. Solamente es una demostración para las memorias que estamos escribiendo.

Ahora, la carcajada del tío Heller al otro lado de la línea fue todavía más estentórea.

—¿Cuándo regresas? —preguntó Kelly—. ¿El lunes?

Me miró con cara de querer preguntarme algo, pero al parecer se arrepintió y solamente dijo:

—No lo creo. El lunes tiene clases. Pero, en todo caso hemos quedado de continuar con el trabajo después… Sí, lo está haciendo estupendamente… Ya sabes que es un tesoro…

Estaban hablando de mí. Un tesoro, dijo. Y paciente. Paciente como nadie, el hijo de puta. Aguantando todas las provocaciones sin decir ésta boca es mía, y dispuesto a volver por más. Además, feliz de hacerlo. Y no era para menos. Sacando cuentas, jamás en mi vida habría imaginado tener la posibilidad de ver a esa maravillosa tía Kelly desnuda, o contándome cochinadas de su juventud, aunque fueran mentiras, y tratando de seducirme, aunque fuera para hacerme sufrir y decepcionarme. No sabía cuál podría ser la motivación pero ya me importaba una mierda. Había sido feliz y seguiría siéndolo para siempre con el recuerdo. Hugh Hefner, te puedes ir a tomar por culo.

En ese momento, Gastone interrumpió brevemente para decir que la 'zona' estaba lista, y se retiró.

—Ahora tengo que colgar —dijo la tía Kelly—. La 'zona' está lista.

Se quedó un rato escuchando lo que el tío Heller le decía del otro lado de la línea, asintiendo y soltando alguna risilla, hasta que dijo:

—Para tu información, estaba con la oreja pegada al teléfono todo el tiempo y lo ha escuchado todo.

Por lo visto, la reacción fue más airada de lo que esperaba, por lo que, todavía entre risas, se vio obligada a aclarar:

—No es verdad, tonto. No ha escuchado nada. Te espero el lunes… No te preocupes, esperaré a que llegues… Te amo.

Cortó la llamada, con una sonrisa en los labios, y volvió a dejar el celular en la mesa, al lado de mi grabadora. A pesar de que yo había captado solamente la mitad de la conversación, el tono me vino a reafirmar en mi idea de que el tío Heller no era la persona que la tía me había pretendido describir, y que todas las licencias orgiásticas y el sadomasoquismo no habían sido más que fabulaciones con el propósito de impresionarme. Y no cabía duda que ese objetivo lo había conseguido inapelablemente, pero no el de engañarme.

—Vamos —me dijo la tía Kelly, levantándose del sofá mientras se echaba algo al bolsillo, que presumí que eran sus cigarrillos—. Ven conmigo.

10

Caminamos por el largo pasadizo que llevaba al patio por el que se ingresaba al garaje de la casa, y descendimos los cuatro peldaños que nos llevaban al bonito camino rodeado de plantas que conducía hacia el portón de entrada. Ingresamos por la puerta del costado que daba a la sala de herramientas, que el tío Heller mantenía en orden inmaculado para dedicarse a su pasatiempo de mantener y reparar sus automóviles clásicos. Especial atención le dedicaba a su Alfa Romeo convertible de 1937, que no era el que me parecía más bonito, pero indudablemente era el más valioso.

Mi reacción automática fue girar hacia la izquierda, donde estaban los coches, que es lo que había hecho muchas veces con el tío Heller, cuando me llevaba a dar una vuelta en alguno de sus bólidos, pero la tía Kelly me tomó del brazo y mi guio para que siguiera caminando. Al fondo del pasillo había una puerta que, seguramente, yo había percibido inconscientemente, pero nunca me había detenido a pensar hacia dónde iba a dar. La tía Kelly la abrió y me precedió en una habitación que, a primera vista, me pareció un estudio de grabación. Las paredes estaban cubiertas íntegramente con paneles acolchados para aislar el ruido, y el mobiliario era extremadamente parco. Solamente había un sillón y una silla de madera, en la que Gastone nos esperaba sentado. La única construcción que destacaba en medio de esa decoración, era una gran Cruz de San Andrés, en forma aspa que, como dato complementario, contaba con sus correspondientes esposas de cuero en cada uno de sus extremos. En ese momento desactivé mi cerebro, hasta tener una idea algo más clara de lo que ocurría.

Hice bien. De otra manera no habría sabido cuáles habrían tenido que ser los parámetros a utilizar para concebir lo que tenía ante mis ojos. Con un gesto de su mano, la tía Kelly me señaló el sillón, y pronunció la última palabra que le escuché decir en todo el tiempo que estuvimos allí:

—Siéntate.

Obedecí como un sonámbulo. La tía Kelly se aproximó a Gastone, quien se había puesto comedidamente de pie y se había arremangado las mangas de su camisa, y se paró frente a él, alzando los brazos para que el criado pudiera despojarla fácilmente de su jersey. No llevaba sujetador, circunstancia que yo no había notado, y no porque no hubiera prestado suficiente atención.

Cumplida esta primera maniobra, Kelly se dio vuelta para que Gastone bajara la cremallera de la falda, para poder hacerla deslizarse suavemente a través de sus piernas, no sin haber tenido que esforzarse algo en conseguir que cruzara sus espectaculares caderas. Las breves bragas le fueron despojadas con presteza, con un movimiento casi rutinario por el criado, de modo de ofrecerme una vez más su belleza desnuda en todo su esplendor. En el proceso de desvestir a Kelly, Gastone no parecía tomar muchas precauciones para que sus dedos no rozaran demasiado su cuerpo, y hasta noté algunas caricias distraídas durante la labor, que la tía dejó pasar sin mayor reacción.

Pensé que me iba a dar un vahído, y me alegré de estar

sentado en el mullido sofá. Mi corazón latía como una loco-
motora a vapor y mi respiración se hacía cada vez más difi-
cultosa. Parecía como si estuviera a punto de sufrir un in-
farto, pero nada me habría privado de continuar mirando el
espectáculo, destinado, obviamente, a demostrar que lo que
me había relatado la tía era verídico, y que el tío Heller era,
efectivamente, el personaje que me había descrito y no el
que yo había idealizado. La constatación, lejos de manchar
la imagen del tío Heller, vino a ponérmelo en un pedestal,
tanto por la recién descubierta faceta de su personalidad,
como por la suerte de tener a su lado a una mujeraza como
la tía Kelly.

Una vez teniéndola desnuda a su merced, Gastone condujo a Kelly hacia la cruz en forma de equis y la ató de pies
y manos a las esposas de cuero, aprovechando de acariciar
prolijamente cada parte de su esculpido cuerpo. Si bien yo
tenía todas las razones para sentirme discriminado al ver que
todo el mundo estaba autorizado a ponerle la mano encima
a la mujer que me volvía loco, el tener la oportunidad de
presenciarlo me estaba abriendo una perspectiva nueva en
mi catálogo de perversiones: la del voyerismo. El imaginarme a la tía incurriendo en los actos que me había descrito,
besando mujeres y hombres y siendo poseída en público,
me había causado un bochorno que no reconocía y que me
satisfacía como ningún otro hasta ese momento. Y ahora
que veía con mis propios ojos cómo era objeto de los manoseos obscenos de su criado, y cómo los aceptaba con la
sumisión de una esclava deseosa de placer, veía llegar inexorablemente el momento en que mis sentidos me traiciona-
ran, aunque ahora el pretexto del «chapuzón» ya no sería
aplicable.

Lo único que me tranquilizaba relativamente era que,

así como se estaban dando las cosas, el hecho de que me hubiera corrido delante de los dos no podía ser tomado necesariamente como una salida de tono.

Una vez habiendo inmovilizado a la tía Kelly, Gastone se dirigió a una de las esquinas de la sala, en la que se encontraba una pequeña mesa de noche. Abrió la gaveta y extrajo un látigo de tiras negras, que respondía a la descripción que Kelly había hecho de lo que llamó un «flogger».

Gastone se aproximó con parsimonia a la cruz y comenzó a acariciar la espalda de Kelly, mientras ella le sonreía con una expresión resignada. Se besaron suavemente en los labios poco antes de que el criado se apartara unos pasos y, con una fuerza que me pareció desmedida, propinara un latigazo en el «valle de Venus» de esa mujer portentosa, causándole un controlado gemido y haciendo que sus nalgas se estremecieran. Sin esperar a que se recuperara, Gastone volvió a tomar vuelo y a lanzarle otro cuerazo, esta vez más fuerte, que hizo que la tía Kelly profiriera un grito de auténtico dolor.

Yo estaba petrificado, sin saber si tenía que decidirme por el terror o por la lujuria. En otras circunstancias, mi primera y única reacción hubiera sido abalanzarme contra Gastone y arrebatarle la herramienta de las manos, pero si la tía Kelly no solamente no parecía tener ningún reparo en que se le atizara, sino que parecía gozar con el procedimiento, cualquier actitud redentora hubiera estado fuera de lugar.

Entretanto, la fuerza de los azotes no aumentaba, pero al golpear repetidamente la parte baja de la espalda y las nalgas, su efecto parecía intensificarse, a juzgar por las reacciones de la tía Kelly. Con el paso de los latigazos, mi propia reacción también comenzó a variar, y de la sorpresa inicial pasé a un sentimiento de distanciamiento que me permitió comenzar a disfrutar de lo que veía. La tía Kelly disfrutaba con el dolor, y yo disfrutaba con verla sufrir. Hacía todos los esfuerzos posibles para odiarme a mí mismo por experimentar esas reacciones despreciables, pero no lo conseguía, Mi excitación se hacía cada vez más intensa, tan intensa como los latigazos que Gastone seguía propinándole, cambiando constantemente de lugar; en la espalda, en las nalgas, en los muslos e incluso, para mi estupefacción, en la zona vaginal, aunque no con tanta saña.

No sé cuánto duró, pero mientras más se prolongaba, más deseos tenía de que no acabara. Mi lujuria había desplazado todos los principios rectos acumulados durante mi vida, y toda la educación recogida en el seno de una familia convencional y temerosa de Dios. Ahora de lo único que se trataba era de dar salida a los instintos más ruines, que esperaban, agazapados en mi subconsciente, a que llegara una zorra degenerada como Kelly a despertarlos de un golpe.

En medio del fárrago de mis pensamientos, a veces sentía el deseo de ser yo el que tuviera la fusta en la mano, y hacer pagar a esa perdida por todo lo que me había hecho y todavía me estaba haciendo. Pero estaba consciente de que no era más que una bravuconada sin base de mi parte, ya que no habría sido capaz de hacerle daño. Gastone, obviamente, no tenía ese tipo de aprensiones y se seguía dando a la tarea con afán.

Había transcurrido no sé cuanto tiempo, cuando el criado detuvo el castigo y se acercó a Kelly para susurrarle algo al oído. La tía, que ya estaba bañada en sudor, con la voz afónica de gemir y con marcas que surcaban todo su cuerpo, negó con la cabeza y dijo algo, para mí inaudible, después de lo cual, el criado volvió a alejarse unos pasos y a reanudar los azotes, esta vez con más fuerza de la que había empleado hasta ahora.

El bramido de la tía Kelly debería haberse escuchado en todo el vecindario, si no fuera por la buena labor de aislamiento que cumplían los paneles de los muros. Gastone no se impresionó en lo más mínimo por al reacción y continuó su tarea con la misma violencia. Algunos minutos y unos veinte latigazos más tarde, sin mediar ningún tipo de comunicación de parte de la tía Kelly, el empleado dio por finalizada su tarea, dejó la herramienta en la silla y se dispuso a desatar a su «víctima» de la cruz.

Primero destrabó las esposas de cuero que mantenían sus tobillos sujetos a la madera y luego liberó sus muñecas de sus ataduras. Al concluir su tarea, la reacción de la tía Kelly fue la que yo temía. Acercó su cara a la de Gastone y ambos se dieron un profundo beso que se extendió por una eternidad, sin darme tiempo a recuperarme de todas las vivencias experimentadas, y forzándome a tener mi segundo orgasmo involuntario del fin de semana. Esta vez, sin embargo, nadie se enteró.

Gastone cubrió el cuerpo desnudo de la tía Kelly con una bata de felpa blanca, y la estrechó dulcemente contra su cuerpo, mientras la conducía hacia la salida. Ninguno de los dos me miró, y me alegré de que fuera así. Me sentía como si hubiera sido yo el que recibió la golpiza, y no Kelly. Estaba bañado en sudor y el orgasmo me había dejado abotagado, como saliendo de una borrachera. Mis vaqueros, recién secados del chapuzón, estaban nuevamente húmedos de semen, y mi cabeza daba vueltas como un tiovivo, incapaz de aportar ninguna idea que me hiciera comprender algo de lo que estaba viviendo.

Me fui a mi cuarto, sin ser capaz de quitarme de la mente la visión de la tía Kelly, desnuda y atada de pies y manos, siendo flagelada por su sirviente y, al parecer, gozando cada minuto de la experiencia. Una cosa estaba clara: la tía tenía métodos concluyentes para demostrar que decía la verdad y, de ahí en adelante, yo no volvería a dudar de su palabra.

Me quité la ropa y me metí en el baño para darme una ducha infinita que me lavara todo, especialmente los pensamientos impuros que me estaban comenzando a martirizar seriamente, pero lo único que conseguí fue traerlos nuevamente a mi memoria. La combinación con el agua tibia, y con el hecho de que estaba solo, me llevó a una urgencia que solamente pudo aliviarse con algunos breves manoseos y con una nueva eyaculación, esta vez plenamente disfrutada.

Al regresar a mi cuarto, sobre mi cama, pulcramente ordenados y plegados, había un calzoncillo recién llegado de la lavandería y un elegante pantalón de algodón, todavía con la etiqueta colgando de una de las trabillas. Obviamente, alguien había entrado a mi habitación mientras me duchaba, y no podía ser otro que Gastone. Tuve que haberme dado una ducha larguísima, para que el criado hubiera tenido tiempo de buscar algo para que me pusiera, después del desaguisado que, pensé, había pasado desapercibido. La ropa me quedaba algo amplia pero no al punto de ser incómoda. Por otra parte, no tenía la intención de salir de mi escondrijo por un buen tiempo, y presumía que la tía Kelly, después de la paliza, tampoco tendría demasiadas ganas de conversar de sus memorias. Me estaba haciendo esa composición de lugar cuando sonó el teléfono del cuarto. Al descolgar, escuché la voz de la tía Kelly que me decía:

—¿Bajas?

Involuntariamente tuve que tragar saliva, sin saber muy bien por qué; si por el tono perfectamente normal de su voz, o por el hecho de que se hubiera recuperado tan pronto del castigo. O tal vez, simplemente porque estuviera dispuesta a volver a hablar conmigo.

—Ahora mismo —respondí.

La tía Kelly me esperaba en el salón, pulcramente vestida con un atuendo que, considerando los que había llevado en el tiempo en que yo estaba allí, se podría considerar como extremadamente conservador. Era una combinación de chaqueta y pantalón negros, con una blusa blanca, abotonada hasta el cuello. Estaba sentada —obviamente ya podía hacerlo— en el mismo sillón en que habíamos mantenido nuestras conversaciones, y su semblante era tan sereno como siempre.

Cuando llegué, no necesitó decirme que me sentara.

—Creo que podemos dar por finalizado el trabajo —dijo—. Dormirás aquí esta noche, pero mañana te marcharás.

Asentí, sin demostrar mayores emociones.

—Gastone te llevará a casa.

—No hace falta —dije—. Puedo volver solo.

—Gastone te llevará en coche —dijo, dando por terminado el tema.

Lo que siguió fue un silencio extraño. No había tensión, pero tampoco sosiego. Yo tenía demasiadas cosas que decir y que preguntar, pero no me atrevía, y ella, desde luego, ya había cortado la relación y, sin parecer enfadada, mostraba un absoluto desinterés por seguir manteniendo algún contacto conmigo. Y fue precisamente esa actitud la que vino en mi ayuda. Si no hubiera sido por eso, quizás el encuentro hubiera finalizado conmigo disculpándome para regresar a mi cuarto, pero había ocurrido demasiado en mi vida en esas pocas horas que había pasado en la mansión de los «tíos Heller», como para no aprovechar quizás la última oportunidad de aclarar algo.

Me armé de valor por última vez, y dije:

—Entiendo que todo esto que hemos hecho no tiene nada que ver con un interés tuyo por escribir tus recuerdos, y no se me ocurre nada que lo pueda explicar. Lo que sí sospecho poderosamente es que lo has hecho para castigarme por algo, y quisiera saber por qué, nada más.

Kelly me miró y su rostro se desencajó de una forma que no le había visto nunca. Era lo más cercano que le conocía a la cólera, y su voz sonó llena de un rencor desproporcionado:

—¡Porque te enamoraste de mí, pendejo!

Mi reacción fue la de quedarme estático a la espera de la siguiente frase. Me alegro de no haber podido verme a mí mismo en ese momento, porque seguramente la cara de gilipollas que debo haber puesto me habría hecho avergonzarme para los restos. En cualquier caso, al parecer, prevaleció la sorpresa y no el miedo, porque la tía Kelly no tuvo repartos en continuar:

—¡Te enamoraste a pesar de que entre nosotros nunca podrá haber nada! ¡Ya te he dado mucho más de lo que te mereces y de lo que tienes derecho a esperar, y así has pagado por tu estupidez! Ahora lárgate y deja de pensar en mí para siempre. ¡Y nunca más se te ocurra dudar de mi palabra!

No entendía nada. Si me había enamorado de ella —y ahora que lo pensaba, puede que hubiera sido así—, eso no tendría por qué despertar otros sentimientos que no fueran de gratitud o de simpatía en una mujer, por lo que la insólita venganza que se tomó, y este repentino rapto de ira parecían excesivos.

Teniendo en cuenta que mis días como confesor literario de la tía Kelly estaban contados, todavía reuní valor para intentar aclarar algo administrativo.

—Yo no dudo de tu palabra —dije—, por eso quisiera saber si me necesitas para que sigamos trabajando en tus memorias.

Me miró con una recelosa simpatía, deshaciéndose de su semblante iracundo y volviendo a ser la Kelly de siempre.

—Si no te importa, seguiremos, pero déjame que me tome mi tiempo. Han ocurrido demasiadas cosas ya.

Seguramente yo era la última persona en el mundo a la que había necesidad de explicarle eso, pero asentí tímidamente y, en el fondo, me alegré de que la extraña confrontación no hubiera conducido a una ruptura definitiva de la relación.

—Por supuesto —me apresuré a decir—. Y te aseguro que, cualesquiera que sea tu intención, lo tomaré como un trabajo, sin nada personal de por medio.

Kelly pareció comprender que la había pillado en una contradicción. Si me dijo que lo que había tramado era una venganza por haberme enamorado de ella, y que era la forma de forzarme a que me olvidara de abrigar cualquier esperanza, entonces las dichosas memorias no eran otra cosa que un subterfugio para ese ajuste de cuentas. ¿Cómo era posible entonces que siguiera teniendo interés en trabajar con mi ayuda en su libro?

—Todo lo que te he contado es verdad, y lo hice porque quería dejar constancia de mi vida, y además para hacerte sufrir —dijo con total frialdad—. Ahora ya has sufrido y has pasado la prueba. De ahora en adelante trabajaremos normalmente, sin más provocaciones que las que surjan de lo que te cuente. ¿Estás de acuerdo?

Vaya pregunta tonta. Desde luego que estaba de acuerdo, y ahora más que nunca, después de saber cuál era el trasfondo de toda la charada. Asentí con una sonrisa y, tomando los bártulos que había llevado para documentar nuestra conversación, me excusé y me marché a mi cuarto.

11

Mi regreso a casa, el domingo por la mañana, se asemejó al regreso de Radamés después de vencer a los etíopes, con marcha triunfal y todo. La voz se había esparcido con comprensible velocidad por toda la familia, —ya que no eran muchos los que podían enterarse— de que yo había pasado dos noches con la tía Kelly. Mi padre, por su parte, aportó inocentemente la información adicional de que en esos días el tío Heller se encontraba fuera de la ciudad por razones que no conocía, y por eso había debido suspender una partida de golf que habían quedado en jugar.

Gastone me había llevado en uno de los coches de la casa por encargo de la tía, quien había tenido que ausentarse y no había alcanzado a despedirse de mí. Durante el trayecto, la conversación se centró en banalidades. El tema de lo vivido en la mazmorra sadomasoquista, con la tía en cueros, atada de pies y manos, y siendo molida a latigazos, no se tocó. En mi caso por miedo, y en el de Gastone por discreción, acompañada de un claro desinterés. Era obvio que esa era sólo una de las facetas de la convivencia en la mansión de los Heller, y que, como resultado de su evolución darwiniana de mutaciones aleatorias y selección natural, el criado había incorporado a su personalidad una insobornable cautela y una elegante capacidad de hipocresía.

Cuando entré a la casa, la familia estaba reunida alrededor de la mesa de la cocina, compartiendo uno de los tardíos desayunos de domingo. En el momento en que hice mi aparición, se produjo un silencio sepulcral, solamente roto por el bueno de mi padre, quien, con una amplia sonrisa, dijo:

—Mira lo que ha traído el gato. Bienvenido de vuelta.

—No te esperábamos hasta mañana —dijo mi madre, poniéndose de pie para prepararme un cereal con leche.

—Pero no hemos alquilado tu cuarto todavía, en todo caso —terció mi padre.

Mis hermanos, Herb y Sal, me miraban con una sonrisa que pretendía ser cómplice, pero que, en realidad, solamente era estúpida. Ya me veía yo sometido a un cuestionario interminable por parte de mis dos retardados hermanos, y la perspectiva no me podía parecer más insufrible. Ni siquiera me había molestado en preparar una historia, porque mi idea era, simplemente, no responder. Sabía que eso me costaría días, y quizás meses, de hostilización permanente, pero cualquier cosa que les pudiera decir, que se acercara pálidamente a la verdad de lo sucedido, me habría perseguido por años, y más de algo habría trascendido al resto de la casa.

—Te ves descansado —comentó mi madre.

—Bueno —respondí—, es que el trabajo no fue muy agotador que digamos.

—¿De qué se trataba? —dijo mi padre.

La pregunta me vino de perillas para poder echar fuera la historia de una vez y dar por respondidas todas las dudas ante toda la familia.

—La tía Kelly está preparando un libro y me pidió que le ayudara.

—¿Un libro sobre qué? —preguntó mi padre.

—Sobre algunas cosas de su vida, sus ideas, sus reflexiones. No es mucho lo que yo puedo hacer, más que poner las cosas en orden y darle una forma.

—Suena interesante —dijo mi padre, sin ironía alguna. Yo me reservé cualquier comentario.

—¿Cosas como cuáles? —agregó mi padre.

—Oye —respondí—, espera a que salga el libro y lo compras. Mientras tanto me debo al secreto profesional.

Mi padre rio y aceptó la respuesta. Los que no quedaron en absoluto satisfechos fueron Herb y Sal. No intervinieron en el diálogo, pero no cesaron de lanzarme miradas interrogativas y de darme pataditas por debajo de la mesa, para que les diera alguna pista sobre lo que realmente ocurrió. Era la situación que había previsto, y entre las muchas soluciones que consideré para enfrentarla, pasé de encerrarme con llave en mi cuarto y no hablar con nadie durante algunos años, a instalar minas antipersonales a la entrada. Lo otro era simplemente pasar de ellos y dejarlos con una curiosidad que me transformaría en un héroe ante sus ojos hasta el fin de los tiempos. Y a pesar de que esta versión era la que sentía más cercana a la verdad, me pareció que el morbo que despertaría no ayudaría en nada a una relación, que ya veía muy resquebrajada, con la tía Kelly, si llegara a notar algo durante alguna de sus frecuentes visitas a casa.

De modo que preferí construir un escenario más sobrio y a la vez menos atractivo, para dejarlos tranquilos y que me dejaran de joder. Al concluir el desayuno, me dirigí a mi cuarto y la jauría de animales de rapiña no tardó en seguirme. Entraron a mi habitación, como si se tratara de un allanamiento de la DEA, y comenzaron a interrogarme.

—¿Qué pasó? —dijo Herb.

—¿Qué pasó con qué? —respondí, dando un primer

indicio de lo que sería el tono de la conversación.

—No te hagas el idiota, que nuestra paciencia tiene un límite —advirtió Sal.

—Pues, tomáis vuestro límite, lo arrugáis, lo hacéis una bolita y os lo metéis por el culo —dije, proponiendo la mejor solución que se me ocurrió.

—¿Qué pasó con la tía Kelly? —aclaró Herb.

—¿Para qué te llamó? —dijo Sal.

—A ver si me entendéis —respondí—. Lo he dicho ya bastante claro, pero al parecer he hablado demasiado rápido. Está pensando escribir un libro con algunas de sus experiencias de juventud, y me pidió que la ayudara a redactarlo, porque yo, a diferencia de vosotros, sé leer y escribir. ¿Qué parte no habéis pillado ahora?

En su desesperación por indagar detalles picantes, mis dos hermanos se confundían cada vez más, y sus preguntas se tornaban cada vez más tontas:

—¿La viste en la piscina?

—¿Pudiste ver algo más?

—¿Cruzó las piernas?

En ese momento sentí que la batalla estaba ganada, y que podía dar por zanjado el cuestionario desde una posición de absoluta superioridad.

—A ver —dije—. Hablando de paciencia, yo ya he tenido más de la que creía ser capaz de juntar con vosotros, pero intentaré una última vez que algo os quede claro: no pasó nada fuera de lo que se suponía que pasara. Conversamos sobre el tema, comimos opíparamente y eso fue todo. ¿Entendéis? ¿Todavía voy muy rápido?

—¿Y qué te contó? —insistió Sal.

—Espera que salga el libro y lo compras —repetí secamente—. Y ahora, fuera, que tengo cosas que hacer.

Como si no fuera suficiente la cantidad de vivencias que había tenido en casa de la tía Kelly, ahora se sumaba a mi lista de éxitos la posibilidad de hablar con mis hermanos en un tono que les dejó claro que estaban frente a alguien superior a ellos. Ahora, el hecho de ser intelectualmente más dotado no era solamente sinónimo de «nerd», sino que también tenía otras ventajas, como la de poder mirar con un bien ganado desprecio a dos tipos tan «cool» como ellos.

Lo primero que hice en el momento en que se marcharon, fue buscar un sitio para ocultar las tarjetas de la grabadora, de manera que su contenido no pudiera ser escuchado, ni accidental ni voluntariamente, por nadie.

La mejor solución que se me ocurrió fue pasar inmediatamente la información al computador, codificarla, guardarla con una contraseña en un archivo no visible y borrar las tarjetas. Para completar el proceso, decidí hacer una copia con la misma codificación en un pendrive, y llevarlo conmigo a todos los sitios, como un talismán. Considerando que tanto Herb como Sal eran auténticos borregos en el campo de la informática, en todo lo que fuera más allá de los juegos de vídeo y de búsquedas de páginas porno, tanta cautela resultaba realmente superflua, pero para mí, todas las precauciones eran pocas.

Pasaron varios días y la cosa se fue enfriando. Se terminaron las preguntas, que aparecían de vez en cuando, en el momento en que mis hermanos se acordaban y volvían al tema, pero cada vez con menos intensidad. Yo no podía olvidarlo, pero no había manera de manifestarlo abiertamente, de manera que lo atesoraba sin mayores aspavientos. Las grabaciones eran mi refugio del recuerdo. Las llevaba conmigo y las escuchaba cada cierto tiempo, para rememorar los momentos que pasé mientras las hacía.

Puede que sea mi imaginación, pero tenía la impresión de que cada palabra coincidía con un recuerdo específico, y ese recuerdo era siempre grato. Qué digo «grato», portentoso. Había frases que desembocaban inexorablemente en la imagen de la tía Kelly, desnuda ante mí, mirándome con sus preciosos ojos negros hasta traspasarme. De más está decir que esas frases eran las más visitadas, y siempre reproducidas desde algo más atrás, como una forma de preliminares para alcanzar el punto culminante.

Había olvidado totalmente el desenlace final, su reconocimiento de que me había citado para castigarme por algo de lo que yo no tenía conciencia; una suerte de pecado original, por el que tenía que pagar desde mi nacimiento, sin saber por qué. Y también había dejado de dolerme el que me reiterara que entre nosotros nunca habría nada, porque lo que hubo ya era suficiente para mantenerme feliz hasta que la vida pasara y lo olvidara.

Mi mente, aunque severamente influenciada por la literatura, no llegaba tan lejos como para querer transformarme en un personaje romántico del siglo XIX, sufriendo por amores imposibles que me llevaran a la locura y el suicidio. Una mierda. Dejaría pasar el tiempo y todo se andaría. Y mientras tanto seguiría gozando de lo que tuve y de las grabaciones de esa voz ronquita que me seguía fascinando como nunca.

Habían transcurrido dos semanas, cuando los tíos Heller nos hicieron una de sus habituales visitas. La tía venía radiante, y el tío era el mismo dandi de siempre, simpático e ingenioso, que iluminaba nuestras veladas. Al verlos entrar, y a pesar de que estaba advertido de su llegada y me había preparado sicológicamente para resistirla, mi corazón dio un vuelco. La tía vestía de la misma forma con que llegó al aeropuerto, y su sonrisa era la misma combinación de guasa, ironía y maldad que la hacía irresistible. Nos miró a todos con la misma amabilidad —mis hermanos habían decidido sacrificar su rollo particular, para estar presentes a la llegada de la tía Kelly—, y todos fuimos objeto de un cariñoso beso en la mejilla, que venía a ser el único contacto físico directo que había tenido con ella, después de nuestro formal saludo a mi llegada a su mansión, hacía dos semanas atrás.

El tío Heller nos dio un abrazo, como solía hacer, y la conversación se inició sin preámbulos y sin nada que destacar en cuanto a su interés. Los negocios del tío Heller iban viento en popa, como siempre; sus viajes a Europa estaban a la vuelta de la esquina, y era posible que Kelly lo acompañara en alguno, porque no se trataba solamente de negocios, y podían tomarse su tiempo para turistear. La salud estaba impecable y la tía se había recuperado totalmente de su accidente.

A nadie se le ocurrió mencionar el dichoso libro. Mis padres no lo hicieron, por discreción, mis hermanos no se atrevieron, y los tíos, no creo que se acordaran. En todo caso yo no podía estar más agradecido porque se hubiera omitido el tema.

Durante la conversación, antes de la cena, la tía Kelly no me dirigió la palabra, cosa no poco frecuente, ya que solía hablar con mis padres, a menos que hubiera algún tema muy específico que tuviera que ver con nosotros, los jóvenes. Tampoco me miró, lo que era algo más inusual.

Cuando pasamos a la mesa, todo el mundo ocupó su lugar habitual y, como de costumbre, me tocó sentarme frente a frente a la tía Kelly. El diálogo fue tan distendido y amable como siempre, sin que hubiera nada que lo sacara de lo cotidiano. A este paso, toda la excitación por volver a verla, y el tráfago de recuerdos inquietantes que se apoderó de mi cabeza ante la posibilidad de encontrarla de nuevo, se había disipado casi por completo, hasta que me clavó los ojos; los ojos de loba romana, capaces de taladrar el alma más fuerte y de derretir el corazón más gélido.

No duró más de algunos segundos, pero fue suficiente para hacer desmoronarse la barbacana que había construido a mi alrededor, para poder llevar la velada en paz. Mi cabeza comenzó a dar vueltas entre los recuerdos depravados, las esperanzas rijosas y el desconsuelo, que mi sentido de la realidad todavía me alcanzaba a ocasionar, y que echaba por tierra cualquier esperanza en el futuro. En medio de todo esto, ni siquiera atinaba a dar una interpretación a la mirada. No era la usual en ese entorno, aunque la había visto algunas veces en su casa, durante nuestra sesión «literaria», y no precisamente en los momentos de más armonía. Era la forma en que me miró cuando me dijo que entre nosotros nunca podría haber nada, y cuando me soltó la descarnada justificación de su ira: «¡Porque te enamoraste de mí, pendejo!»

Habrán sido dos o tres segundos, no más, pero me quedaron retumbando durante toda la cena, y yo fui el primero que se excusó para levantarse de la mesa, porque tenía que preparar unas materias para el día siguiente. Todos asintieron con una sonrisa, también la tía Kelly, y mi retirada fue perfectamente aceptada como algo normal. Ni siquiera a los morones de mis hermanos les extrañó que me marchara a mi cuarto antes de tiempo, seguramente porque lo atribuyeron a mi peregrina costumbre de estudiar antes de ir a clases.

Lo primero que hice fue sentarme ante el computador y encenderlo. Pocos segundos más tarde me hallaba una vez más ante la grabación de la entrevista con Kelly, que había repasado tantas veces en los últimos días, aunque, por una razón o por otra —todas muy similares—, nunca había alcanzado a llegar hasta el final. Me extrañó ya en el momento en que la copié de la tarjeta de memoria, que hubiera tanto grabado, pero lo atribuí al hecho de que había perdido la noción de demasiadas cosas durante el procedimiento, como para que no me pudiera haber confundido en el tiempo.

Para comprobar finalmente lo que tenía, decidí revisar los puntos de unión de las grabaciones en los momentos en que había cortado y posteriormente vuelto a echar a andar el aparato. Escuché las primeras frases de cada una de las sesiones y sentí un renovado calor en todo mi cuerpo. La voz me volvía loco, y especialmente el recuerdo de dónde la había escuchado. La fidelidad del sonido era bastante buena, y se podían captar las sutilezas de las inflexiones de la voz de la tía Kelly en toda su magnificencia.

Al llegar al último clip, el tono cambió. El ruido ambiente era otro y no escuchaba ninguna voz. Adelanté el contador hasta que encontré una señal y volví a conectar el audio. Lo que escuché fue un balbuceo ininteligible entre dos voces y luego una nueva pausa que dejé correr. El silencio fue interrumpido abruptamente por un fuerte chasquido, seguido de un grito desgarrador, que yo no recordaba haber oído con tanta fuerza cuando fui testigo del castigo infligido a Kelly. No era de sorprenderse, dado el estado de obnubilación en que me encontraba.

La sesión continuó, y en un momento llegué a pensar que los gritos podrían llegar a escucharse en el comedor, a pesar de que estaba con los audífonos puestos, y había bajado el volumen. Los azotes cesaron y, luego de una breve pausa, volví a escuchar los murmullos, aunque ahora con algo más de nitidez. Una voz masculina decía: «¿Quieres que siga?», a lo que una voz femenina, algo desfalleciente, respondía con un leve gemido, que me hizo revivir la seña que la tía Kelly hizo con la cabeza a Gastone para que la siguiera golpeando. Después, la voz masculina agregaba: «¿Ahora a toda fuerza?», a lo cual la mujer respondía con un resignado «Ajá».

Los latigazos volvieron a repetirse, y los gritos se tornaron más dramáticos. Al escucharlos, me avergoncé profundamente de no haber reaccionado de otra manera en su momento; de no haber hecho nada por detenerlos; de no sentir conmiseración ni horror. Y no solo eso sino incluso de haber experimentado una excitación animal, que me llevó a eyacular involuntariamente. Me sentía como una bestia, capaz de todo para sentir placer, y de nada me servía el tratar de justificarme o de explicar lo que había ocurrido para eludir mi responsabilidad. Y a pesar de todo, seguía escuchando, y lo que oía no alcanzaba a darme más emoción que la de un recuerdo sensual que no dejaba de disfrutar.

Por fin todo acabó, y el silencio retornó por algunos segundos, hasta que volvió a ser interrumpido por las voces. En ese momento me vino a la memoria el beso que se dieron después del suplicio, y mis hormonas se volvieron a alborotar.

«¿Estás bien?», volvió a decir Gastone, empleando nuevamente un tuteo que, dadas las circunstancias, no podía resultar demasiado chocante.

«Sí», dijo la tía Kelly, recuperando algo la voz, aunque seguía musitando. «Mañana lo llevarás de vuelta a casa.»

Bajé al salón en el momento en que los Heller estaban a punto de marcharse. Las habitualmente largas despedidas habían concluido, y estaban en la repartición de besos, cuando hice mi aparición. El tío Heller me abrazó con la cordialidad habitual, y la tía esperó que me acercara, con su acostumbrada sonrisa en los labios. Sin decirme nada, me besó en la mejilla y se giró hacía la puerta. Todo normal.

12

—Alan —dijo mi madre, en el momento en que se disponía a salir—, ¿llamaste a Kelly?

—¿A Kelly? —pregunté, sorprendido—. ¿A la tía Kelly?

—Por supuesto, a la tía Kelly. Te llamó ayer y no estabas. ¿No te dijeron?

—No —respondí.

Habían pasado dos días después de la visita de los tíos Heller a nuestra casa, y la tía me había llamado al día siguiente. No sé quién tomó el recado, pero estaba seguro que había sido uno de mis hermanitos, que solían olvidarse de dónde tenían el culo y, a pesar de todo, no anotaban lo que les habían encargado. Por suerte, mi madre se enteró y me lo dijo.

Cogí el teléfono con una premura que desmentía toda la frialdad con que había decidido tratar el episodio de la tía Kelly, y marqué su número.

—¿Aló? —respondió una voz masculina.

—Aló —dije, sin haber terminado de reconocerla—. Soy Alan…

—Alan —interrumpió el hombre—, soy Gastone. ¿Tienes donde anotar?

—Sí —respondí, sacando mi libreta; el único objeto no virtual que manejaba.

Gastone comenzó a dictar el número de un celular.

—Cuando quieras hablar con la Sra. Kelly, llama a este número. Es más… rápido. Ella siempre lleva el teléfono consigo.

—Lo haré —dije—. Gracias. Ahora bien, ella me llamó. ¿Está en casa?

—En este momento no —dijo Gastone—, pero sigue anotando.

El criado me dio una dirección en el Bulevar Cahuenga, a la que agregó la siguiente información:

«Jueves a las tres de la tarde. Habitación 107. Lleva un libro de Dan Brown. Cualquiera. Además, asegúrate de llevar una mochila, o algo donde guardar cosas. No lleves nada más.»

—¿Lo tienes todo? —preguntó Gastone.

—Lo tengo —respondí.

—Vale —dijo el criado—. Hasta luego.

Colgué, y no sabía qué había pasado. Mi primera reacción fue la de ponerme en guardia ante otra posible broma cruel, pero mi inexplicable confianza en el género humano me llevó una vez más a buscar la interpretación más benevolente. Seguramente la tía quería continuar con su relato, pero le pareció mejor buscar un lugar tranquilo donde nadie nos molestara, y donde el tío Heller no coartara, con su sola presencia, lo que ella quería contarme.

La otra posibilidad era que la tía ni siquiera se apareciera por el lugar, el que, por mis investigaciones, era un hotel modesto, y que lo del libro de Dan Brown era un medio de identificación para la persona que, posiblemente, me daría lo que yo debía llevarme en la mochila.

Habida cuenta que faltaba un día para la cita, y que ya habría tiempo de salir de dudas, lo único sensato ahora era dejarse de elucubrar teorías novelescas, y arreglar las cosas en la escuela para poder faltar a clases el miércoles por la tarde. Además habría que buscar un libro de Dan Brown, porque la mochila ya la tenía.

Cuando llegué al lugar acordado, con mi bolsa y el Código Da Vinci bajo el brazo, el hotel me pareció menos cutre de lo que me imaginaba, aunque seguía respondiendo a su clasificación de dos estrellas. La recepción parecía un bazar, lleno de mapas, prospectos y plantas. El hombre que atendía, de unos treinta años y rasgos asiáticos, no se destacaba por su formalidad en el vestir. Yo estaba bastante liado como para dejarme distraer por detalles intrascendentes, pero al entrar me dio la impresión de estar protagonizando una peli de espionaje en versión hortera.

El hombre de la recepción me miró, esperando a que le hablara.

—Hola —dije, al tiempo que ponía el libro sobre el mesón, para el caso de que ése fuera el propósito de haberlo llevado.

El recepcionista lo miró con una sonrisa cortés.

—Muy bueno —dijo—. ¿Lo terminó ya?

Teniendo la certeza de que estaba haciendo el ridículo, opté por el camino más normal.

—Tengo una cita en la habitación 107.

El hombre miró en el cuaderno de registros y buscó.

—107… Sí. La persona lo está esperando. Es a la izquierda —me dijo, como única información, señalando el patio trasero.

Caminé hacia la hilera de puertas, ante las cuales había algunos autos aparcados, en busca del número 107. No fui capaz de reconocer ninguno de los coches, por lo que supuse que tampoco reconocería a la persona que me esperaba. Golpeé suavemente con los nudillos y la puerta se abrió. Desmintiendo todas mis conjeturas, desde dentro escuché una familiar voz femenina que me decía:

—Entra.

No bien hube puesto mis pies dentro de la habitación, la tía Kelly se apresuró a cerrar y a poner el cerrojo a la puerta. El cuarto era pequeño, y estaba prácticamente cubierto por la espaciosa cama en el centro. Junto a la muralla había una pequeña mesa y dos sillas, presididas por una foto de Marilyn Monroe con sus faldas al viento por el aire del Metro de Nueva York. En la mesa descansaba el descomunal bolso de la tía Kelly, cuyo contenido presumí que estaba a punto de cambiar de lugar y encontrar su destino en mi mochila. La tía lucía una elegante blusa de alta ejecutiva, y la correspondiente falda, sobria y cara, mientras la chaqueta de su formal combinación, colgaba del respaldo de una de las sillas. Daba la impresión de venir directamente de la oficina.

—He traído todo lo que me encargaste —dije.

—¿Trajiste tu grabadora? —preguntó.

—No —respondí—. Me dijiste que no trajera nada más.

—¿Estás seguro de que no la tienes? —insistió.

—Seguro —dije—. ¿Quieres hacerme un cacheo?

—No me irás a decir que no he confiado suficientemente en ti —respondió.

No respondí, por razones obvias, y me senté en una de las sillas, mientras dejaba mi mochila en el suelo. La tía Kelly se dirigió al baño y comenzó a llevar a cabo algunas acciones que no fui capaz de ver. Conociendo la última versión del carácter de la tía Kelly, me dispuse a esperar pacientemente a que me diera alguna información sobre la intempestiva reunión, pero el tiempo pasaba y no decía palabra.

Finalmente regresó del baño, sin que nada hubiera cambiado en su apariencia, pero con el mismo laconismo de antes. Dejé pasar unos momentos y pregunté:

—¿Me necesitas para algo más?

Como única respuesta, la tía Kelly me clavó esos ojos que traspasaban la carne, y guardó silencio.

—Te he traído El Código Da Vinci y una mochila. ¿Al menos me puedes decir para qué los necesitabas?

—Para nada —respondió la tía—. Solamente para que no fueras a pensar que esta cita tenía algún trasfondo sexual.

La miré con renovado fastidio por su tendencia a provocarme, sabiendo que lo conseguía siempre.

—¿Y por qué había de pensarlo? —pregunté.

—Porque lo tiene —respondió, comenzando a desabotonarse la blusa.

Yo miraba la operación con curiosidad y mi corazón me avisaba que mi excitación iba a cobrar vuelo antes de que llegara al último botón. Pero en algún rincón de mi cerebro algo me decía que no me confiara. Que aprovechara todo lo bello que iba apareciendo ante mis ojos, pero que no contara con que todo fuera a acabar como mi deplorable tendencia al pesimismo me dictaba. Podía perfectamente esperar que el striptease de Kelly terminara prematuramente y que me ordenara marcharme, o que entrara Gastone y me hiciera mierda a latigazos a mí.

La tía se despojó de su blusa y, como de costumbre, no llevaba sujetador. Sus pechos firmes, de piel tostada, resaltaban sobre el blancor de la camisa, y cuando se la quitó, su figura de deidad romana emergió en todo su fulgor, para hacer desaparecer de mi mente toda suspicacia, y dejar que mi cerebro se concentrara en la irrigación de mis partes eróticas, en lugar de tejer posibles maquinaciones.

La falda se deslizó con relativa facilidad por sus caderas, y en su camino se llevó la tanga consigo, dejando la imagen de la tía Kelly ante mí, tal y como Dios la había traído al mundo, y con una recomendación divina especial.

Kelly se acercó a mí, que seguía sentado hasta tener algo claro, y me quitó la camiseta, teniendo el detalle de darme algunos pequeños besos en el pecho mientras llevaba a cabo la maniobra. Me desabotonó los vaqueros y me los bajó, junto con los calzoncillos hasta la altura del muslo. Se arrodilló ante mí y, sin mayores preámbulos, introdujo mi pene en su boca e inició una felación profunda y parsimoniosa que jamás hubiera podido imaginar que existiera, en este mundo o en cualquier otro.

Sus labios acariciaban mi miembro, y su lengua lo lubricaba en movimientos suaves, que temía que me llevaran a manifestar mi bienestar demasiado pronto. Lo que no hizo fue mirarme mientras me mamaba, o no habría podido responder de mí, de modo que, a pesar de mi sana curiosidad, y de estar consciente de estar viviendo un milagro y, por lo tanto, único e irrepetible, decidí cerrar los ojos y confiar en que eso retardaría mi reacción. No lo hizo. Con los ojos fuertemente cerrados no fui capaz de quitarme de la cabeza la figura de la Kelly haciendo realidad los sueños que no me había atrevido jamás a tener, y la erupción tuvo características volcánicas, que la tía acogió en su boca íntegramente con una semisonrisa, y tragó como un helado de vainilla con crema.

Como solía ocurrir al concluir mis tertulias con Hugh Hefner, me entró la risa tonta, a la que la tía Kelly se sumó, entendiendo mi predicamento, con su carcajada baja y oscura. Esperó a que se me pasaran los retortijones, y acercó su cara a la mía para pegar su boca a mis labios y hacer que su lengua recorriera la mía con la minuciosidad de una brocha pintando la Capilla Sixtina. Por un momento creí que me quedaría dormido en sus labios, con tanta relajación, pero había otra parte de mi cuerpo que no quería saber nada de flaccideces, y todavía estaba en pleno estado de alerta en la sabia mano de la tía Kelly.

Se puso de pie y me condujo como un sonámbulo hacia la cama. Se tendió de espaldas, mirándome fijamente a los ojos, separó sus piernas y dirigió mi miembro hacia su vagina expectante, dándole al gesto un aire de rito que me causó una emoción desconocida. Estaba llegando al cielo y solamente faltaba que me abrieran el portón.

El solo contacto de sus labios vaginales con mi glande, habría sido suficiente para hacerme eyacular de nuevo, pero mi decisión de prolongar lo más posible ese placer único me impelió a continuar sin ceder a las primeras tentaciones. El camino hacia el interior de Kelly fue manso y delicioso, y cuando terminé de penetrarla por primera vez en mi vida, mis movimientos fueron creciendo, lenta y paulatinamente en intensidad, hasta que, algunos minutos más tarde, habíamos alcanzado el paroxismo que nos llevaba a esperar que nuestros cuerpos se traspasaran.

Mi experiencia era limitada, pero a pesar de todo, creí reconocer que la tía Kelly había alcanzado un orgasmo en ese primer asalto. Su cuerpo comenzó a convulsionarse y sus gemidos aumentaron en volumen, hasta llegar finalmente a una situación de reposo que se prolongó por un buen rato. Me cogió la nuca con su mano, y acercó mi cabeza a la suya para que nos besáramos de nuevo. Esta vez el beso volvió a ser largo y tierno, hasta que sus caderas comenzaron nuevamente con el vaivén que permitía que siguiera penetrándola, y se reanudaran las oscilaciones.

Dejé que mis pensamientos me llevaran donde les diera la gana porque, era incapaz de centrarme en nada. Mi mente me trajo a la memoria a la pequeña Dorothy y su perro, entrando en el reino de Oz, y siendo maravillada por todo aquello que jamás se le hubiera pasado por la mente ver en Kansas. Kelly estaba más bella que nunca, y si en ese momento me hubiera ordenado que me pegara un tiro, lo habría hecho, con tal de que me diera el tiempo para consumar el acto con ella. La besé, por primera vez por propia iniciativa, y me respondió con el ansia de quien está esperando el regalo desde hace mucho tiempo. La amaba como estaba seguro que nunca amaría a nadie, y en ningún momento se me ocurrió detenerme a pensar que lo que yo estaba confundiendo con «amor» era una cosa algo distinta.

Después de haber recuperado algo de aliento, y de haber retozado plácidamente por algunos minutos, intercambiando caricias, la tía Kelly se giró para acomodar su espalda a mi pecho, y dirigió mi miembro una vez más hacia su lubricado sexo. Los movimientos eran tenues, casi vacilantes, mientras estábamos tendidos en la cama en la posición de la cuchara. Kelly gemía suavemente mientras me ofrecía su boca para que se la besara. Yo movía mis caderas acompasadamente, al mismo ritmo que las de ellas, y sentía que la tenía a mi merced. Me parecía estar llegando al fin de una batalla en la que lo único que faltaba era la aparición de la bandera blanca en la trinchera enemiga. Era un juego de damas, en el que yo ya había capturado casi todas las piezas, y solamente esperaba el desenlace. No pasaría demasiado tiempo antes de constatar que no eran damas las que estábamos jugando sino ajedrez, y que la tía Kelly era una maestra consumada de la estrategia, y especialmente de los finales.

La pasión fue aumentando paulatinamente, hasta que llegó el momento de desfogar todo lo que llevaba adentro hasta el interior de Kelly, quien recibió mi descarga con un ronco rugido de placer, mientras sus manos agarraban fuertemente mis nalgas para pegarme contra su cuerpo y para asegurarse de que todo llegara a su destino.

Estaba cansado, pero no tanto como para no haber seguido un tiempo más, después de una razonable pausa, pero Kelly tenía suficiente. Se incorporó de la cama y se dirigió al baño sin decir nada. Pasaron varios minutos, en los que sentí correr el agua de la ducha y posteriormente Kelly salió, secándose, después de haber arreglado su pelo con un discreto moño, que disimulaba perfectamente el desaliño al que había sido sometido durante la sesión de sexo.

Se vistió con parsimonia, en completo silencio y sin dignarse a mirarme una sola vez, y se dispuso a marcharse.

—Espera un tiempo antes de salir —me dijo.

No me quedó muy claro a qué se debía la instrucción, pero de todas maneras tenía que ducharme y recuperarme de todo lo que había vivido en esas pocas horas, por lo que la recomendación resultaba superflua. Kelly cerró la puerta a sus espaldas, y la habitación recuperó el aire modesto y algo descuidado que realmente tenía. Durante el tiempo que había estado en ella, mi única fijación había sido la tía Kelly, sus intenciones y sus posibles golpes bajos, y una vez que esas intenciones quedaron definidas, mi sola misión se concentró en poseerla hasta obligarla a amarme con el mismo delirio con que yo la amaba.

Desgraciadamente, mis esfuerzos en ese sentido se demostraron como fallidos. Me dejó en el cuartucho, solo y lleno de dudas, mientras me hacía notar su clara indiferencia. Lejos de venírseme el mundo encima, mis pensamientos se concentraban en las imágenes que se me habían quedado en la retina, y en esas sensaciones que llevaría adheridas a mi cuerpo para siempre, de su piel pegada a la mía y de sus labios inundando mi boca. Había hecho el amor con la tía Kelly, y lo que viniera después no era más que un complemento a una vida ya plena.

Algo tiene que haber notado mi madre, porque cuando entré lo primero que hizo fue preguntarme:

—¿Qué pasa? ¿Tuviste un buen día?

—No fue malo —respondí, intentando sonar lo más frío posible.

De ahí en adelante empecé a cuidarme de no parecer demasiado eufórico ante mis hermanos, que podrían sospechar algo y volver a los estúpidos interrogatorios que fui capaz de sortear la primera vez. Ahora no estaba tan seguro de conseguirlo. Si bien después de la primera sesión con Kelly parecía no haber espacio para una superación, lo que había ocurrido en el motel dejaba pequeña cualquier expectativa, y la tentación de arruinarles la vida para siempre a mis hermanos, podría ser demasiado poderosa, y se trataba de evitarla a toda costa.

13

—Está claro que eres capaz de guardar un secreto —me dijo el tío Heller, con su afable sonrisa.

Mi sangre se tendió a helar levemente pero mantuve la compostura. Habían pasado algunas semanas después de mi encuentro con la tía Kelly en el motel, y el tío Heller me había invitado a que nos viéramos en un restaurante céntrico para conversar «cosas importantes», según sus palabras. Después de haber pasado la velada hablando banalidades, nos subimos a su Mercedes y mientras me conducía a casa, sin haber dicho media palabra sobre la razón para la intempestiva invitación, me soltó la frase. Mi práctica de obrar con discreción de las últimas semanas me ayudó a permanecer en silencio, a la espera de lo siguiente.

—Estoy seguro de que puedo confiar en ti, pero necesito que me lo confirmes —dijo el tío Heller.

—Puedes confiar en mí —dije, con decisión.

—Por lo menos quiero estar seguro que esta conversación no saldrá de aquí —dijo el tío Heller.

—No saldrá de aquí —dije.

Guardó silencio por unos momentos y dijo seriamente:

—Necesito que me mates.

Afortunadamente era él el que conducía, porque si hubiera sido yo, nos habríamos estrellado en la siguiente farola. Al principio pensé que era una broma, pero sinceramente no encontraba ninguna rendija para encontrarle el humor. Por otra parte, la gracia alemana de Gottfried no se fundaba precisamente en su capacidad de ironía, y esta vez parecía hablar muy en serio.

Consciente de que la información era insuficiente, el tío Heller agregó:

—Te estoy pidiendo que corras un riesgo, pero estoy poniendo toda mi confianza en tu entereza.

—Espera —dije—. La respuesta es no. No sé de qué coño estás hablando, pero cualesquiera que sea el plan para que te mate, no lo haré, y haré todo lo posible para que no lo puedas llevar a cabo.

—Tranquilo —respondió el tío Heller, dándome una palmadita en la pierna—. No es lo que tú crees. Solamente te quería advertir del follón en el que te meterías si dijeras que sí. Aunque la recompensa también podría interesarte.

El tío Heller torció hacia la derecha por el Bulevar Santa Mónica, tomando la dirección exactamente opuesta a la que llevaba a mi casa, lo que me hizo pensar que se trataba de continuar la conversación durante el tiempo que tomara, hasta que las explicaciones fueran satisfactorias, y hubiéramos llegado a algún acuerdo.

—Alan —dijo—, ya me estoy volviendo viejo, he trabajado toda mi vida hasta conseguir lo que tengo y estoy a punto de perderlo todo. El negocio de bienes raíces está agonizante y estoy al borde de la quiebra. Todavía lo saben muy pocas personas de mi entorno, y ningún cliente, de los pocos que me quedan. Los que lo saben, no hablarán, y mis clientes tendrán que buscarse otra compañía para que les consiga una casa.

Yo escuchaba con atención, y no dejaba de parecerme paradójico el que el tío Heller se sincerara conmigo de la misma manera como la tía Kelly lo había hecho antes.

—La única solución posible —continuó el tío Heller— es borrarme, desaparecer. Podría simular un suicidio, pero eso despertaría sospechas y seguro que se comenzaría a investigar mi estado de finanzas para determinar los posibles motivos. Eso no me daría tiempo para arreglar las cosas financieras en la clandestinidad y marcharme al exterior para iniciar una nueva vida. Lo otro es un accidente. Yo dejaría instrucciones a mi abogado para que no comenzara trámite alguno hasta que se hubiera recuperado el cadáver que, como comprenderás, no se encontraría nunca. Para eso es necesario que el accidente se produzca en alta mar. Y en ese punto entras tú.

Yo seguía atento a la historia, que me parecía cada vez más descabellada, y no me atrevía a decir nada hasta que el cuento hubiera terminado y yo estuviera seguro de lo que se esperaba de mí.

—Necesito que nos vayamos a pescar a Long Beach en el yate. Nos internamos a alta mar y yo bajaré a bucear mientras tú te quedas en el barco. Al cabo de dos horas, llamarás a la Guardia Costera y les dirás que no he vuelto y que estás preocupado. Ellos iniciarán la búsqueda, te harán algunas preguntas y, después de varios días sin haber encontrado huellas de mi paradero, darán por archivado temporalmente el caso. Durante ese tiempo haré que arreglen todo para depositar los fondos que todavía me quedan en una cuenta offshore, donde ya tengo el resto de mi fortuna.

Lo miré con escepticismo, y a pesar del respeto que le tenía, me atreví a formular la más explícita de las preguntas:

—¿Y yo por qué tendría que colaborar en un plan tan arriesgado?

El tío Heller no se inmutó, como si hubiera esperado

mi reacción.

—Una de las cuentas offshore está a tu nombre y ya tiene un ingreso de un millón de dólares, que podrá ir aumentando con los intereses, y con el sueldo vitalicio que te pondré. Tendrás tu casa cerca de la nuestra en Maui, donde podrás ir de vacaciones cuando quieras, o quedarte a vivir, si lo deseas.

La perspectiva era tan sorprendente como atractiva, pero lo fue todavía más cuando agregó la última prerrogativa:

—Además te podrás seguir follando a la tía Kelly.

Si nada de lo que me había ofrecido hubiera dado resultado para convencerme de involucrarme en un juego tan temerario, esto último aportaba un argumento irrebatible para un muchacho a punto de cumplir los diecinueve años, y que había probado la hidromiel del Valhalla, y había bebido de la propia mano de la diosa Freyja en el Fólkvangr.

Considerando la ofrenda del cuerpo de la tía Kelly, todo lo demás era accesorio, pero no por eso menos seductor: un millón de dólares, un sueldo vitalicio, una casa en una isla paradisíaca. ¿Podría haber alguna razón para resistirse, sin después arrepentirse para toda la vida, dándose patadas en el culo por haber sido tan tonto y tan cobarde?

En medio de toda la euforia, que yo hacía todo lo posible por disimular, surgió un interrogante que me pareció sensato.

—¿Y qué ocurre si sospechan de mí? —pregunté.

—¿Si sospechan qué?— preguntó a su vez el tío Heller.

—Que yo tenga algo que ver con tu desaparición.

—Sin cadáver no hay homicidio —respondió el tío Heller—. Por otra parte, si no hay motivo, ni pruebas, ni testigos, la única opción es un accidente, y si sospecharan que tú has tenido alguna responsabilidad en eso, lo máximo de lo que podrían acusarte sería de homicidio culposo, y lo más probable es que no tuvieran éxito. E incluso, en el peor y más improbable de los casos, si te llegaran a encontrar culpable, no te condenarían a más de tres años en prisión, de los que cumplirías uno o dos, a lo sumo. Mis abogados se encargarían de tu defensa. Mientras tanto, tu casa te estaría esperando en Maui, y tu cuenta de banco habría aumentando considerablemente.

Es verdad, yo era el «intelectual» de la familia, lo que, conociendo a mis hermanos, no era necesariamente una hazaña, y se suponía que actuaba con una sensatez impropia de mi edad, pero en este caso una cortina de niebla me había enceguecido y había cerrado toda compuerta hacia una salida lógica. Lo que había vivido en las últimas semanas, no solamente no había explotado en mi cara al escuchar tal despropósito de labios del tío Heller —como tendría que haber ocurrido si yo no fuera un imbécil—, sino que me había abierto una perspectiva impensada y un escenario, para mí, ideal.

No podía creer que existiera una posibilidad más auspiciosa de cambiar mi vida, que la que se abría ante mis ojos. Los riesgos eran muchos, y las concesiones exigidas a mi conciencia todavía más, pero era la primera vez que me veía confrontado a un acto fraudulento en el que se esperaba mi participación, y estaba constatando con inquietud, que la recompensa estaba pesando mucho más que mi natural tendencia a obrar decentemente. Por lo visto, era verdad que toda persona tenía su precio, aunque yo no sabía que el mío fuera tan alto.

El tío Heller había cesado su relato y me estaba dando

tiempo para que reflexionara, ya que los plazos para la decisión eran perentorios: ahora o nunca.

—Si estás dispuesto a hacerlo —dijo—, dímelo ya. Si no, nos olvidamos de todo y no se hable más.

Habíamos vuelto a tomar la autopista 66 y nos dirigíamos nuevamente a mi casa, lo que significaba que tenía solamente algunos kilómetros para zanjar la cuestión. El silencio se podía cortar con un cuchillo, y en mi cabeza daban vuelta imágenes de todo lo vivido y lo por vivir. La decisión la tenía que tomar antes de bajarme del coche, y para mí ya estaba todo claro.

—Lo haré —dije.

El tío Heller no reaccionó y siguió conduciendo hasta que hubimos llegado a la esquina de mi casa. En lugar de llevarme hasta la puerta, el tío detuvo el coche y me dijo.

—Bájate aquí. Ya hablaremos.

Caminé la cuadra que me quedaba hasta llegar a la entrada de mi casa y empecé a sentir un zumbido en los oídos que casi me hizo perder el equilibrio. No lo había experimentado nunca y no recuerdo que me volviera a ocurrir, al menos en esas proporciones, pero se trataba claramente de una reacción nerviosa ante tanto estímulo. Mi mente me estaba llevando a parajes inexplorados de mi subconsciente y me asociaba con imágenes que jamás pensé que podían tener alguna relación conmigo. Recordé algunos programas de canales del cable, donde se describían escenas de la realidad, en los que turistas eran seducidos para que transportaran algo en sus maletas y así obtener dinero fácil. Y claro, todas las historias terminaban con los tipos en la cárcel en un país asiático, durmiendo en el suelo junto a todo el resto de la población penal, con condenas de cuatrocientos años por tráfico de drogas.

Siendo la persona razonable que era, jamás se me pasó por la mente identificarme con alguno de esos gilipollas, ni mucho menos ponerme en su caso. Pero ahora estaba a punto de cometer una tontería exactamente igual, sólo con la mente puesta en una recompensa que, si bien trascendía con creces el estímulo económico, no dejaba de ser la misma quimera que le ofrecían a aquellos tarados para que pasaran medio kilo de marihuana en su maleta.

Llegué a la puerta, sin enterarme, entré y me fui directamente a mi cuarto a dejar que el desbarajuste de mi cerebro se calmara y me dejara pensar. No lo conseguí. Encendí el ordenador para navegar por la red en busca de alguna respuesta respecto a los riesgos y los precedentes de mi decisión, y lo primero que encontré en la pantalla, antes de que me hubiera dado tiempo a buscar nada, fue el documento encriptado que contenía la grabación de los relatos de la tía Kelly. No lo había vuelto a abrir desde que la escuché por primera vez completa, y nada pude hacer ante mi ansia por volver a escuchar los aullidos de Kelly por los latigazos de su sirviente.

«De puta madre», pensé. Ahora no solamente soy un futuro cómplice de un delito, sino también me he transformado en un sádico. Los fuertes chasquidos de la fusta y los gritos que provocaban, me trajeron de vuelta a la memoria la imagen de la tía Kelly, desnuda, soportando el castigo con un placer desusado, con lágrimas de pasión más que de dolor, mientras su piel aceitunada comenzaba a reflejar las estrías rojizas que dejaban las colas de tigre. No tuve alternativa y hube de correr al baño para dejar salir lo que ya no podía contener. La decisión estaba tomada y coronada de la manera más simbólica posible: con un orgasmo.

Todo parecía ser una trama pensada cuidadosamente

para enredarme en la telaraña, pero no me importaba nada. Solamente me bastaba saber que volvería a hacer mía a la tía Kelly, y que nuestra relación estaría certificada y oficializada por el propio tío Heller, cuyas palabras resonaban en mi cabeza con un eco, propio de una película de misterio: "…podrás seguir follando a la tía Kelly". ¿Cuándo me iba a atrever siquiera a soñar con una situación así?

—¿Alan? —gritó mi madre desde la puerta.

Me recompuse todo lo rápido que pude.

—Estoy en el baño, espera.

—Gottfried acaba de llegar. Quiere hablar contigo para ponerse de acuerdo para ir a pescar en su yate, como le propusiste.

De armas tomar, el cabrón, pensé. No es de extrañarse que haya llegado a amasar esa fortuna.

14

El andén de tablones que recorría el muelle donde se hallaba el yate del tío Heller, era más largo de lo que parecía. Al menos a mí me dio la impresión de haber caminado kilómetros antes de llegar a la embarcación, que estaba en uno de los últimos atracaderos, y llevaba el bonito nombre de "Kelly". Habíamos almorzado frugalmente en el restaurante del club, donde habíamos encontrado a un amigo del tío Heller, quien al parecer era uno de los pocos de su círculo que había perseguido la carrera científica, por las bromas que le hacía Gottfried acerca de su pasión por la necrofilia. Dicha circunstancia parecía, sin embargo, no haber mermado de ninguna manera su habilidad para hacer fortuna, ya que los relatos de su último viaje a Europa, estaban plagados de detalles que dejaban reconocer que le había costado mucho dinero.

El club de yates estaba lleno de gente bella, y cada mujer que pasaba luciendo un bikini, automáticamente se convertía en la tía Kelly en mi imaginación. Ese ejercicio mental involuntario, hacía que la empresa en la que me había metido, y que todavía me tenía preocupado, fuera ganando más y más aceptación en mi subconsciente.

—Espero que tengáis éxito con la pesca —dijo el hombre—. Desde luego, el tiempo es espléndido.

—El propósito es relajarse —dijo el tío Heller—, y además intentaré enseñarle a Alan a operar el barco. Y si sacamos algo, tanto mejor.

—Tú siempre tan modesto, Gottfried —rio el hombre. Y dirigiéndose a mí, agregó—: Estás en buenas manos, Alan. Gottfried era el mejor de nuestra promoción en la Marina. Algo se le habrá quedado sobre cómo manejar un barco.

Sonreí de vuelta y me guardé cualquier comentario.

—Ya me contarás cómo os fue —dijo el hombre, mientras nos despedíamos.

Ahora estábamos en el «corredor de la muerte» del tío Heller, aunque fuera ficticia, y nuestros pasos retumbaban con la tétrica solemnidad de los que realmente caminan hacia el cadalso. Gottfried había disimulado la situación con una sangre fría admirable, y la impresión que dejaba era de total relajación, combinada con su habitual buen talante, que no llamó la atención en absoluto de su amigo y ex compañero de armas, ni de nadie en nuestro alrededor. Mi falta de costumbre y lo inusual de la situación, hacían que me comportara como un imbécil, cometiendo una torpeza tras otra, a pesar de mis esfuerzos por disimular mi nerviosismo. El tío Heller lo había notado, pero había preferido no hacerme ninguna observación al respecto, para evitar que fuera a peor. Después de todo, estaba bien que me dejara llevar por los nervios para no tener que simularlos después, cuando llamara a la Guardia Costera.

Luego de abordar el yate, me dirigí al camarote a dejar mis bártulos. El barco, de más de un millón y medio de dólares, parecía más modesto desde fuera, pero tenía las dimensiones de un apartamento de dos dormitorios, con una confortable zona de descanso detrás del panel de mando, que contaba con un amplio sofá rinconero, complementado con una mesilla pequeña, ideal para colocar los cócteles o los libros. El resto de la embarcación era tan elegante como confortable, y podría haber servido perfectamente de vivienda permanente para una familia poco numerosa.

Luego de hacer una primera revisión y de acomodar sus cosas, el tío Heller comenzó a hacer un chequeo de lo necesario para zarpar. Según me contó, ese procedimiento lo cumplía alguien del club al que él le pagaba para que se ocupara del yate cuando él no estaba, pero su rigurosidad germana hacía que comprobara todo por sí mismo antes de partir, por si acaso.

Por fin, llegó el momento en que nos encontrábamos en el puente y comenzó la maniobra de zarpe. El tío Heller era un marino experto y, por otra parte, el barco estaba equipado con la tecnología de última generación, que permitía que los procedimientos funcionaran casi automáticamente.

—Este es el aparato que necesitas —dijo el tío Heller, mientras el "Kelly" se alejaba con elegancia del puerto.

Me indicó el aparato con micrófono que estaba a un costado de la mesa de operaciones, junto al timón.

—Esta es una radio de banda marina VHF, con la cual te puedes comunicar con la Guardia Costera. Cuando hayan pasado las dos horas después de que baje a bucear, debes oprimir este botón de ayuda. El aparato estará sintonizado en el canal 16, que es para las emergencias, y es el que tengo puesto todo el tiempo, para el caso de tener que responder a mensajes de auxilio de otros barcos. Después que oprimas el botón rojo, esperas la respuesta, les explicas el problema y esperas a que lleguen.

—¿Y cómo les digo dónde estoy? —pregunté.

—No necesitarás hacerlo. La radio está equipada con el

sistema DSC, que transmite digitalmente toda la información, desde el nombre del barco, hasta su posición exacta. La Guardia Costera no tendrá dificultades en encontrarte en pocos minutos.

—Y cuando lleguen…

—Les dices lo que hemos conversado. No des detalles innecesarios, no improvises nada, responde a lo que te pregunten y muéstrate preocupado, eso es todo. Después deja que pase el tiempo, y llegará el momento en que se enfriará la historia.

Asentí, cada vez menos seguro de que estaba haciendo lo correcto, pero con la esperanza de que no lo estropearía por algún descuido. Ahora sí que no me podía permitir ser más imbécil de lo habitual.

—Y no vuelvas a visitar a Kelly —agregó el tío Heller—. Ella os visitará en casa y os contará de lo desesperada que está por mi desaparición. Tú calla. Si es posible, no estés. La relación entre vosotros dos vuelve a lo que fue siempre, la de una amistad de familia política.

Estaba claro que el tío estaba enterado de todo y, como a él parecía no preocuparle, decidí no preocuparme yo tampoco. Había otras cosas más inmediatas por las que estar nervioso.

—¿Y cómo harás para desaparecer? —pregunté.

—De eso no te preocupes —respondió. Mientras menos sepas de plan, mejor.

El yate se desplazaba con solemnidad hacia el océano, mientras la tierra iba desapareciendo lentamente a nuestras espaldas. El sol de la tarde invitaba a tenderse y relajarse en cubierta, pero todavía quedaba bastante por recorrer antes de llegar al punto en que el plan del tío Heller se pudiera llevar a cabo sin testigos indiscretos.

La travesía fue sorprendentemente apacible, teniendo en cuenta que se trataba del preámbulo a un cambio radical de vida para todos, y que estábamos a punto de correr riesgos imprevisibles que podrían afectarnos para siempre. El tío Heller sacó un paquete de cigarrillos rubios y me ofreció uno. Le agradecí pero no acepté. Como buen *geek* tampoco me había dejado llevar por las modas de mis contemporáneos, y había pasado de pretender hacerme el adulto a través de fumar. Yo tenía otros sistemas mejores para sentirme más desarrollado que la caterva de idiotas que me rodeaban, que costaban menos dinero y no producían cáncer.

—¿Habías soñado alguna vez con hacer realidad todos tus deseos, Alan? —preguntó el tío Heller—. ¿Con tener dinero para poder darte todos los gustos, tener a la gente que amas a tu lado y que nadie te joda la vida con obligaciones? Pues esa ha sido siempre mi vida. He conseguido lo que quería, he buscado retos y los he afrontado, por el deporte de salir airoso y de joder a los demás, de ser posible. Reuní una fortuna, amigos, una mujer que es un sueño para cualquiera, y llegué a mi edad sin nada más que ambicionar. Y ahora puedo decir que estoy satisfecho con lo que tengo, y que así quiero seguir hasta el fin de mis días, desde el limbo, sin obligaciones ni amigos ante los que responder.

El tío Heller dio una aspirada a su pitillo y continuó, con la mirada fija en el horizonte:

—Puede ser que todo esto no sea más que una forma de racionalizar lo que no es otra cosa que una excusa para huir de la responsabilidad cometiendo un delito, pero me doy por satisfecho con la explicación. Y me alegro que seas tú el que me ayude en esto.

La última frase me dio el pie para volver a plantear la duda que me venía acompañando desde que esta insensatez había comenzado:

—¿Y por qué tenía que ser yo, tío Heller?

—Buena pregunta —respondió—, pero también fácil de responder. Tú has demostrado que eres fiel, que eres leal, la tía Kelly y yo te queremos, y nos has dado todas las razones para justificar ese cariño. La pregunta es ¿por qué, si te queremos tanto, te hacemos correr un riesgo como éste? Porque nuestro cariño y nuestra lealtad mutua tiene que ser sellada con un sacrificio que puede convertirse en la obtención de todos nuestros deseos. Se puede decir que es una prueba final para nuestro carácter, y los que salgan vencedores tendrán la vida que siempre soñaron.

Esa forma de hablar me trajo a la memoria lo que me había relatado la tía Kelly sobre sus primeros contactos con "su alemán". Me recordó cuando la puso a prueba una vez tras otra, para comprobar si estaba capacitada y deseosa de formar parte de su vida, sin límites ni barreras, hasta que llegaron a construir una relación ideal, justamente por lo lejos que estaba de ser normal. El sentirme incluido en ese grupo me causaba cierto orgullo, aunque no sabía todavía cuán severa sería la prueba y cuán capaz sería yo de soportarla. Tampoco podía saber si la recompensa sería tan placentera como la que marcó la vida del matrimonio de los Heller. Ahora comenzaba a llegar el momento de averiguarlo.

El tío Heller detuvo el motor y me invitó a que saliéramos a cubierta. El mar estaba en absoluta calma y el sol brillaba sin piedad. Las sillas de playa en las que nos instalamos, parecían diseñadas para la relajación más absoluta y esa era justamente la sensación que me estaba comenzando a invadir. En el pequeño refrigerador había bebidas de distinta clase, aunque en su mayoría alcohólicas. Entre ellas, por suerte, había una botella de Coca Cola a medio llenar, que yo deglutí con ansias, mientras el tío Heller se dedicaba a los preparativos para su partida.

Con tanta sensación de bienestar, me invadió una deliciosa modorra, y al cabo de un momento estaba durmiendo a pierna suelta una siesta que nunca había gozado antes con esa intensidad. No recuerdo si realmente lo soñé, o si al despertar amoldé las cosas para que la imagen de la tía Kelly me acompañara en mi cabezada, pero el hecho es que me incorporé con ella en la mente y una sonrisa en los labios. El tío Heller no estaba. Miré el reloj y habían pasado tres horas largas desde que salimos del restaurante. Recorrí el yate, y cada vez más me fue invadiendo una sensación de miedo a la soledad, en medio del océano, en un barco que no sabía conducir, y a punto de comenzar a echar a correr una farsa que cambiaría mi vida desde sus cimientos.

Era el momento de llamar a la Guardia Costera.

Entré al puente y pulsé el botón rojo que llevaba el rótulo "Distress". Lo mantuve oprimido por algunos segundos y cogí el micrófono a la espera de una reacción.

—Estación Guardia Costera Los Ángeles Long Beach. ¿Cuál es el nombre de su embarcación? Cambio —preguntó una voz en medio del carraspeo de la radio.

—"Kelly" —respondí con orgullo—. Cambio.

—"Kelly", Guardia Costera. Tenemos su posición. ¿Cuál es su problema? Cambio.

—El capitán del yate bajó a bucear hace más de tres horas, y no regresa. Cambio.

—"Kelly", Guardia Costera, ¿Cuánta gente más hay a bordo? Cambio.

—Nadie más. Estoy solo. Cambio.

—"Kelly", Guardia Costera, hemos enviado una patrullera en su dirección. Manténgase en canal 16 y no mueva la embarcación. Cambio.

—No sé cómo conducir un yate. No lo moveré de donde está, no se preocupe. Cambio.

—"Kelly", Guardia Costera, comprendido. Deme su nombre y dirección. Cambio.

Mi corazón latía con fuerza. La voz calmada y profesional del funcionario, lejos de tranquilizarme, me había recordado que estaba echando un pulso con el gobierno de los EE.UU. de América, y que estaba jugando con gente con la que era mejor no jugar. Después de darle mis datos al operador, regresé a cubierta para esperar la llegada de los guardacostas y me distraje intentando adivinar cómo diablos había hecho el tío Heller para abandonar el barco sin dejar rastros y sin despertarme. Mientras tanto seguía atento a la radio, para el caso que necesitaran volver a comunicarse conmigo para darme instrucciones, o pedirme informaciones que, seguramente, no estaría en condiciones de darles.

Pocos minutos más tarde vi aparecer una lancha, a una velocidad inusitada, que contrastaba con lo apacible del paisaje, y luciendo, junto a aquellas aspas que giraban verticalmente sobre el techo de la cabina, una ametralladora asentada en la cubierta de proa, y otra en la de popa. El barco estaba tripulado por dos soldados, que procedieron a abordar el yate y a hacerme las preguntas del caso acerca del incidente reportado.

—El tío me dijo que bajaría a bucear y mientras hacía los preparativos, me quedé dormido. Cuando desperté habían pasado más de dos horas y, a pesar que no soy un experto, me imaginé que no podría permanecer tanto tiempo bajo el agua.

El oficial me lanzó una mirada que, a pesar de no ser agresiva ni escéptica, me hizo pensar que tal vez me había apresurado en hacer la llamada de emergencia, y que era perfectamente posible que una persona permaneciera por más de dos horas bajo el agua con un tanque de oxígeno a su espalda. Pero, aparentemente, no era así.

—¿Tu tío es el señor Gottfried Heller? ¿El propietario del barco?

—Sí —respondí—. Bueno, en realidad es tío político. Amigo de la infancia de mi padre. Pero le decimos tío.

—¿Tienes alguna identificación? —preguntó el oficial.

—No —dije—, pero os puedo dar mi dirección y el teléfono donde ubicar a mis padres.

—Está bien —dijo el oficial—. Eso lo arreglaremos en la oficina. Ahora te irás en la lancha y darás toda la información que corresponda. ¿Tienes equipaje?

—Sí —respondí—. Una mochila. Ahora la traigo.

—No —dijo el oficial—. Déjala. No hace falta. Nosotros la llevaremos cuando lo hayamos revisado todo.

—Tengo cosas personales que necesito —dije, con una seguridad que me sorprendió—. Prefiero llevarla.

El oficial pareció no impresionarse por mi respuesta, y asintió con la cabeza.

Mientras viajaba en la lancha de respuesta rápida de la Guardia Costera, a una velocidad que me estaba empezando a dar mareos, pensé que tal vez mi respuesta pudo haber sido inoportuna. Si bien es cierto que era posible que tuviera «cosas personales» en la mochila —y qué más personal que la grabación de la sesión sadomasoquista con la esposa del hombre que estaba reportando como desaparecido—, el haber negado algún tipo de cooperación, por mínima que fuera, podría mover a suspicacias. Los guardacostas actuaban con un gran oficio, revisando diversos puntos y comunicándose entre ellos en términos totalmente ininteligibles para mí. No parecían estar tan preocupados por mi persona, como por la persona que todavía no volvía de debajo del agua.

Entré a la oficina sin haber abandonado la expresión que mantuve durante todo el incidente ante los militares, y que había preparado con esmero. No tenía ninguna condición de actor, y la única salida que encontré fue la de fruncir el seño y actuar con una lacónica calma. Ni escenas ni voluntarismos. Simplemente una preocupación expectante. Y al parecer estaba dando resultado.

—¿Quieres beber algo? —preguntó uno de los guardacostas.

—No, gracias —respondí.

—Seguro que no podrás tragar nada ahora —dijo el hombre con afabilidad.

—No —dije—. La verdad es que no. ¿Puedo hacer una llamada a mis padres?

—Ya están notificados. Están en camino hacia acá.

Cuando llegaron a la estación de la Guardia Costera, mi madre se abalanzó hacia mí y me abrazó como si me acabaran de rescatar de las fauces de un tiburón. Por su parte, mi padre se dirigió al oficial a indagar más información sobre lo sucedido y a ofrecer su ayuda para lo que fuera menester.

—La esposa del señor Heller está de viaje —dijo mi padre— pero intentaremos ubicarla.

En ese momento estuve a punto de cometer mi primera torpeza, mencionando el número privado que Gastone me había dado para comunicarme con la tía Kelly sin dejar huellas. En primer lugar porque era superfluo, ya que Kelly ya estaba enterada de toda la maquinación y no era urgente contactarla para informarle lo que ya sabía y, segundo, porque habría delatado una relación diferente de mi parte con ella, que el resto desconocía y que podía resultar sospechosa.

Al llegar a ese punto de reflexión, mis esquemas sufrieron un vuelco inesperado, a pesar de ser un factor que había que tener en cuenta. ¿Por qué iban a sospechar de mí, si claramente se trataba de un accidente? Todo estaba planeado cuidadosamente y, según el tío Heller, no había nada que temer. Intenté pellizcarme internamente, no fuera a ser cosa que el cargo de conciencia por estar participando en un fraude, se transformara en un irracional complejo de culpa por un crimen que no había sido cometido.

Los pensamientos me ayudaron a encerrarme en mí mismo y soportar el paso de los minutos, dando la impresión de una gran consternación ante una posible tragedia. Mi padre dio todos los antecedentes a los guardacostas acerca de mi persona, muchos de los cuales ya los habían recogido antes de que me preguntaran el nombre en el yate, y al cabo de una hora nos encontrábamos camino a casa a esperar noticias. Los militares nos advirtieron que permaneciéramos atentos a su posible llamada, pero que si no se producía era porque no había novedades, de modo que no hacía falta que llamáramos nosotros.

Mi madre me preguntaba una y otra vez si conmigo estaba todo en orden, y cómo había ocurrido todo, hasta que mi padre se vio en la necesidad de recordarle que ya se lo había contado veinte mil veces, y que era hora de dejar al chico tranquilo, que ya lo había pasado bastante mal.

La tía Kelly regresó al día siguiente de su viaje, nadie sabe a dónde, y se puso en contacto inmediatamente con nosotros. Mis padres le contaron lo ocurrido, aunque ya lo había escuchado de la Guardia Costera.

—¿Cómo está Alan? —preguntó, mientras yo escuchaba la conversación por la otra extensión.

—Está bien —dijo mi padre—. Muy impresionado por lo ocurrido, pero bien.

—Dile que me venga a ver el sábado —dijo la tía Kelly.

—Se lo diré —respondió mi padre—. Le hará bien hablar contigo.

15

A las cuatro de la tarde, estaba parado frente a la entrada de la mansión de los tíos Heller, a la espera de la reacción del portero automático.

—¿Sí? —escuché decir a Gastone.

—Soy Alan —dije.

La comunicación se interrumpió sin mayores aclaraciones, y se escuchó el zumbido que señalaba que el cerrojo estaba abierto. Caminé por el familiar pasillo hasta llegar a la puerta de la casa, donde Gastone me recibió con un parco pero cortés:

—La señora te espera en la sala.

Entré al opulento living, y allí estaba la tía Kelly, más bella que nunca, vistiendo una camiseta blanca y un pantalón vaquero desteñido. Al verme entrar, se puso de pie y se lanzó a mis brazos, dándome un beso, a boca abierta, como si me quisiera devorar. Nuestras lenguas se buscaron con desesperación, mientras nuestras manos recorrían nuestros cuerpos con una pasión incontrolable. Nada de lo que pudiera ocurrir a esas alturas me podía parecer inesperado, pero no dejó de sorprenderme que el estado de nuestra relación hubiera ido por ese camino.

Después del primer recibimiento, la tía Kelly me tomó de la mano y me arrastró escaleras arriba hacia la planta alta, con la precipitación propia de una situación de vida o muerte. Mientras subía a toda carrera, conmigo siguiéndola, como un perrillo a la espera de que le tiren la pelota para ir a buscarla, Kelly se quitó la camiseta y la arrojó al suelo. Al entrar a la habitación se había comenzado a despojar de su pantalón vaquero y, después de saltar a la cama, levantó las piernas para que yo hiciera los honores y la liberara su tanga.

Yo, por mi parte, me había sacado la ropa con la celeridad de un bombero para ponerse la suya, en caso de alarma de incendio. Salté sobre ella, y sin más preámbulos, la penetré con violencia, haciéndole escapar un grito áspero, como los de la grabación que había acompañado mis orgías particulares en las últimas semanas. Nuestros cuerpos se entrelazaron con fuerza, mientras nuestras bocas se buscaban, tratando de aprovechar cada milímetro de intimidad. Era un coito desesperado, mitad celebración, mitad responso, y nuestra urgencia lo dejaba de manifiesto.

—¿Te vendrás conmigo a Maui? —preguntó Kelly, mientras su pelvis castigaba la mía con sacudidas desesperadas.

—Y a donde vayas —dije.

—¿Todavía me amas?

—Más que nunca —respondí.

Nuestras bocas se volvieron a unir, y nuestras lenguas renovaron sus caricias, cada vez más profundas, cada vez más llenas de amor. En esos momentos de éxtasis, no había espacio para embrollarse en disquisiciones semánticas, y la palabra «amor« venía a sustituir todas aquellas que hubieran sido más apropiadas para el caso. Hacía ya tiempo que no importaba nada, que ya había dado el paso definitivo hacia un vacío que me llevaría directamente al paraíso o al infierno, sin purgatorios intermedios, y dependiendo de factores que podían significar el éxito o el fracaso sin matices.

Blanco o negro. La cárcel o el cuerpo de la tía Kelly para mí, para siempre.

Kelly se liberó violentamente de mi presión y se abalanzó sobre mi miembro para engullirlo con voracidad, mientras acomodaba sus caderas en mi cara de modo que yo pudiera satisfacerla con mi lengua. El primer sesenta y nueve de mi vida lo practiqué con la mujer que más deseaba, y comprobé, sin necesidad de verificaciones empíricas, que el hecho de tener la misma altura favorecía la práctica de la posición.

El sabor de su sexo me despertó nuevamente remembranzas de la mitología nórdica, y ese gusto que yo atribuía al hidromiel de Odín, junto al placer que me producía el contacto de sus labios en mi sexo, me hizo descargar mi semen en su boca, provocándole un aullido semejante a los que yo guardaba celosamente en mi disco duro. La tía Kelly respondía con los mismos sonidos al dolor y a la alegría.

Respecto a mis reacciones, Kelly estaba haciéndome descubrir una característica que ignoraba, por mi inexperiencia, y que era la capacidad de tener múltiples orgasmos, conservando una erección suficiente para poder continuar teniendo sexo sin pausa. En este caso, la reacción fue todavía más elocuente, ya que la dureza de mi miembro, no sólo se mantuvo invariable, sino que se incrementó, lo que permitió a Kelly retomar la posición para seguir haciendo el amor.

Y volvió a elegir la del misionero. Quería que nos miráramos a los ojos. Me observaba fijamente, con una pasión que lindaba en la furia; nuestras manos juntas por las palmas, con los dedos entrelazados, y nuestras caderas encontrándose rítmicamente con golpes secos que retumbaban en

mi estómago como mazazos intermitentes. Sus labios entreabiertos me dejaban ver sus dientes apretados, como
deseando hacerme eyacular de nuevo cuanto antes. El sudor
de nuestras manos se traspasaba a nuestro cuerpo y cuando
forcé sus brazos hasta dejarlos junto a su cara, y deposité
mis labios en su boca, sentí como nuestra transpiración nos
pegaba el uno al otro como una gelatina.

Permanecimos besándonos durante mucho rato, mientras seguía poseyéndola con desesperación. Ella me follaba
de vuelta, con un vigor que temía no ser capaz de emular,
pero al menos no había vencido mi resistencia de aguantar
cuanto fuera posible antes de volver a eyacular dentro de
ella. Por el contrario, su vehemencia la llevó a un orgasmo
volcánico, que remeció las paredes de la habitación, y que
no le había visto en la sesión anterior, cuando su reacción
había sido profunda pero no estentórea.

Estaba creyendo comprobar de primera mano que la tía
Kelly era una mujer de extremos, capaz de soportar un castigo físico hasta llegar al paroxismo del gozo y, por otra
parte, excitándose con la presencia del riesgo y del delito,
que era lo que representaba yo en ese momento en su cama.
No solamente se estaba tirando a un chico prohibido, al que
doblaba en edad, sino que ese chico estaba siendo cómplice
de una trama fraudulenta que, de descubrirse, terminaría
con todos el mundo en la cárcel.

La breve experiencia de mi relación cercana con la tía
Kelly, me indicaba que no debía ser prematuro en mis conclusiones, pero esa me pareció la más consecuente. La composición de lugar me resultaba cada vez más razonable, y
hasta yo mismo me comenzaba a excitar de sólo considerarla.

Reanudé mis movimientos, y Kelly me siguió instantáneamente. Todavía faltaba mucho para que nos diéramos por vencidos. Kelly cimbreaba sus caderas contra mi pelvis, mientras mi cerebro deambulaba por un mundo de ensoñaciones, como si lo que tuviera delante no fuera la culminación de todos mis sueños. Lo único en lo que no pensaba, mientras la penetraba suavemente, acariciando las paredes de su vagina con mi miembro, era en el riesgo que acababa de correr al enfrentarme a los guardacostas para contarles un embuste que desembocaría en mi felicidad y mi riqueza. Tenía a Kelly en mis brazos y lo demás se podía ir al carajo. Había consolidado mi transición a la vida adulta en pocas semanas, y todo lo que no había experimentado, o ni siquiera esperaba experimentar alguna vez, lo había tenido de una vez con la mujer que más deseaba, justamente porque estaba prohibido desearla.

Como colofón de aquella jornada de revelaciones, la tía Kelly me inició en una práctica que no había contado nunca entre las opciones. Extrajo mi pene, empapado por el sudor y la secreción de sus líquidos, tomó una almohada, la colocó bajo sus caderas y dirigió mi miembro a su orificio todavía no visitado. Solamente la mención de las palabras "Kelly" y "sexo anal", habría bastado para cualquiera de mis hermanos para que sufrieran una eyaculación prematura a la entrada de la Catedral de Nuestra Señora de los Ángeles, y eso era lo que yo estaba empezando a vivir ahora.

La tía Kelly acomodó sus nalgas e inició el cuidadoso proceso de dejarme penetrarla, sin causarle daño. Sus gemidos eran tenues y roncos mientras adecuaba su ritmo al mío; la pasión había dejado paso a una suerte de relajación, donde las pulsiones a veces se interrumpían por besos, templados y dulces, y otras por momentos de quietud.

La tía Kelly me miró a los ojos y sonrió.

—¿Habías follado a una mujer por el culo alguna vez? —preguntó, empleando un lenguaje contrastante con mi sensación de estar en el cielo. Tuve que sonreír de vuelta y confesar que no. Los movimientos suaves continuaban mientras hablábamos.

—¿Sabes quién me inició? —preguntó.

—¿El tío Heller? —aventuré.

—No —respondió—. El tío Heller nunca se atrevió a sugerírmelo, hasta que no hubiera avanzado un poco en mi desarrollo sexual, tan atrasado cuando me conoció. El que me inició fue Gastone.

—¿Gastone? —pregunté, casi divertido.

—Gastone es gay —dijo Kelly— y me lo dijo cuando lo conocí, para que yo no tuviera preocupaciones acerca de una posible atracción hacia mí, que pasara por espionajes, robos de ropa interior o cosas similares. Le dije que estaba bien, y que no me preocupaba en absoluto. Después de algunos meses de estar casada con Gottfried y viviendo en nuestra casa, reparé que todavía no habíamos tenido sexo anal y me pareció extraño. Por lo visto mi alemán era más considerado de lo que yo pensaba, pero no se trataba de eso. Se trataba de tener el goce máximo para ambos. En un momento en que nos encontrábamos con Gastone jugando a las cartas, durante uno de los tantos viajes de Gottfried a Europa, le pregunté si sabía algo de sexo anal. «Es de lo único que sé», me respondió. «¿Y podrías enseñarme lo que sabes?», le pregunté. «Bueno, no hay mucho que enseñar», me dijo. «Se trata de introducir el pene en el...». «La teoría la conozco», interrumpí riendo. «Quiero que lo hagas conmigo para ver qué se siente. Con Gottfried no lo hemos hecho, y temo decepcionarlo si lo intentamos y no soy capaz de soportarlo. Sería la única vez que no pudiera someterme a sus deseos, y es un precedente que no quisiera que hubiera. Yo creo que él también ha esperado por eso.»

La tía Kelly había retomado el estilo narrativo de sus memorias, y lamenté no tener la grabadora a mano para dejar registrado su relato, aunque, por cierto, las circunstancias actuales eran mucho más placenteras. Mientras hablaba, yo la seguía penetrando suavemente, le acariciaba sus senos gloriosos con mis dedos, todavía torpes pero bienintencionados, mojaba sus erectos pezones con mi lengua, e interrumpía fugazmente su cuento con algún frugal beso en sus labios.

Kelly me contaba cómo Gastone la había conducido a su cuarto, la había desnudado con la destreza y la suavidad de una doncella imperial al servicio de Mesalina, y le había contado mientras lo hacía, que la licenciosa emperatriz romana también se había valido de los servicios de un súbdito y artista homosexual para que la introdujera en los secretos de la sodomía.

—Gastone me lo enseñó todo, desde relajarme, hasta tomar las precauciones higiénicas. A pesar de que no era el propósito, la sesión de sexo fue extremadamente satisfactoria, condimentada con sabrosos besos y variadas caricias, con las que Gastone preparó el terreno para después darme por culo como un animal. Probamos todas las posiciones posibles y tuvimos varios orgasmos. Nadie hubiera dicho que Gastone era homosexual pero, al parecer, su capacidad de fantasía es inagotable.

Kelly parecía haber olvidado que estábamos teniendo sexo, y seguía contando la anécdota como si fuera una conversación de sobremesa. Por mi parte, yo no podía estar más excitado, y a cada detalle que agregaba, más febril me sentía.

Casi sin darme cuenta, mis movimientos comenzaron a aumentar en intensidad hasta que terminé poseyéndola con frenesí, al que ella se sumó poco a poco; interrumpiendo a veces su relato, luego agregando breves gemidos, y por último concentrándose completamente en el sexo.

El relato de Gastone me había vuelto a agitar las hormonas, tal como todos los demás de la tía Kelly que tenían que ver con su sexualidad, pero lo que me entusiasmó especialmente fue su mención a las distintas posiciones en que fue instruida para la práctica del sexo anal. No tenía el valor ni la necesidad inmediata de recabar más información al respecto, pero Kelly parecía tener un sexto sentido cuando se trataba de exprimir mi lujuria, y no tardó en girarse hasta que quedamos en la posición de la cuchara, que tanto me había impresionado la primera vez. Su espalda pegada a mi pecho y sus caderas cimbreándose alrededor de mi miembro, mientras me ofrecía su lengua para acariciarla con la mía, habían llevado mi capacidad de imaginación a un punto muerto, y hecho que mi sentido de la realidad se hiciera cargo. No había más que imaginar. No era posible que hubiera algo más fascinante que inventar, que me hubiera satisfecho más. Excepto la siguiente posición.

Separándose elegantemente de mí, y después de haber dado media docena de suaves besos a mi pétrea erección, la tía Kelly adoptó la posición del perrito y volvió a dirigir mi miembro, con mano firme pero amable, al lugar del que había salido, y a reiniciar sus movimientos pendulares, mientras yo acariciaba sus caderas, observando con veneración y asombro esos contornos perfectos, dignos del escultor más excelso, moviéndose rítmicamente para provocar mi placer. La visión fue, para mí, la coronación del ceremonial, que me llevó a cesar cualquier resistencia y a eyacular una vez más en su interior, ahora por última vez.

Permanecimos abrazados, todavía conmigo dentro de ella, pecho contra espalda, por varios minutos, hasta que tuvimos que reírnos sin saber por qué. Al parecer era la felicidad sin razones, y el pretender explicarla en palabras habría sido una profanación superflua. Finalmente nos recostamos, extenuados, uno junto al otro. Mientras nos besábamos, con la languidez de los amantes después del amor, mi cabeza comenzó lentamente a retornar a la realidad y, a pesar de estar corriendo el riesgo de embadurnar la belleza del momento con el légamo de lo contingente, me atreví a deslizar la pregunta:

—¿Sabes algo del tío Heller?

La tía Kelly suspiró, me acarició el muslo que descansaba sobre sus caderas, recorriéndolo mansamente con sus uñas, giró su rostro y me besó. Capítulo cerrado. Si bien la pregunta al parecer no fue tan desatinada como para causar una reacción adversa de parte de Kelly, fue lo suficientemente inoportuna como para llevarla a levantarse y dirigirse al cuarto de baño a darse una ducha, dando por cerrado el episodio.

Por un momento temí que mi bocaza me hubiera hecho cagarla una vez más, a pesar de que consideraba la pregunta perfectamente legítima, considerando lo riesgoso y lo inusual de la empresa. Por suerte, Kelly fue capaz de tranquilizarme cuando desde la puerta del baño se giró y me dijo:

—¿Vienes?

La seguí, con el mismo servilismo canino que había venido exhibiendo desde mi llegada, y entramos a la ducha faraónica que ya había probado en una oportunidad anterior. El contacto con el agua y el gel espumoso de baño que nos esparcimos mutuamente por el cuerpo, además del profundo beso que nos dimos bajo el manantial de chorros finos, me hicieron pensar que lo que estaba viviendo en esos momentos era lo más cercano a lo que debía experimentar un bebé en medio de la tibia placidez del líquido amniótico. Las abluciones duraron por un tiempo infinito, y en el momento de secarnos, ambos, sin mediar palabra, sentimos que todavía había tiempo y motivo para una última penetración fugaz. Kelly se reclinó sobre el mueble de los lavabos y levantó su pierna para que pudiera poseerla. Mientras follábamos, nuestros ojos estaban fijos en el espejo que, como suele ocurrir, nos daba una imagen diferente de nuestras facciones. No sé cómo me vería Kelly a mí, pero yo la veía igual de bella, aunque con un semblante todavía más perverso que lo normal. Era una expresión malévola que, con el rictus de placer que le producía el estar siendo penetrada, parecía todavía más siniestra. Lejos de sorprenderme o de amedrentarme, la visión me excitó todavía más, y descargué todo el volumen de esperma que aún conservaba, en su vagina recién bañada.

El beso con que culminamos nuestra unión, fue desproporcionadamente tierno en relación con la imagen que salía del espejo, como si esa diablesa hubiera vuelto a vestir su manto angélico para acomodarse al mundo real. Hizo desaparecer las huellas del último desaguisado con un breve remojón y una toallita de mano, y salió del cuarto de baño hacia la habitación, llevándose mi corazón a la cadera.

16

Pasaron tres meses después del ominoso incidente a bordo del "Kelly", y no volvimos a oír nada de la tía. Parecía como si se la hubiera tragado la tierra. Todos en casa suponían que estaba devastada por la desaparición de su marido, y que lo más probable es que hubiera buscado la soledad en alguna de sus propiedades fuera de la ciudad. De todas maneras, les extrañaba que no hubiera habido ninguna comunicación, ya fuera telefónica o por correo electrónico. Por mucho que los tíos Heller se solieran apartar del mundo para darse una pausa de tranquilidad, en Europa o en su casa de campo, siempre encontraban el momento para tomar contacto con nosotros y contarnos de su vida.

Desde luego, esta situación era muy diferente. El haber perdido a su marido no podía compararse con ningún hecho del pasado, por dramático que fuera, y era normal que su reacción fuera diferente. Yo me cuidaba mucho de dar alguna opinión al respecto y los dejaba que se hicieran esas razonables composiciones de lugar, sin agregar nada que pudiera mover a dudas. Ya estaba metido de lleno en la trama y mi papel era seguir el juego.

Al regresar a casa, un jueves por la tarde como cualquier otro, me encontré con mi madre llorando desconsoladamente, mientras mi padre hacía todo lo posible por consolarla.

—¿Qué ocurre? —pregunté.

—Han encontrado el cadáver de Gottfried —respondió mi padre—. Lo hallaron en el mar, a pocas millas del lugar donde estaba el yate.

Sin decir palabra, me fui a mi habitación y encendí el computador para entrar a algún hilo de noticias y enterarme de toda la historia. No tardé en encontrar el tema, y lo primero que leí fue que el cuerpo sin vida del empresario Gottfried Heller, había sido hallado en el fondo del mar por buzos del servicio de Búsqueda y Rescate de la Guardia Costera de Los Ángeles. El cadáver estaba en un muy avanzado estado de descomposición, cosa que ha hecho muy difícil la identificación, pero algunos objetos personales encontrados en el cuerpo, avalan la teoría de que se trata del empresario. La esposa del fallecido no ha sido ubicada, pero su presencia no es requerida para propósitos de identificación, ya que el estado del cuerpo solamente permite un reconocimiento a cargo de patólogos forenses. Los resultados del examen serán dados a conocer en el curso de los próximos días.

Pasaron varios minutos y mis ojos seguían clavados a la pantalla, donde hasta hacía pocos momentos se podía ver la imagen del tío Heller, con su amable sonrisa y vestido impecablemente, posando para una foto corporativa. El cadáver del tío Heller, recuperado del fondo del mar. La sorpresa no me dejaba buscar soluciones, ni alternativas. Solamente se me heló la sangre, sin saber a qué atenerme y sin posibilidades de encontrar a Kelly para pedirle explicaciones. Efectivamente se la había tragado la tierra. La llamé a su móvil privado y no hubo respuesta, y en casa no contestaba nadie. Pensé en ir a la mansión a ver si podía encontrar a Gastone para que me diera alguna información, pero entendí que no tenía ningún sentido. Lo más probable es que hubiera regresado donde su madre, estuviera o no al tanto de la jugada.

Durante ese día no volví a decir palabra, no comí y me fue casi imposible dormir. Eran demasiadas las ideas que me daban vuelta, sin ser capaz de concentrarme en ninguna. Lo único concreto era que el tío Heller estaba muerto y todo lo que se había arreglado se había ido al cuerno.

Repetí mentalmente la frase y sentí desprecio por mí mismo. El tío Heller, mi querido tío Heller estaba muerto, y yo me preocupaba solamente de mi bienestar personal. Nada estaba más lejos de mí que las consideraciones moralistas, pero no pude evitar sentir asco al pensar que mi subconsciente había pasado por alto una situación tan atroz, como la muerte de un ser querido, para detenerse a pensar qué pasaría con mi dinero y mi sueldo vitalicio. Estaba claro que todo el mundo tenía su precio, y el comprobar cuán miserable era el mío, me llenaba de vergüenza.

En medio de mis disquisiciones volví a pensar en la tía Kelly. Nos habíamos amado con delirio a la semana de la noticia de la desaparición del tío Heller, y ella no parecía demasiado preocupada por su destino. Yo esperaba que el tío se hubiera puesto en contacto con ella para informarle que todo iba según lo previsto, y si no lo hubiera hecho, seguramente ella se habría preocupado, en lugar de citarme en su casa para que me la follara. A menos que hubieran quedado en no hablar hasta que pasara algún tiempo, para evitar que oídos no deseados pudieran detectar el contacto. De hecho, el tío Heller me había advertido que no visitara a Kelly después de fingir el accidente.

No debo haber dormido más de dos horas, con intermitencias, porque cuando sonaron los golpes en la puerta de mi dormitorio, estaba en un estado de vigilia que se me antojaba muy similar a la que seguramente habría sentido un zombi después de una noche de juerga.

Me levanté de un salto, abrí la puerta y me encontré a mi padre parado delante de mí.

—Vístete —me dijo—. Han venido unos detectives que quieren hablar contigo.

—¿Unos detectives? —pregunté.

—Sí —respondió mi padre—. La policía. Están abajo.

Me puse lo primero que encontré y bajé al salón, donde estaba mi madre, secándose las lágrimas, frente a dos hombres vestidos con traje y corbata, que, al parecer, hacían todo lo posible por no alarmarla, aunque por lo visto sin éxito.

—¿Alan? —me dijo el más alto de los dos, mientras me tendía la mano—. Soy el teniente Rizzi, de la Policía de Los Ángeles.

—Mucho gusto —respondí, con una sonrisa tímida.

—¿Te importaría que tuviéramos una conversación a solas? —dijo Rizzi.

—Por supuesto que no —respondí—. Mientras pueda ayudar en algo, encantado.

—¿Hay un lugar en el que podemos estar solos? —preguntó el policía.

—Sí —dijo mi padre—. En mi escritorio.

Los hombres me invitaron a precederlos y me siguieron hasta el despacho que también hacía las veces de biblioteca, y que mi padre utilizaba para hacer las tareas administrativas que podía llevar a cabo desde el hogar. La habitación tenía suficientes muebles donde sentarse, y estaba relativamente aislada del resto de la casa.

El teniente Rizzi me invitó con un gesto a que tomara asiento, mientras él cogía una silla para instalarse frente a mí, y su compañero permanecía de pie, sin dar muestras de estar demasiado interesado en el procedimiento.

—Alan —dijo—, ¿te puedo llamar Alan?

—Seguro —respondí.

—Bien. Me gustaría que revisáramos algo de tus declaraciones, la primera vez que te entrevistó la Guardia Costera respecto al accidente del señor Heller.

Las alarmas, si ya estaban encendidas, ahora empezaron a repicar agitadamente dentro de mi cerebro. Si había algo en el esquema inicial que no estaba funcionando, era la inopinada aparición del cadáver del tío Heller, y era lo último para lo que estaba preparado en caso de tener que enfrentar un interrogatorio.

—Dijiste que el señor Heller había bajado a bucear alrededor del mediodía, ¿verdad?

—Sí.

—¿Y lo viste ponerse el equipo de buzo? —preguntó el teniente.

Mierda. Primer problema. Claro que no lo había visto. Me quedé dormido y no supe más hasta que desperté, horas más tarde, y el tío ya no estaba. Se trataba ahora de decidir entre mentir, y decir que sí lo había visto para darle más realismo a la escena, o sujetarme a la verdad, aunque no fuera de mucha ayuda. Recordé las palabras del tío Heller, «di lo que sepas y no improvises», y eso es lo que me dispuse a hacer.

—No —dije—. Yo estaba dormido cuando bajó al agua.

—¿Dormido? —preguntó el otro policía; un hombre más bajo, aunque más corpulento, con aspecto latino.

—Sí —respondí—. Me quedé dormido a pierna suelta, no sé por qué. Tal vez la brisa marina y la tranquilidad. Además estaba recién almorzado.

—Entiendo —dijo Rizzi—. Te lo pregunto porque el cadáver que encontramos no llevaba el traje de buzo sino solamente un pantalón color crema y un bañador debajo.

—Esa era la ropa que llevaba antes de que me quedara dormido, pero tiene que haberse cambiado antes de lanzarse al mar. No entiendo.

—Yo tampoco —dijo Rizzi—. ¿Cómo era tu relación con el señor Heller?

—Buenísima —respondí con sinceridad—. Estupenda.

—Y con su esposa también —dijo el policía.

—También —aseguré—. Son nuestros tíos favoritos.

—Ya veo —dijo Rizzi, en un tono que no me dejó tranquilo.

El detective sacó su pequeña libreta de notas y escribió algo. Alzó la mirada y con una seriedad que todavía no le había escuchado, me dijo:

—Alan, lamento decirte que la investigación del caso de la muerte del señor Heller recién ha empezado, y que tú vas a tener que responder a varias preguntas antes de que lo podamos cerrar. Existe la clara posibilidad de que se haya cometido un crimen, y tú eres la persona más cercana al lugar en el momento de sucedidos los hechos.

—¿Me está diciendo que yo soy un sospechoso? —pregunté.

—Me temo que uno de los posibles sospechosos —respondió el detective—, y nuestro deber es mantenerte bajo custodia hasta que la Fiscalía haya revisado los antecedentes, y haya decidido si presenta cargos o no. Te recomiendo que busques un abogado. Mientras tanto, tienes derecho a guardar silencio, todo lo que digas puede ser usado en tu contra en un tribunal de justicia…

Mientras el policía me recitaba la «Miranda» no pude

más que pensar que había caído en una celada que me tendí a mí mismo, y de la que no veía ningún camino para salir. Se estaba cumpliendo la más improbable de las opciones que el tío Heller me había mencionado, aunque ya no respondía a la fórmula mágica «sin cadáver no hay homicidio». Ahora había cadáver y había homicidio, y los cargos habían pasado de una plumada del homicidio culposo al homicidio en primer grado, o lo que es lo mismo, a una vida entre rejas hasta que estuviera demasiado anciano para que se me negara una libertad condicional. Y ésta ya no sería libertad, sino solamente una suerte de hospicio temporal, como el de las Misioneras de la Caridad en Calcuta, donde el único sino de los hacinados, es esperar la muerte.

—¿Le puedo pedir que no me ponga esposas? —dije al detective—. Para mi madre ya será una impresión enorme que me lleven detenido, como para que además me vea esposado como un malhechor.

—No serán necesarias, Alan —dijo el detective, con el mismo tono amable con que había conducido todo el interrogatorio.

Cuando bajamos al salón, mi madre no estaba, y le rogué a mi padre que no le avisara que me estaban deteniendo, y que le dijera que era un procedimiento rutinario de interrogación. Ya llegaría el momento de irle contando la verdad.

—¿A dónde lo llevan? —preguntó mi padre.

—Central Community en la calle Sexta —respondió el oficial.

—Llamaré a Hoss Gallahan —dijo mi padre, dirigiéndose a mí—. Él se ocupará de buscarte tu defensa.

Gallahan era el jefe del departamento legal de la oficina de mi padre y, a pesar de ser un abogado corporativo, tenía contacto con importantes criminalistas que podrían hacerse cargo de mi caso. El esperar que fuera el abogado que me había ofrecido el tío Heller, ya no tenía ningún sentido. Como se estaban dando las cosas, lo máximo a lo que podría aspirar era a que no se hiciera parte de la acusación.

Todo se desmoronaba. Estaba solo. El tío Heller ya no estaba, la tía Kelly había desaparecido y mi futuro a la orilla del agua era más probable encontrarlo en San Quintín, que en una paradisíaca isla en el Pacífico.

Después de un corto viaje en el coche policial, llegué al cuartel y me condujeron directamente a una sala angosta y prácticamente vacía, en la que había una pequeña mesa y algunas sillas. Además se podía ver algunos objetos, al parecer electrónicos, que colgaban del techo, que presumí que eran esas cámaras cuyas imágenes se veían en los programas de televisión dedicados a reportajes de actividades criminales.

Me dejaron solo por un tiempo que no fui capaz de calcular, pero que me pareció interminable, hasta que la puerta se abrió y entró el teniente Rizzi, acompañado de otro funcionario, ambos de civil y en mangas de camisa, y llevando cada uno un cartapacio con documentos.

El desconocido me saludó con frialdad, y Rizzi se sentó frente a mí para reanudar el interrogatorio.

—¿Estoy preso? —pregunté antes que me dirigieran la palabra.

—No —respondió Rizzi—. Solamente estás en nuestra custodia hasta que se decida si quedas detenido o no, para entregar los antecedentes a la Fiscalía para que estudie la posibilidad de someterte a juicio.

—¿Bajo qué cargos?—, pregunté.

—Eso es lo que tenemos que determinar todavía —

contestó Rizzi.

—Pero ¿cuáles son las sospechas? —insistí.

El desconocido tomó la palabra:

—Yo creo que lo mejor es que nos dejes a nosotros hacer las preguntas, y terminar con esto lo antes posible, ¿no te parece?

—Bueno —respondí—. Aquí estoy.

Rizzi abrió la carpeta y comenzó a hojear los documentos que traía. Me dio la impresión de que era solamente una pose con algún propósito sicológico, porque era seguro que lo que me tenía que preguntar ya lo tenía claro desde antes de ir a buscarme.

—Por cierto —dijo Rizzi—, este es el detective McAlison, de la Brigada de Homicidios.

Saludé al detective con un gesto, y en mi cabeza quedó retumbando la palabra "homicidio" como si estuviera en las grutas de Ellora. Obviamente la cosa se estaba poniendo más seria de lo que jamás hubiera presupuestado, y llegaría el momento en que habría que decir toda la verdad, antes de que fuera demasiado tarde. Aunque la verdad, a veces, es la menos plausible de las versiones, y en este caso me costaría bastante explicar algo que ni yo mismo conseguía entender.

Por el momento, tocaba responder a todas las preguntas de la manera más simple y más sincera —dentro de los límites de insania en que me encontraba —y esperar la llegada del abogado de mi padre.

—Dijiste a la Guardia Costera que el señor Heller tenía la intención de bajar a nadar ¿verdad? —comenzó el teniente Rizzi.

—A bucear —corregí.

—A bucear —repitió el policía, sin quitarme los ojos de encima—. Pero no lo viste bajar.

—No.

Ya había repetido varias veces la historia de la profunda siesta y, de allí en adelante, mis respuestas serían tan precisas como breves.

—¿Recuerdas cuándo mencionó lo de bucear la última vez? —dijo Rizzi.

—No exactamente —respondí.

—Pero fue en el yate —dijo el policía.

—Sí, fue en el yate —dije.

Rizzi intercambió miradas con su compañero y comentó:

—Curioso.

No vi la necesidad de indagar nada, primero, porque ya me explicarían lo que querían decir y, segundo, porque el otro ya me había dicho que las preguntas las hacían ellos. ¿Curioso? Pues muy bien, curioso. Ya me dirían por qué.

—No encontramos ningún traje de buzo en la embarcación —dijo el de la Brigada de Homicidios.

Guardé silencio, reprimiendo toda teoría que pudiera tomarse como un subterfugio para justificar algo. Yo sabía lo que sabía, y eso lo iba a compartir con los policías. Las conclusiones eran asunto de ellos. Pero, lógicamente, los polis no me lo iban a poner tan fácil.

—¿Cómo explicas eso? —dijo el detective.

—No tengo idea —contesté.

«Y no tengo puta necesidad de explicarlo», pensé. «Vamos a ver si sois capaces de hacer vuestro trabajo, y planteáis teorías razonables para lo que pudo haber pasado, que ni siquiera yo lo sé.»

—Nosotros tampoco —dijo Rizzi—. De hecho, no sabemos siquiera si tenía un traje de buzo o si sabía bucear.

—El señor Heller perteneció a la Marina de los Estados

Unidos —dije, en un tono más fuerte del que hubiera querido—. Por supuesto que sabía bucear.

El policía asintió y volvió a revisar sus apuntes.

—Aunque no le hubiera servido de mucho —agregó Rizzi, casi para sí—. Llevaba una contusión en el cráneo que seguramente le costó la vida antes de tomar contacto con el agua.

Las miradas que los policías me dirigían después de que el teniente soltara la frase, reflejaban que mi semblante era exactamente el que esperaban ver. Estaba lívido, mi corazón latía desesperadamente y me costaba respirar. No podía creer lo que me estaban contando, y mucho menos que me estuvieran acusando de ser el responsable del asesinato del tío Heller. Ahora la teoría del accidente había quedado borrada de un guantazo, y toda la investigación se centraba en quién lo mató. Y, por su puesto, yo no era el principal sospechoso, sino el único sospechoso posible. Estábamos hablando de homicidio en primer grado, estábamos hablando de un crimen capital, estábamos hablando de la inyección letal.

—Es imposible —balbuceé—. Tiene que haberse golpeado en alguna parte antes de caerse al agua. Cuando me dormí estaba en perfectas condiciones. Esto es absurdo.

—Alan —dijo el de Homicidios—, dinos la verdad. ¿Lo mataste tú?

—¡No! —exclamé—. Por supuesto que no. ¿Cómo podría haber matado al tío Heller? Yo lo amaba. Era el hombre más bueno y más generoso con nosotros. ¿Por qué habría de querer matarlo?

En esos momentos me dieron unas ganas terribles de llorar, pero no me resultó. Las lágrimas no salían y los sollozos no aparecían por ningún lado. El miedo había sobrepasado la emoción, y temía estar dando una impresión más fría de la que hubiera querido dar, pero no era capaz de manifestar mi pena por una pérdida tan grande. Los policías me miraban, como esperando algo más, pero yo había llegado a mi límite. No tenía nada más que decir. El tiempo seguía pasando, las preguntas se ponían enervantemente repetitivas y los oficiales demostraban tener una paciencia inagotable, mientras yo la mía la había perdido hacía mucho tiempo.

—Temo que te tendremos que fichar, Alan —dijo finalmente Rizzi—. Informaremos a tu familia y les diremos que busquen un abogado. Por ahora, Alan Lambert, estás detenido por el asesinato de Gottfried Heller. Ya te fueron leídos tus derechos cuando fuiste arrestado, pero ahora te los repito: «Tienes el derecho a guardar silencio. Cualquier cosa que digas puede ser y será usada contra ti en un tribunal de Justicia…»

17

Jason Carey III, el abogado que mi padre había conseguido para mi defensa, era un hombre cincuentón, bastante corpulento y elegantemente vestido, que me impresionó por su voz. Tenía un timbre de bajo profundo, cuyo registro manejaba con la soltura de un actor, haciéndolo llegar a alturas de barítono lírico cuando quería enfatizar algo o ponerse irónico. Me dio confianza desde que nos dimos la mano por primera vez, en primer lugar porque no tenía alternativa, y segundo, porque provenía de una ilustre familia de abogados que habían destacado por algunos sonados casos de defensas de derechos civiles en los años 60. Por su parte, según mi padre, Jason ya se había hecho un nombre como criminalista, y su record de casos ganados era notable.

—Me lo vas a contar todo en detalle—me dijo el abogado cuando nos acomodamos en una pequeña sala, algo más amplia y con más mobiliario que aquella en la que me interrogaron—. Mañana a las nueve tenemos la lectura de cargos, y tengo que saber exactamente qué tengo entre manos.

Lo primero que se me vino a la mente es que, si me encontraba en esa situación, era porque era un imbécil, manipulable como un niño calentorro, y me había dejado llevar por mi libido para participar en una comedia que se transformó en un drama, con cadáver y todo. Y en ese drama me correspondía inopinadamente desempeñar el papel del asesino. De ahora en adelante, correspondía decidir cuán imbécil iba a seguir siendo para salvar el pellejo.

Si contaba toda la historia, no estaría traicionando a nadie, porque el tío Heller había muerto, y lo único que podía hacer era manchar su memoria, pero lo difícil era que me la creyeran. Respecto a la tía Kelly, no tenía la menor idea dónde podría estar, ni el papel que desempeñaba en esta farsa, por lo que tampoco estaría traicionando su confianza si cuento una historia en la que ella no estaba involucrada. La otra posibilidad era hacerme el tonto, aunque, como suele ocurrir, a los que son tontos de verdad, les cuesta mucho fingirlo cuando tienen que hacerlo, y ese era claramente mi caso.

—Tengo aquí tus declaraciones a la policía —dijo mi abogado—, y me parecen coherentes. Desgraciadamente, los hechos alrededor de la historia son demasiado complicados como para creerla tan fácilmente.

—¿Usted me cree? —pregunté.

—Yo creo que, por tu historial, eres un chico sano, de buena conducta y con una familia bien constituida, y esas características representan un porcentaje menor de los asesinos, aunque los hay. Lo que quiero es que me termines de convencer con hechos concretos.

—Lo intentaré —respondí.

—No lo intentes —dijo Jason—, hazlo.

Asentí con la cabeza y me dispuse a responder a sus preguntas.

—Ya sabes que todo lo que se hable aquí es confidencial, y nadie se enterará de lo que me digas.

—Entiendo —dije.

—Dices que, durante el tiempo en que, teóricamente, se produjo el crimen, estabas dormido.

—Estaba profundamente dormido —dije.

—¿Tan dormido que no escuchaste nada de lo que tuvo que haber sido una escena de gran violencia a pocos metros de donde estabas?

—No escuché nada —respondí.

—¿Habías bebido? —preguntó.

—No. Solamente Coca Cola.

—¿Y después te quedaste frito?

—Como un tronco.

El abogado anotó algunas cosas en su carpeta y esperó. Al parecer no le estaba ayudando demasiado con mis informaciones, a pesar de que eran las únicas enteramente veraces y sin segundas lecturas. Era cierto que me había quedado dormido y que no había tenido nada que ver en la desaparición del tío Heller. El problema estaba en los prolegómenos del incidente y en el fraude que se había planeado y que había conducido, inesperadamente, a ese desenlace.

—¿Hay algo que me quieras decir sobre tu relación con Gottfried y su esposa?

La pregunta me llegó tan de sorpresa que no atiné a responder. Jason captó mi hesitación y la interpretó con la rapidez y la agudeza de un defensor avezado.

—¿Tienes claro que estamos hablando de un crimen capital, y que, de ser hallado culpable, puedes acabar en el corredor de la muerte? —dijo Jason.

En ese momento, todas mis defensas se relajaron y me desplomé interiormente. El abogado me tenía donde quería, y por alguna razón u otra, parecía tener conocimiento de cosas que no le había contado a nadie y que eran parte fundamental del entramado del fraude.

—La única forma en que te puedo ayudar es si confías enteramente en mí —dijo Jason—. Si no, tendré que abandonar tu caso. Así de simple.

Así de simple, efectivamente. Las cosas se estaban aclarando y no tenía sentido seguir fingiendo, especialmente después que mi abogado me dijo:

—En California, la Fiscalía representa al Estado, por lo que tiene la colaboración de todos los servicios del Estado. Todo lo que ellos sepan, y yo no sepa, significará un punto demasiado importante a favor de ellos, en un proceso en el que el acusado se está jugando la pena de muerte. Tienes que decírmelo todo, Alan. No me gustan las sorpresas.

Comencé a balbucear algo así como «lo siento», pero me detuve para tomar aire y empezar de nuevo, desde el principio, sin dejar nada sin mencionar. Era la única forma que tenía para salvar la vida, y era lo que mi abogado tenía que conocer, más allá de lo que pudiera saber la acusación.

—Se lo diré todo —dije—, pero primero acláreme una cosa: si lo que yo le cuento no aparece en la presentación de la Fiscalía, no es necesario que lo mencionemos nosotros ¿verdad? ¿Aunque tenga que ver con el caso?

Por supuesto estaba hablando de mi aventura con la tía Kelly. Esperaba que la parte acusadora no la conociera, para no tener que involucrarla sin necesidad, pero mi abogado me miró nuevamente con gran seriedad y dijo:

—Tú cuéntamelo todo. Ya veremos lo que necesitaremos utilizar para tu defensa. Mi trabajo es conseguir tu libertad, y lo demás no me interesa. ¿Está claro?

—Clarísimo —respondí—. Se lo diré todo.

Jason echó mano a la carpeta y comenzó a escribir,

mientras yo le relataba mi encuentro con el tío Heller, su proposición y el papel que me correspondía desempeñar en el plan. Me sorprendió el poco tiempo que me tomó contarlo todo, aunque había pasado por alto el episodio de la tía Kelly, que era bastante más largo y más variado. Por alguna razón, Jason había barruntado que existía una parte de la historia que yo estaba dejando sin mencionar, que tenía directa relación con lo que, en un juicio por homicidio, era de crucial importancia: el motivo.

—¿Y qué pasó con Kelly? —preguntó.

Me sonrojé violentamente y tuve que bajar la vista. Si bien, hasta el momento, había conseguido posponer la confesión a través de evasivas y omisiones, tenía que llegar el momento de contarlo todo, y la directa pregunta del abogado marcó el hito definitivo.

—Todo comenzó con el accidente que Kelly sufrió hace más de un año —comencé.

En mi ingenuidad (un bienvenido eufemismo para decir estupidez), todavía hice un último esfuerzo por esconder los episodios más eróticos, y circunscribirme solamente a la parte de la seducción, suscitada durante la creación del supuesto libro de memorias.

—¿Dónde están esas grabaciones? —preguntó Jason.

—En mi ordenador —respondí—. También hay una copia en un pendrive que me confiscaron cuando me ficharon.

—Las dejaremos donde están, por el momento —dijo Jason—. En principio no es obligatorio entregar ese material a la policía, porque no se trata de drogas, ni de dinero robado, ni de armas de fuego, a menos que haya una orden judicial para que lo entregue. ¿Sabe alguien más de esas grabaciones?

—Que yo sepa, solamente Kelly —respondí.

—¿Los archivos se pueden copiar?

—Sí —dije—, aunque ambos están encriptados. La contraseña es: «teamokellymalaputa».

Jason me miró, sin mostrar reacción alguna. Por lo visto, una de las características era su capacidad de absorber información sin sorpresas, ni prejuicios. En este caso, sin embargo, tenía toda la impresión de que la sorpresa no era esperable, y que los prejuicios no eran otra cosa que información previa o un olfato demasiado bueno para ser verdad.

—Bien —dijo Jason—. Iré a tu casa a hablar con tus padres y copiaré el archivo. Al no ser el original, tengo derecho a tenerlo sin declararlo a la policía, porque son antecedentes que me pueden servir para preparar tu defensa.

Si hubiera tenido mi cabeza en mejores condiciones, habría sido capaz de entender algo de la diferencia entre original y copia de material posiblemente incriminatorio, grabado en una tarjeta de memoria, pero sinceramente no estaba para preocuparme de detalles legales en esos momentos.

—¿Tuviste relaciones sexuales con ella? —me preguntó con una simplicidad que casi estuve a punto de tomarle a mal. Por suerte, la respuesta se me hacía demasiado difícil como para detenerme en minucias. Guardé silencio por un momento que no me pareció en absoluto exagerado, pero a mi abogado al parecer sí, porque insistió—: Sí o no, Alan. La verdad.

—Sí —respondí casi instantáneamente.

—¿Dónde?

—En su casa… y en un motel.

—¿Cuántas veces? —preguntó Jason.

—Sólo esas dos —respondí.

Mi abogado cerró su carpeta y me lanzó la última admonición antes de retirarse:

—Alan, esto no es broma. Me tienes que decir todo lo que sepas, sin que te lo tenga que sacar a tirones. Si hay alguien que tiene que saberlo todo aquí soy yo. ¿Entiendes?

—Entiendo —dije—. Perdón.

—Por cierto —dijo, mientras metía los papeles en su maletín—, ¿cómo intentaba el señor Heller largarse del barco?

—No lo sé —respondí—, eso nunca me lo dijo.

Jason me miró con rostro pensativo.

—¿Podría haberte puesto a dormir para actuar sin que te dieras cuenta?

—Es posible —respondí.

Mi cabeza era una total confusión. Sí, era posible que el tío Heller hubiera puesto algo en la Coca Cola a la espera de que alguien lo pasara a buscar, y así yo no tendría siquiera la posibilidad de ocultar nada de lo que sabía respecto a su fuga, porque efectivamente no sabría nada.

—Puede que el plan original fuera ése y que algo fallara con su cómplice —dijo Jason, después de escuchar mis conjeturas—. El yate no tenía lanchas salvavidas y, estando en medio del océano, nadando era imposible que llegara demasiado lejos, de modo que alguien tenía que haber ido a llevárselo. Son todas especulaciones, pero conviene no descartar ninguna posibilidad, mientras no tengamos pistas más claras.

Sacó su libreta del bolsillo y anotó algo.

—Haré que examinen la botella de Coca Cola, para buscar posibles substancias sospechosas.

Se levantó, me dio la mano y llamó al guardia.

—No hables con nadie de nada. He arreglado para que

te mantengan detenido en el cuartel de policía hasta que comience el juicio. Si alguien te pregunta algo, hazte el tonto. Ni una palabra a nadie, ¿me has entendido?

—Sí —respondí—. Gracias.

El guardia entró a la habitación y me condujo a la celda donde permanecería, al menos, hasta que se hubiera llevado a cabo la lectura de cargos. El hombre no se molestó en ponerme las esposas, por lo que mi recorrido a través de habitaciones atestadas de público y policías, fue menos humillante de lo que había temido.

Lo que realmente me estaba empezando de agobiar, eran las perspectivas para mi futuro: el hecho de ser juzgado por asesinato; el hecho de pasar el resto de mi vida en la cárcel siendo inocente; el que ese resto de mi vida durara solamente el tiempo que permanecería en el corredor de la muerte; el que durante ese resto de mi vida no pudiera volver a ver a Kelly. Sí, a pesar de todo, y contrariamente a lo que pudiera decir lo poco que me quedaba de sentido común, seguía teniendo hambre de Kelly.

18

«¡Todos de pie!»

La voz del Secretario de la Corte resonó en la sala, rompiendo un silencio más tenso del que me hubiera podido imaginar jamás que existiera, y que me llegaba desde la sala contigua en la que, en pocos momentos más, debía enfrentar a mis acusadores. El ruido de la gente levantándose de sus asientos ante la entrada del juez, vino a aportar un fondo sonoro todavía más tétrico, y terminó por darme los escalofríos que había sido capaz de refrenar desde mi llegada al edificio del tribunal. Una voz masculina pronunció la sombría frase «Que traigan al detenido», y el guardia que me acompañaba abrió la puerta y entró a la sala, indicándome que lo siguiera.

El recinto era similar a muchas de las cortes que había visto por la televisión, pero me dio la impresión de ser más pequeña y menos adornada que las de las películas de Ley y Orden. El oficial me indicó que avanzara hacia una de las mesas, frente a la cual me esperaba mi abogado, de pie, con una discreta sonrisa en los labios. Le devolví el saludo e hice una cortés reverencia al juez, el Honorable Louis S. Sleady, un señor mayor, robusto, de pelo canoso y gafas, que aguardaba a que tomara asiento ante él.

Desde ese momento me transformé en un muñeco inanimado, siguiendo las instrucciones de mi defensor. No reaccioné, más que cuando alguien me interpelaba directamente, y con el máximo de los respetos, e ignoré totalmente a cualquier representante de la contraparte, con los que ni siquiera crucé una mirada. Esa era la gente que estaba ahí para freírme en aceite, y ningún tipo de contacto humano, del estilo que fuera, estaba justificado.

Respecto al jurado, había sido elegido con gran esmero por el especialista encargado de esa labor y, según Jason, había hecho un trabajo impecable. Por lo que a mí concernía, el estrado del jurado podía haber estado ocupado por una delegación de los Boy Scouts de América o los Niños Cantores de Viena, y me habrían producido el mismo temor que esos doce buenos ciudadanos, que estaban allí para cumplir con su deber cívico de decidir sobre mi vida o mi muerte. La instrucción de mi abogado respecto a ellos, era la de solamente mirarlos con deferencia cada cierto tiempo, sin dejar traslucir intención alguna de pretender influenciarlos, y el resto del tiempo, concentrarme en el desarrollo del juicio.

El juez Sleady dio por abierta la sesión y, después de que el secretario del tribunal nos informara sobre la existencia de un contencioso entre el Estado de California y yo, el juez preguntó a los abogados si estaban listos para su labor. Ambos respondieron afirmativamente. Más tarde, se dirigió al jurado para hacerle ver sus obligaciones y explicarle las características básicas del procedimiento, al cabo de lo cual se dirigió al fiscal, diciendo:

—Señor Reyes, puede proceder.

El señor William Reyes era mi acusador, y la persona encargada de intentar mandarme ejecutar. Era un hombre delgado, de unos cincuenta años, con una línea de cabello que ya había comenzado a dejar algunos claros en la zona frontal, que el jurista intentaba disimular repeinándose la calva. Su rostro anguloso y sus ojos celestes le daban un aire menos siniestro del que se espera en alguien cuya función consiste, en parte, en mandar gente a la muerte.

—Gracias, Señoría —dijo el fiscal, mientras se aproximaba al estrado—. Señoras y señores del jurado, una vida humana se ha perdido por la codicia y el egoísmo de alguien, en quien la víctima había depositado su confianza y a quien había brindado su cariño.

«Joder», pensé, «el tipo se expresa bien. Es una lástima que esté hablando de mí».

—Alan Lambert, abusó de ese cariño y de esa confianza para asesinar a alguien que lo conocía desde su nacimiento, y que para él había representado en su vida una figura casi paterna. Le llamaba 'tío Gottfried', a pesar de no ser parientes.

«¿Tío Gottfried?» pensé. Vaya, pues el señor Reyes no está tan bien informado como debiera. Se trataba de una pequeñez, pero denotaba que sus investigadores no eran demasiado prolijos. Miré a Jason, y éste me devolvió la mirada sin manifestar expresión de ninguna especie aunque, por alguna razón, sentí que estaba pensando lo mismo que yo. No me sorprendió. Habíamos pasado tantas horas conversando hasta el más insignificante de los detalles de mi vida y mi relación con los tíos Heller, que todo lo que le pudiera comentar ahora, verbalmente o con la mirada, mi abogado ya lo sabía.

El fiscal continuó con una descripción relativamente detallada de la relación entre nuestras dos familias, para convencer al jurado que cualquier persona que la hubiera podido romper de forma tan violenta, tenía que ser un depravado, para el que no había lugar en esta sociedad, ni en este mundo.

—Y todo por una mujer —dijo Reyes.

Miré disimuladamente al jurado, y especialmente a algunas de las damas que lo componían, y me dio la impresión de que el letrado había escogido una formulación algo inadecuada. El abogado continuó:

«Pero no solamente movido por la lujuria, señoras y señores del jurado, también por la codicia. Alan Lambert asesinó a una persona que confiaba ciegamente en él y lo quería como a un hijo, para quedarse con parte de su fortuna. Gottfried Heller tenía un patrimonio millonario y su negocio era floreciente.

»La defensa intentará hacerles creer una teoría conspirativa que, si no fuera tan grave por sus consecuencias, sería cómica. Intentará hacerles tragarse una historia, que incluye un contubernio entre Gottfried Heller y el acusado, para simular su muerte. Y la razón para esa farsa, sería el que Gottfried Heller estaría al borde de la quiebra, y querría eludir sus responsabilidades fingiendo su muerte.

»La evidencia que pondremos a su disposición, demostrará que Gottfried Heller había variado el rubro de su negocio meses antes de la presunta conversación con el acusado, y había traspasado todo su capital a la nueva empresa, mientras su firma de negocios inmobiliarios había quedado en manos de una sociedad, cuyos abogados prestarán declaración más tarde ante ustedes. De más está decir que esa sociedad está totalmente saneada y libre de deudas, al contrario de lo que el acusado y su defensa pretenden hacernos creer.»

Si mi sangre hubiera tenido la temperatura de un ser humano desde el momento en que entré a la sala del tribunal, ahora se me hubiera helado. Esta parte de la historia era nueva para mí y, por lo visto, no para mi abogado, que siguió apuntando cosas mientras escuchaba, casi con indiferencia, la perorata del fiscal. Lo extraño era que, según la ley, y por lo que Jason me dijo, las partes estaban obligadas a entregarse mutuamente toda la información antes de que comenzara el proceso de presentación de pruebas. Jason tuvo que haber sabido lo del traspaso de las empresas, y me extrañó que no me hubiera informado ni preguntado al respecto, a pesar de que las historias eran claramente contrastantes. Por otra parte, lo más sorprendente de todo era que la historia de la «conspiración» era algo que le había advertido perentoriamente que no mencionara, a menos que las cosas se pusieran demasiado complicadas para mí. Y por lo visto, fue lo primero que compartió con el fiscal.

Todo lo anoté en mi memoria para aclararlo más tarde.

«El acusado», prosiguió Reyes, «tenía una obsesión por Kelly Heller, la esposa de la víctima. No la veía como la tía política que ella creía ser, sino como un objeto sexual y, con el paso del tiempo, esa obsesión llegó a transformarse en un peligro real. Especialmente después que, por razones que entenderemos luego de escuchar algunos testimonios, Kelly accediera a tener relaciones sexuales con él.

»Los motivos podrán parecer inapropiados, pero hay que entenderlos desde la perspectiva de la señora Heller. Estaba confrontada a un caso de obcecación psicótica, cuyas consecuencias eran imposibles de prever, y los hechos han demostrado que, desgraciadamente, tenía razón.»

Ahora sí que yo no entendía nada. Por lo que decía el

fiscal, Kelly había prestado declaración en mi contra, inventando una historia tan fantasiosa como perjudicial. Mis esquemas estaban quebrándose uno a uno, y estaba empezando a inquietarme seriamente. En un momento pensé en la posibilidad de pedirle a mi abogado que pidiera un receso, pero no creía tener posibilidades de éxito. Además, no se habría visto muy bien el querer interrumpir el procedimiento en el momento en que las cosas se estaban poniendo feas de verdad. Jason Carey seguía tomando notas como si estuviera escribiendo la lista de la compra, y no parecía en absoluto impresionado por lo que escuchaba, si es que estaba escuchando, el cabrón.

«En su obnubilación», continuó Reyes, «el acusado confundió la actitud de la señora Heller como una señal de que quería continuar una relación con él y, como siempre en estos casos, se convenció a sí mismo que ése era el deseo real de Kelly, y que ella no quería reconocérselo a sí misma.

»Después de ese encuentro en un motel, el acusado comenzó a especular con la posibilidad de unir su vida a la de la señora Heller, pero había un obstáculo: el marido Gottfried Heller. El acusado no tardó mucho en reconocer la situación y en decidir resolverla por el camino más expeditivo: el asesinato. Se imaginó que, si no dejaba huellas, no había ninguna posibilidad de que se sospechara de él, teniendo en cuenta la relación afectiva que unía a sus dos familias.

»El escenario para el acusado estaba claro: se quedaría con su amada Kelly para toda la vida, y ella, como viuda de un magnate, lo proveería de todo el dinero y la seguridad para el resto de su vida. La solución perfecta. El problema es que, para ello, tenía que contar con la complicidad de gente que, no solamente no estaba dispuesta a prestarse a ello, sino que ignoraba que se le pretendía utilizar para esos propósitos.»

—Mala puta —pensé—. ¿Realmente me estás haciendo esto?

Como si no fuera poco, todo el entramado que se tejía en mi contra, estaba destinado a encubrir el verdadero crimen. Al tío Heller lo habían matado, y alguien se había preocupado de esconder las huellas del asesinato e inventar una historia para culparme a mí. Y Kelly tenía, no solamente que estar al tanto de la maquinación, sino que ser parte de ella. Y yo en medio, como un gilipollas.

«La defensa intentará hacerles creer la declaración del acusado, en el sentido que estaba dormido cuando la víctima cayó al mar, y que no se percató de nada. Como para que eso ocurriera, el acusado tendría que tener un sueño demasiado profundo, se ha inventado la teoría del somnífero, mezclado con Coca Cola. Desgraciadamente para la defensa, cuando se inventa una historia de ese tipo, hay que asegurarse de dejar algún elemento que la compruebe. En este caso no hay ninguno. No se encontró ninguna botella de Coca Cola en el yate. No se encontró el traje de buzo que, presuntamente, el señor Heller iba a utilizar para adentrarse en el mar. No se encontró nada que pudiera ayudar, de una forma u otra, a probar la absurda teoría de la conspiración.

»Señoras y señores del jurado, el caso es tan claro que no creo que les tome demasiado tiempo ni demasiada reflexión para llegar al único veredicto posible: culpable.»

Después de dirigir una teatral mirada a los miembros del jurado, Reyes tomó sus papeles y regresó a su mesa, con aire de satisfacción. Su discurso había sido muy efectivo, y cualquiera que no tuviera la información que yo tenía, podría habérselo creído perfectamente.

En una manifestación de controlada desesperación, me giré a mi abogado, para hacerle una pregunta que me había estado corroyendo mientras escuchaba el alegato inicial del fiscal:

—¿Estás seguro que trabajas para mi padre, Jason?

—No —respondió—. Me contrató el abogado de la familia Heller. —Y antes de que pudiera reaccionar, se puso de pie y dirigiéndose cortésmente al juez, dijo—: Con la venia de su señoría…

—Puede proceder —respondió el Honorable Louis S. Sleady.

Yo ya no sabía qué esperar. La situación era demasiado demencial, casi surrealista. La acusación había presentado cargos de los que yo no tenía puñetera idea, y mi abogado los había dejado pasar sin comentario alguno, y sin siquiera haber tenido la precaución de advertirme acerca de ellos en las interminables conversaciones que sostuvimos en preparación del juicio. Ahora, Jason Carey, iba a tomar la palabra en mi defensa, segundos después de hacerme saber que no trabajaba para mi familia, sino para la de mi supuesta víctima.

Bien es verdad que el tío Heller me había dicho que sería su departamento legal el que se haría cargo de mi defensa, en caso que las cosas anduvieran mal, pero el panorama que se había presentado al escuchar al fiscal, me estaba dejando la impresión de que, quizás, no haya sido una buena idea.

«Señoras y señores del jurado. Muchas gracias por prestarnos su tiempo para ayudarnos a dilucidar algunas cosas respecto a este caso», dijo Jason mientras dejaba sus notas en el atril de madera ubicado frente al estrado.

«El señor Reyes, como hombre inteligente que es, ha venido aquí para plantear sus sospechas de lo que podría haber ocurrido entre mi representado, Alan Lambert, y Gottfried Heller. Él sabe que es posible condenar a alguien con pruebas circunstanciales, sin haber encontrado el arma o incluso sin que se haya encontrado el cadáver. Por eso es que, entre otras cosas, el señor Reyes ha evitado cuidadosamente presentarles un arma homicida, o contarles que exámenes forenses han determinado que el cadáver encontrado en el agua, no corresponde al del señor Heller.»

En ese momento me empecé a preguntar si alguien me iba a contar algo a mí durante todo el proceso, o si me iba a ir enterando poco a poco de lo que ocurría a mi alrededor. Ahora resulta que el muerto no era el tío Heller sino otra persona que, casualmente, llevaba puestas sus ropas.

Las instrucciones de Jason habían sido perentorias en lo referente a mis reacciones. El abogado me había advertido que cualquier gesto que denotara algún tipo de emoción podía ser malinterpretado y utilizado en mi contra, pero cuando escuché que el tío Heller no estaba muerto, ni siquiera me percaté de que mis ojos se iluminaron, y que se me salió una sonrisa de alivio que no pudo pasar desapercibida para nadie. Me di cuenta de mi renuncio y bajé la cabeza, aunque sin poder contener una risilla casi eufórica, que tiene que haber causado alguna impresión entre los que la advirtieron.

«Después de tanto tiempo en el agua», continuó mi abogado, «el ADN de la víctima ya no podía ser establecido, y solamente la policía se basó en lo que llevaba puesto, que era semejante a lo que vestía el señor Heller, según nos dijo su mujer.

Ahora las cosas empezaban a tomar forma. La tía Kelly

les había dicho que las ropas eran las del tío Heller, y con ello había abierto la puerta a las autoridades para declararme sospechoso de un asesinato. También era posible que el cuento de mi obsesión por ella y la descafeinada versión de su participación en nuestra aventura, fuera de su inspiración. Mala puta. Ya se lo había preguntado una vez, y se lo preguntaba de nuevo, ahora que mi vida pendía en un hilo por un capricho suyo: ¿por qué yo?

«Por supuesto», continuó Jason «para la fiscalía, esto solamente es un detalle. Mientras el señor Heller continúe desaparecido, las sospechas seguirán recayendo en mi cliente, pero no habría estado mal que el señor Reyes les hubiera dicho, señoras y señores del jurado, que el cadáver pertenecía a otra persona.

«También sabe el señor Reyes, que es posible condenar a alguien por un crimen sin necesidad de demostrar un motivo y, sin embargo, con el propósito de impresionarlos, ha creado toda una historia alrededor de la relación entre mi cliente y la señora Heller, que aclararemos convenientemente cuando el Estado de California decida llamarla a declarar, lo que todavía no ha ocurrido, hasta donde estoy informado. De hecho, ha sido la defensa la que ha intentado ponerse en contacto con la señora Heller, a través de la policía, pero no ha podido ser ubicada. Según la policía de aduana y de frontera, no ha abandonado el país, pero tampoco está en su casa y se presume que ya ni siquiera se encuentre en California. De modo que todo lo que les ha dicho el fiscal, no tiene más valor que el de su capacidad de imaginación.

»Desde luego, esto no quiere decir que no haremos lo posible por esclarecer de qué clase de relación se trataba, y cuál era el rol desempeñado por ambos en dicha relación.

Estoy seguro que la imagen que les quedará, señoras y señores, será bastante distinta a la que la acusación ha pretendido pintarles.»

Dicho esto, mi abogado comenzó un panegírico de mi persona, en el que no pude reconocerme completamente. Me pintaba como un muchacho ejemplar, de vida ordenada, amante de la ciencia y la literatura, al que no se le conocía actitud reprochable alguna, y cuya relación con sus progenitores y con el resto de su familia era un dechado de rectitud. En otras palabras, un petardo.

«Es verdad, señoras y señores, que sin que aparezca el arma homicida, sin que haya un motivo y sin que haya un cadáver, todavía, según la ley, se puede verter una acusación contra una persona, pero tendrán que reconocer que los fundamentos no serán muy sólidos. Y eso lo sabe el señor Reyes, y por eso se ha dado tanto trabajo en salir con un motivo, aunque la historia es demasiado endeble como para ser suficiente para condenar a un inocente como Alan Lambert. Confío en que, como jurados honestos, estéis de acuerdo conmigo y retornéis al estrado con un veredicto de 'no culpable'.»

19

Cuando Jason Carey volvió a la mesa, lo primero que hice fue acércame a su oído, y susurrarle lo que había estado aguantando durante las tres horas que habían pasado desde que se había abierto la sesión.

—¿Por qué coño no me dijiste que el tío Heller estaba vivo?

—Si te lo hubiera dicho, no habrías reaccionado como lo hiciste, y el jurado no habría podido ver lo aliviado y lo alegre que estabas por la noticia. Si lo hubieras matado, habrías estado sorprendido, pero no contento.

—Bueno, pero ahora que saben que no está muerto ¿por qué sigo preso?

—No saben si está muerto o no —respondió Jason—. Hasta el momento está desaparecido, y se presume que se cometió un delito. Y tú sigues siendo el principal sospechoso.

El juez Sleady vino a interrumpir la conversación:

—Señor Reyes, llame a su primer testigo, por favor.

—La fiscalía llama a Herbert Chen.

El conserje del motel del Bulevar Cahuenga caminó hacia el estrado, con paso solemne, y esperó de pie a que el secretario del tribunal le tomara juramento:

—¿Jura decir la verdad, toda la verdad y nada más que

la verdad, con la ayuda de Dios?

—Si, juro —dijo Chen.

Reyes tomó la palabra.

—Señor Chen, díganos su nombre completo, por favor.

—Herbert Patrick Chen.

—¿Dónde vive usted, señor Chen?

—Los Ángeles, California.

—¿Y en qué trabaja?

—Soy conserje en el Motel Real, en el Bulevar Cahuenga.

—¿Podría decirle al jurado, dónde estaba usted el jueves 5 de septiembre, alrededor de las tres de la tarde?

—Estaba trabajando en el Motel Real.

Reyes tomó aire y me miró fijamente, mientras decía:

—¿Reconoce usted a alguien en esta sala, a quien haya visto ese día en el motel?

—Sí, señor —respondió el conserje.

—¿Podría decirnos a quién, por favor?

—A él —dijo Chen apuntándome con el índice.

—Solicito que quede constancia en actas, que el señor Chen ha reconocido el acusado, Alan Lambert.

—Así se hará —dijo el juez.

Yo me imaginaba, por lo que había visto por la tele, que los juicios eran algo apasionante, lleno de puntos culminantes y sorpresas, pero lo que estaba comprobando ahora era exactamente lo contrario. No había estado nunca en un sitio más aburrido, y si todavía despertaba algo de interés en mí, era porque yo era el acusado. Los abogados parecían haberse puesto de acuerdo para dilatar el procedimiento lo más posible. Demoraban una eternidad entre una pregunta y otra, buscando y rebuscando en sus papeles, hasta soltar una reiteración de lo que habían preguntado anteriormente.

Sentía compasión por los jurados que tenían que soportar esa paliza, sin que tuvieran ningún interés personal en ella, aunque eso no me alcanzaba todavía para llegar a verlos con simpatía.

Desafortunadamente para mí, la cosa se empezó a poner divertida en medio del interrogatorio del hombre oriental que me atendió en el motel.

—¿Nos podría decir en qué circunstancias lo conoció? —preguntó Reyes.

—Lo conocí cuando fue a encontrarse con una dama.

—¿Una dama? ¿Podría describirla para el jurado?

—Era una señora de unos cuarenta años, morena, muy guapa.

El fiscal se dirigió a su mesa y cogió una fotografía.

—Su señoría, esta es la prueba 38A, si me permite incluirla entre las evidencias.

—No hay objeción —dijo Jason.

Reyes se volvió a acercar al testigo para hacerle ver la foto.

—¿Es ésta la señora que usted vio ese día en el motel?

—Sí, señor, es ella.

—Solicito que conste en acta que el señor Chen ha reconocido en la fotografía a la señora Kelly Heller —dijo el fiscal.

—Así se hará —dictaminó el juez.

—Por favor, díganos, en sus propias palabras, las circunstancias en que vio a estas dos personas el jueves cinco de septiembre pasado.

El recepcionista comenzó su relato, contando que Kelly había llegado al motel en un taxi alrededor de las dos de la tarde, y le había dicho que había reservado una de las habitaciones hacía varios días, dejándole el encargo de que hiciera pasar a un joven de mi edad cuando llegara.

—¿Recuerda el número de la habitación? —preguntó Reyes.

—107 —respondió Chen.

—¿Qué ocurrió después? —dijo el fiscal.

—El joven llegó unos minutos más tarde y preguntó por la habitación 107. Yo le dije dónde estaba y después no pasó nada más.

—Cuando usted dice "el joven", se refiere al acusado ¿verdad?

—Sí.

Ese era el tipo de preguntas obvias que me estaban empezando a impacientar, a pesar que los interrogatorios recién habían empezado. Parecía ser una obsesión de ambos litigantes, el dejar las cosas claras, más allá de lo que cualquier lógica requería, con la intención de que el acta reflejara todo con la exactitud necesaria para poder recurrir a ella en caso de controversia.

—¿Cuánto tiempo permanecieron la señora Heller y el acusado en la habitación? —preguntó Reyes.

—Por lo menos hasta que acabó mi turno. Al menos una hora.

—¿Usted vio lo que hicieron mientras permanecieron en la habitación?

—Me lo imagino.

—¿Le estoy preguntando si lo vio?

—No.

—Desde el mesón ¿tiene la posibilidad de ver lo que ocurre en el patio que da a las habitaciones?

—Puedo ver la entrada de algunas.

—¿De la 107, por ejemplo?

—No. De esa no.

—Por lo tanto, ¿podría haber sido posible que el acusado haya abandonado el cuarto y haya ido a otro sitio por la puerta de atrás, durante el tiempo que la señora Heller estaba en el motel?

—Es posible, pero no me lo imagino.

—También es posible que hayan estado jugando a las cartas, o conversando durante el tiempo que estuvieron en la pieza, ¿verdad?

—Generalmente no es necesario ducharse después de jugar a las cartas —dijo Chen con tono socarrón—. Además, la cama estaba desarreglada cuando la mucama entró a hacer el aseo.

—Quiere decir que, según su experiencia, el acusado y la señora Heller ¿estaban teniendo relaciones sexuales en la habitación 107?

—Protesto su señoría —interrumpió Jason—. El fiscal está pidiendo opiniones al testigo.

—Denegada —respondió el juez—. Puede responder.

—Según mi experiencia, sí —dijo Chen.

—Gracias —concluyó Reyes, considerando que lo declarado ya era lo suficientemente explícito como para que todo el mundo se diera una idea de lo que ocurrió en la habitación 107. El acusador había tenido la habilidad de cortarle las alas al interrogatorio de mi abogado, a través de hacer él mismo las preguntas que podrían llevar a poner en duda el propósito de la reunión. Y, por supuesto, obtener las respuestas que deseaba.

—Señor Carey, puede proceder —dijo el juez Sleady.

Jason se puso se pie con parsimonia, y se dirigió al estrado de los testigos.

—Buenos días, señor Chen —dijo.

—Buenos días, señor —respondió el empleado del motel, devolviéndole la sonrisa.

—¿Desde hace cuánto tiempo trabaja usted como recepcionista en el motel Real?

—Siete años.

—Siete años —repitió Jason—. Y en esos siete años, ¿cuánta gente calcula usted que ha atendido?

—Mucha.

—¿Cientos de personas?

—Sí.

—¿Miles, quizás?

—Es posible.

—Es decir que el negocio marcha bien, ¿no?

—No nos podemos quejar.

—¿Es del caso suponer que el motel en que usted trabaja, es un establecimiento conocido popularmente como un "hotel de parejas"?

—Se podría decir que sí —dijo Chen.

—Es decir —dijo Jason— que está acostumbrado a atender más huéspedes que un hotel, digamos, tradicional.

—Sí.

—¿Alquilan una habitación varias veces en un mismo día, a diferentes clientes, ¿verdad?

—Así es.

—¿Y, a pesar de todo eso, usted fue capaz de identificar a dos personas que llegaron por separado a una habitación?

—Bueno, lo recuerdo porque la señora es una de las pocas mujeres que reservó una habitación, y además con tiempo. Generalmente lo hacen los hombres. Por otra parte, el joven llegó con una novela de Dan Brown. El Código Da Vinci. La señora había dejado dicho que se daría a conocer así.

«Conque eso era», pensé. Las cosas se iban comenzando a decantar por un lado cada vez más inesperado en lo que se refería a la tía Kelly. «Ya sabía que de ti se podía esperar cualquier cosa, mala puta», dije para mis adentros. Pero mi capacidad de sorpresa, todavía no se agotaba.

—¿Existe alguna constancia de que los que alquilaron la habitación ese día eran las personas que usted dice?

—Bueno, yo los reconozco…

—¿Están consignados en el libro de registros?

—No, pero…

—El acusado se ve bastante joven. ¿Le pidió sus documentos para comprobar su edad?

—No es obligatorio pedir documentos…

—¿No es obligatorio comprobar la identidad de un cliente, posiblemente menor de edad, que va a ocupar un cuarto con una mujer que lo dobla en años?

—No, no es necesario. En general no lo hacemos. Y el joven tampoco es un niño.

Jason dejó una estudiada pausa, mientras revisaba sus notas.

—Dijo usted que existe la posibilidad de salir por alguna puerta de atrás sin que usted lo vea, ¿verdad?

—Sí, es posible, sin pasar por la oficina.

—O sea que es posible que mi cliente abandonara el cuarto en algún momento, o ni siquiera entrara en él, sin que usted se diera cuenta, ¿no es así?

—Es posible.

—Y también es posible que otra persona hubiera podido entrar a la habitación 107 sin ser vista.

—También.

—Y que mi cliente haya sido utilizado como coartada para que la señora Heller se encontrara con un amante, sin que se supiera quién era, ¿no es así?

Reyes se puso de pie.

—Objeción, su señoría. Especulación.

—Retiro la pregunta —dijo Jason—. Gracias, señor Chen.

Mi abogado volvió al escritorio con un aire de complacencia que yo no terminaba de entender. El interrogatorio al chino del motel no había hecho más que agregar una gota de cloruro de potasio a mi inyección letal. Todo lo que me había devuelto el ánimo el saber que el tío Heller estaba vivo, se había desvanecido después del primer interrogatorio de testigos. ¿Cuál podría ser la diferencia entre un amante y otro para que Kelly conservara su reputación, y por qué tendría que querer ocultar la identidad de uno, cuando la del otro era tanto o más incriminadora?

Tratando de no dejar traslucir nada de mi estado de ánimo, me recliné hacia mi abogado y comenté:

—Esto no nos ha ayudado mucho, ¿no?

Jason me miró con simpatía, seguramente intentando quitarle hierro al tema, no solamente para mí, sino especialmente para el jurado.

—¿Y qué querías que demostráramos? —susurró— ¿Que no te la tiraste?

Estaba claro que pretender buscar la lógica detrás de la táctica de mi abogado era una tarea sin destino, especialmente mientras alguien no se compadeciera conmigo y me contara algo antes de tener que escucharlo en los interrogatorios.

El siguiente testigo de la acusación era el otro recepcionista del Motel Real que reemplazó a Chen. El fiscal le preguntó si nos había visto salir, el hombre dijo que sí. Le preguntó si habíamos salido juntos, el hombre dijo que no. Le preguntó cuánto tiempo después de entrar a su turno nos vio salir, el hombre dijo que unas dos horas, y allí se terminó su participación. Jason desistió de contrainterrogar al testigo y se llamó al siguiente.

—El Estado llama a Gladys Simpson —dijo el fiscal.

Una señora de unos cuarenta años, oronda y de cabellera sospechosamente rubia, hizo su aparición en la sala y se dirigió al estrado de los testigos. Vestía con sencillez y su apariencia era modesta, pero pulcra. Llevaba un traje floreado, inconfundiblemente barato, y en el nacimiento de uno de sus brazos, se podía vislumbrar el comienzo de un tatuaje.

El juez la acogió con una pregunta:

—Señora Simpson, usted ya ha prestado juramento, ¿verdad?

—Sí señor —respondió la interpelada, tomando asiento.

—Señora Simpson —dijo Reyes, con una amplia sonrisa—, dígale al jurado quién es usted.

—Mi nombre es Gladys Simpson.

—¿Dónde trabaja usted, Señora Simpson?

—En el Motel Real, Los Angeles.

—¿Cuál es su función?

—Soy camarera.

—Y ¿en qué consisten sus tareas?

Dios mío, pensé, ¿en qué podrán consistir las tareas de una camarera que todo el mundo no sepa? La descripción de sus labores por parte de la señora Simpson no vino a aportar nada a la cultura general de los presentes, sino solamente a ocupar un tiempo, que los contribuyentes que estaban pagando por este juicio habrían querido invertir en cosas mucho más interesantes.

—¿Recuerda dónde estaba el jueves cinco de septiembre pasado, alrededor de las seis de la tarde?

—Estaba en el motel, trabajando.

—¿Recuerda si tuvo que hacer el aseo en la habitación 107?

—Sí lo recuerdo.

—¿Y cómo puede recordarlo si tiene tantas habitaciones que limpiar todos los días? —preguntó Reyes, adelantándose una vez más a la pregunta de la defensa.

—Lo recuerdo porque el conserje me dijo que la habitación la habían alquilado por todo el día, y que los ocupantes no iban a regresar. Además me dijo que después de eso podría irme a casa porque Flor ya había llegado.

—¿Flor es su compañera de trabajo?

—Sí, es la otra camarera.

—¿Hay algo más que recuerda de la habitación 107?

—Sí, encontré un libro que se le quedó al cliente.

«Mierda», pensé. Yo también dejando pistas como un imbécil.

—¿Es éste el libro que encontró? —dijo el fiscal, levantando en su mano el Código Da Vinci, envuelto en un sobre de plástico transparente.

—Sí —dijo la señora Simpson—. Ése es.

—Solicito que quede en acta que la testigo ha reconocido la evidencia 16. Además, quisiera agregar la evidencia 21, que es un peritaje de laboratorio, que estableció que las huellas digitales encontradas en el libro, pertenecen al acusado, Alan Lambert, y a la señora Simpson.

—No hay objeción —dijo nuevamente mi abogado.

—Señora Simpson —continuó el fiscal—, ¿recuerda usted algo más de lo que vio en la habitación 107 cuando hizo el aseo?

—No. Nada de particular.

—¿La cama estaba desarmada? ¿Las toallas habían sido utilizadas? ¿La ducha había sido ocupada?

—Sí, exactamente.

—¿Y eso no le llamó la atención?

—Me hubiera llamado la atención si no hubiera estado así.

—Entiendo. No más preguntas, su señoría.

—Muy bien —dijo el juez Sleady—. Señor Carey, ¿desea contrainterrogar?

—No, su señoría —respondió Jason. No tengo preguntas para la testigo.

El siguiente era un viejo conocido:

—La acusación llama a Gastone Poretti al estrado.

El fiel criado de la familia Heller entró a la sala, elegantemente vestido, y fue a situarse al sitio correspondiente para prestar su declaración. El hecho de que estuviera testificando para la fiscalía me hacía temer lo peor, pero todo dependía de lo que quisiera haber contado al representante de la acusación en la entrevista previa. Todo parecía una novela por entregas, donde una sorpresa podía reemplazar a la otra, y no me gustaba nada.

—Señor Poretti, díganos su nombre y en qué trabaja, por favor.

—Gastone Poretti. Soy empleado doméstico en casa de la familia de don Gottfried Heller.

—¿Hace cuánto tiempo que trabaja como sirviente en la casa de la familia Heller?

—Hace más de siete años.

—Y en todo el tiempo que lleva al servicio de los Heller, ¿ha notado irregularidades en la conducta sexual de algunos de sus miembros? ¿Concretamente la señora Heller?

—Objeción, su señoría —se levantó mi abogado—. Especulativo.

—Denegada —dijo el juez—. Puede responder.

—No —dijo Gastone, sin inmutarse—. No he notado ninguna irregularidad.

—¿Es decir que la conducta de la señora Heller había sido intachable hasta el momento en que inició la relación con el acusado?

—Su señoría —saltó nuevamente Jason—, ¿cómo puede saber el testigo cuál ha sido la conducta de alguno de sus empleadores?

—Aceptada —dijo el juez Sleady—. Formule su pregunta de otra manera, señor Reyes.

—Durante su tiempo de trabajo en la casa de los Heller, ¿fue testigo de algún comportamiento indecoroso o escandaloso, por parte de…?

—Es la misma pregunta, su señoría —interrumpió mi Jason.

—Señor Reyes —dijo el juez, en tono admonitorio.

—Retiro la pregunta —dijo el fiscal.

Esta primera parte del interrogatorio de Gastone estaba teniendo unas aristas bastante sorprendentes. Para empezar, no estaba colaborando en absoluto a disipar la manifiesta ignorancia del fiscal sobre lo que se cocinaba en la casa de la familia Heller, y especialmente en el cuarto al lado del garaje. Sus respuestas eran veraces pero incompletas. Se le preguntó si había presenciado alguna irregularidad, y dijo que no. Para él o para Kelly, lo que hacían no lo consideraban irregular y, al fin y al cabo, el término era debatible de todas maneras. Lo que para unos es una aberración, para otros puede ser perfectamente normal. Trabajando con adjetivos de significado relativo y variable, es difícil cometer perjurio.

Desgraciadamente, lo que Reyes estaba consiguiendo con ese testimonio, era presentar a Kelly como una mujer virtuosa, que no había matado una mosca, hasta que conoció a un monstruo de iniquidad como yo que, al parecer, le comió el coco para transformarla en un juguete sexual, y traicionar todos los principios que venía guardando celosamente durante toda su vida de casada. Ahora se trataba de que el jurado se lo creyera, y por lo que yo creía percibir, parecía que lo estaba haciendo.

—Señor Poretti, ¿recuerda usted la primera vez que el acusado visitó a la señora Kelly a solas?

—Sí, señor, lo recuerdo.

—¿Por qué lo recuerda?

—Porque generalmente solía visitar la casa con la familia, con los padres y a veces también con los hermanos.

—¿Le llamó la atención que se encontraran a solas?

—A mí no me corresponde juzgar lo que pasa en la casa.

—Entiendo, pero ¿le sorprendió verlo llegar solo?

—Me sorprendió un poco, sí.

—¿Le dijo la señora Kelly cuál era la razón del acusado para visitarla?

—No, señor.

—¿No le habló de escribir un libro, de sus memorias, o algo similar?

—No, señor.

—¿Y el acusado se quedó a alojar en la casa de la familia Heller?

—Así es.

—¿Cuántas noches?

—Todo el fin de semana. Desde el viernes hasta el domingo.

—¿Estaba el señor Heller en su casa en ese período?

—No, señor, no estaba.

—¿Y usted?

—Yo sí.

—¿No tenía libre el fin de semana?

—Sí, pero tuve que volver porque mi madre tenía visitas y no me pude alojar en su casa.

—Cuando regresó a la casa, ¿cómo encontró a la señora Heller y al acusado?

—Estaban en la piscina.

—¿Desnudos?

—No exactamente.

—Pero, ligeros de ropa.

Jason se puso de pie y se dirigió al juez:

—Su señoría, estaban en la piscina. ¿Cómo esperaba encontrarlos? ¿Con sombrero y bufanda?

Los asistentes al juicio, e incluso algunos miembros del jurado, no pudieron reprimir una leve risilla, y antes que pasara a mayores, el juez Sleady decidió interrumpir la línea de interrogación.

—Evitemos los detalles superfluos, señor Reyes. Puede continuar.

—¿Se podría decir que, cuando los encontró, le dieron la impresión de haber estado en una situación de intimidad?

—¡Su señoría! —volvió a exclamar Jason.

—Señor Reyes —dijo el juez—, le advierto que no siga por ahí.

—Usted es el encargado de hacer las camas en la residencia de la familia Heller, ¿no es así? —continuó Reyes.

—Así es —respondió Gastone.

—Después de la noche que paso el acusado en la casa, ¿usted hizo la cama en el dormitorio de la señora Heller?

—Sí, señor.

—¿Y en el dormitorio de invitados, donde se presume que debió dormir el acusado?

—No, señor.

—¿No había sido ocupada?

—Estaba hecha cuando llegué.

—Gracias —concluyó Reyes. Y dirigiéndose a Jason dijo—: Su testigo.

Sin molestarse en levantarse de su asiento, mi abogado dijo:

—Cuando usted entró al dormitorio de huéspedes, ¿notó algo que le indicara que la cama no pudo haber sido hecha por el propio señor Lambert, después de haber dormido toda la noche en ella?

—No, señor. Nada.

—Gracias. No más preguntas.

Es decir, nada de desnudeces, grabaciones, ni sesiones de calentamiento a latigazos en la habitación de atrás. Reyes no sabía nada, y Gastone, con gran elegancia, había omitido todo aquello que no le habían preguntado. Muy refinado, aunque yo no fuera capaz de entender el motivo. Todavía.

20

La celda que me habían asignado en la prisión del condado, estaba aislada del resto de la población penal y tenía bastantes comodidades más de las esperables en un recinto carcelario. Por lo visto, algunas maquinaciones por bajo cuerda, habían llevado a que me asignaran una habitación que poco tenía que envidiarle a un hotel de clase media, con jabón, champú y almohadas de pluma. La comida era más que aceptable y bastante variada. Pero lo mejor de todo para mí, era que me ofrecía soledad y seguridad. El lugar, que llevaba el número 7021, era conocido como El Hospital, y a él llegaban los famosos, caídos en desgracia, o los autores de crímenes que alcanzaron especial notoriedad.

Yo no respondía exactamente a ninguna de las dos descripciones, pero mi caso ya había sido suficientemente publicitado como para temer que pudiera ser victimizado si se me mezclaba con los demás presos. Un muchacho de buena familia, que se cepilla a su tía política, que está buenísima, y además se carga al marido para quedarse con el dinero, cumplía con todos los requisitos para despertar la atención de mis compañeros reclusos, y convertirme en el alma de la fiesta. Yo sabía que mi padre no tenía tanta influencia como para conseguir ese tipo de privilegios, por lo que llegué a la conclusión de que no se trataba de sus buenos oficios, sino de una recomendación que venía de alguien bastante más arriba.

Hasta el momento, mis padres no se habían aparecido por el juicio, y mi abogado me había dicho que era por indicación suya. No ayudaría en nada a mi causa, y sería doloroso para ellos enterarse de algunas cosas desagradables respecto a mi comportamiento y al de la tía Kelly. La instrucción de Jason se extendía también a ignorar las informaciones de la prensa y, además, a que no hicieran declaración alguna, en caso de ser consultados por quien fuera.

Por supuesto, mis progenitores me fueron a visitar desde un comienzo a la prisión, aunque yo les pedí que dejaran de hacerlo, para evitarles la humillación de ver a su hijo convertido en un delincuente. Me hicieron caso, parcialmente, aunque hubo momentos en que no pudieron evitarlo, y yo lo comprendí y se los agradecí.

Mi único problema es que no tenía nada que contarles. Cualquier cosa que les hubiera podido decir respecto a mí, a Kelly, a la proposición del tío Heller o al hecho de que estaba a punto de ser condenado a muerte por haber caído en una trampa inverosímil, no habría hecho más que confundirlos, tal como me estaba llevando a la locura a mí.

Habían pasado las primeras dos semanas del juicio, y hasta ahora yo lo había soportado con bastante estoicidad, pero en el fondo sentía como si hubieran quitado el piso bajo mis pies. Era como si todo lo que había cimentado en mi mente como concepto del género humano, todo lo que esperaba de mi futuro y todo lo que suponía acerca de mi capacidad intelectual, se hubiera difuminado completamente. Las pruebas se acumulaban en mi contra, y las extensas declaraciones de testigos de diversas procedencias, no hacían más que demostrar lo frágil de mi posición. Estaba de pie ante el vacío, y el vértigo que me agobiaba sobrepasaba cualquier sensación de angustia que pudiera haber sentido antes.

Eran cerca de las nueve de la mañana del sábado que culminaba la segunda semana de mi proceso, cuando un guardia entró a mi celda y me informó que tenía una visita. Salimos de la habitación y recorrimos un camino que yo ya conocía, y que conducía a un cuarto privado en el que ya había sostenido una reunión con mi abogado, después de comenzado mi juicio. Desde entonces, nuestras conversaciones se reducían a lo que hablábamos en voz baja en la sala del tribunal durante las pausas.

Jason me esperaba sentado ante la mesa en la que había depositado su maletín, y la cantidad de documentos que solía llevar. No se molestó en ponerse de pie cuando entré a la habitación. Me senté frente a él y esperé.

—¿Cómo estás? —fue lo primero que me preguntó.

Pasando por alto lo que consideré una cortesía superflua, le respondí con otra pregunta:

—¿Qué novedades hay?

Sin mostrar mayor reacción, Jason echó mano a sus papeles y comenzó a hojearlos, mientras hablaba pausadamente.

—Vamos a tener que tomar medidas más drásticas para dar vuelta la cosa —dijo—. Es obvio que la acusación no está al tanto de muchas cosas que vamos a tener que sacar a la luz.

—¿Como cuáles?

—Para empezar, voy a volver a llamar al sirviente al estrado. El mariquita no mintió, pero no dijo toda la verdad. Solamente se limitó a dejar la impresión de que Kelly es una casta mujer y que no tenía ninguna intención de tener nada contigo. Lo que no mencionó fue la sesión de sadomasoquismo con que te agasajaron en el cuarto al lado del garaje.

Tratando de disimular mi sorpresa, pregunté:

—¿Y cómo puedes saber eso?

—Escuché la grabación —respondió mi abogado—. Y como se la haga escuchar al jurado, la señora Heller va a ser vista con ojos muy distintos.

—¿Y en qué me ayuda eso a mí? ¿No sería una razón más para querer deshacerme del tío Heller y quedarme con Kelly y su fortuna?

—Es una forma de demostrar, por lo menos, que no fuiste tú el que forzó la relación, sino ella.

—No —dije con firmeza—, no tiene ningún sentido. Mientras no signifique un avance en mi defensa, no voy a ensuciar el nombre de ninguno de los dos.

Mientras pronunciaba estas frases, me convencía cada vez más de lo estúpido de mi actitud al pretender defender el honor de gente que no merecía lealtad alguna. Pero, por más que le daba vueltas, no podía quitarme de la cabeza que eran los "tíos Heller", esas apariciones llenas de cariño y de recuerdos felices que llenaron mi infancia y mi adolescencia, y que mi subconsciente se negaba en redondo a reemplazar por aquello que parecía cada vez más probable: que eran unos malvados, que habían tramado una intriga para satisfacer quién sabe qué propósitos egoístas, en la que el sacrificado iba a ser yo.

—Por otra parte —dije—, ¿cómo sabes lo del cuarto al lado del garaje?

—Escuché la grabación —respondió Jason.

—Pero en la grabación no hay nada que revele la existencia de una mazmorra sadomasoquista en el cuarto de atrás —contesté.

Jason continuó mirándome, a la espera de la siguiente frase.

—Hay demasiadas cosas que no me estás informando, Jason. Te agradezco lo que quieres hacer por mí, pero como no pongas todas las cartas sobre la mesa, tendré que pedir el cambio de abogado, aunque sea un defensor público.

—Nadie te podrá defender como yo, Alan. Tu vida está en mis manos. Y no solamente en las mías, sino en las de la gente que me contrató. No hagas tonterías y déjame trabajar.

Si mi abogado pensaba que con eso me iba a aclarar algo, se equivocaba medio a medio, pero al menos interrumpió el tema con autoridad, para pasar a cosas más importantes.

—Si no estás dispuesto a mancillar el buen nombre de los Heller —me dijo—, vas a tener serios problemas para demostrar tu inocencia.

—¿Por qué? —pregunté—. Nadie sabe lo que ha ocurrido. Nadie sabe dónde está el tío Heller, si está muerto o si está vivo. Nadie sabe nada de la tía Kelly, ni si tiene algo que ver con lo que me está pasando a mí. Si transformo esto en una guerra de lodo, lo único que voy a conseguir es que crean que me estoy tratando de quitar culpa atacando a las víctimas.

—Que es precisamente lo que vas a hacer cuando te llame a declarar.

—Pues me niego a declarar —afirmé—. No puedes obligarme. Soy inocente, pero no voy a demostrarlo atacando a gente que ni siquiera sé si ha muerto o no, o si ha estado involucrada en una trama para acusarme de asesinato.

—¿Qué prueba más necesitas? —preguntó mi abogado.

—Necesito un motivo, Jason. Eso es lo que se exige para condenar a alguien ¿no? ¿Un motivo? ¿Por qué me querrían hacer una cosa así? ¿Por qué a mí? Había muchos que podrían haber ocupado mi lugar en el fraude, y que podrían haber sido el chivo expiatorio, pero me eligieron a mí, el sobrino político que más los quería y que nunca los defraudaría. ¿Por qué?

—Quizás precisamente por eso —dijo Jason—. Para aprovecharse de tu lealtad.

—No lo creo —respondí—. Tiene que ser otra cosa. Dame tiempo.

Mi abogado sonrió y asintió levemente con la cabeza. Había una cosa que me inquietaba en mi representante legal, y era que, al parecer, nunca perdía la calma. Era difícil creer que se pudiera tener tanta seguridad en el desenlace de un juicio que tenía tantas cosas desfavorables para la defensa. Sin embargo, Jason continuaba sonriente y perdonavidas como la primera vez que le encontré.

Echó mano a su maletín, extrajo un sobre y me lo entregó.

Dentro venía una tarjeta postal, con un diseño bastante anticuado, consistente en cuatro fotografías de playas, palmeras y nativos llevando a cabo alguna ceremonia turística, adornados con taparrabos y plumajes diversos. Debajo se podía leer: «Aloha, Hawái».

Mi corazón dio un salto y la volteé nerviosamente. Venía sin sello ni timbre, pero sí fechada dos días atrás. El contenido era breve:

Te estoy esperando.
     La M. P.

—¿Qué es esto? —exclamé.

—Tú sabrás —dijo Jason, con su exasperante pachorra.

Lo quedé mirando fijamente, intentando entresacarle más información de la que fingía tener, pero sin éxito. Solamente estiró su mano a la espera de que le devolviera la tarjeta.

—¿Puedo quedármela? —pregunté.

—Por ningún motivo —respondió.

Su mano seguía esperando, y algo me hizo no devolvérsela directamente, sino colocarla sobre la mesa. La visión fugaz de un objeto conocido, me llevó a querer mirar el anverso de su mano. Jason, pareció darse cuenta de mi intención pero, lejos de tratar de disimular algo, tomó la tarjeta ostentosamente, dejándome ver un vistoso anillo que representaba a un cerdo con velo de monja, igual al que se podía apreciar en la parte inferior del Jardín de las Delicias, de El Bosco.

—¿De dónde has sacado eso? —pregunté vivamente—. Es el anillo del tío Heller. ¿De dónde lo has sacado?

—Este anillo es mío —respondió mi abogado, sin inmutarse—. Gottfried tiene otro idéntico. No te preocupes.

—¿Y cómo es posible que tengáis dos anillos iguales?

—No somos los únicos —contestó Jason—. Hay varios más. Pero no te preocupes por eso ahora. Tenemos cosas que solucionar. No te pondré en el estrado hasta que hayas decidido si quieres hablar o no. No tengo manera de obligarte. Mientras tanto, olvídate de buscar otro abogado. Yo soy el único que te puede ayudar.

El episodio del anillo vino a tener otro misterioso vuelco algunos días después, cuando se reanudaron las audiencias del juicio y se continuó con el interrogatorio de testigos. La fiscalía solicitó un plazo a la Corte, para reanudar su turno de preguntas cuando hubiera podido dar con un testigo clave, fundamental para sus propósitos, pero que, lamentablemente, al parecer no se encontraba en el país. La acusación estaba barajando la posibilidad de modificar la condición de citatorio, por la de orden de detención, debido a que sus declaraciones eran cruciales para el esclarecimiento del caso. No había que ser Sherlock Holmes para adivinar que «el testigo» no era otro que la tía Kelly.

Jason se puso de pie y se dirigió al juez, poniendo su mejor cara de ingenuidad:

—Su señoría, la defensa no tiene inconveniente en un receso, pero si, como supongo, la testigo 'no encontrada' es la señora Kelly Heller, yo puedo asegurar que estará mañana ante esta Corte. Como le consta a su señoría, y también al señor Reyes, la señora Heller está igualmente en mi lista de testigos. Ahora bien, si su señoría lo tiene a bien, y si la acusación no tiene más testigos, podemos iniciar la presentación de testigos de la defensa, y hacer comparecer a la señora Heller como testigo nuestra. No cambiará nada en cuanto a lo que le queremos preguntar, y no perderemos tiempo.

—Abogados, aproxímense, por favor —dijo el juez Sleady, con un gesto de indisimulado hastío.

Durante varios minutos, el juez se dedicó a dirigirles admoniciones a los dos letrados que, probablemente, tenían que ver con el teatro alrededor de la comparecencia de la tía Kelly. Jason, haciéndose el capullo una vez más, le explicó al juez que no tenía conocimiento de la gran cantidad de problemas que el señor Reyes tenía para encontrar a la testigo, y que, si se lo hubiese hecho saber, él no habría tenido inconveniente en ponerlo en contacto con ella. El juez no le creía una palabra, pero en lugar de dedicar el tiempo a buscar las bases legales para freír en aceite a mi abogado por su estratagema barata, decidió seguir adelante.

Para no complicar más las cosas, y tratando de evitar que las iras del juez Sleady se volvieran hacia él, Reyes estuvo de acuerdo, y dio formalmente por concluida la presentación de la acusación.

Una vez terminado el conciliábulo, el juez se dirigió al fiscal y dijo:

—Señor Carter, llame a su primer testigo.

—La defensa llama al doctor Gregory Rosenberg —anunció Jason.

La puerta de la sala se abrió, y acompañado de una funcionaria policial, ingresó el hombre al que habíamos saludado en el club de yates, poco antes de iniciar la travesía por el océano con el tío Heller. Después de cumplir con la formalidad de prestar juramento, el primer testigo encargado de fortalecer mi defensa, tomó asiento.

—Doctor Rosenberg, díganos quién es usted y en qué trabaja —dijo Jason, con cordialidad.

—Mi nombre es Gregory Aaron Rosenberg, soy profesor de Patología Forense en la Universidad de Los Ángeles, y director del Laboratorio de Patología Forense del Condado de Los Ángeles.

—Como parte de sus obligaciones, doctor, está la de trabajar con cadáveres humanos, ya sea para prácticas forenses como en investigaciones criminológicas, ¿no es así?

—Así es.

—Es decir, en su calidad de patólogo forense, ¿también presta servicios profesionales en labores de investigación policial?

—También, cuando nos solicitan que llevemos a cabo

un examen para establecer la identidad de algún cadáver.

—¿Cuándo se suelen dar esos casos?

—Se suelen dar cuando alguna de las partes quiere tener una segunda opinión, independiente del informe de la policía.

—Y, en este caso, fue la defensa del señor Lambert la que le encargó el examen, ¿no es así?

—Así es.

—En el primer informe de la policía, constaba que el cadáver encontrado en el mar, que se suponía que era la víctima del crimen presuntamente cometido por mi cliente, era el del señor Gottfried Heller, ¿no es verdad?

—Así es.

—¿Sobre qué bases se llegó a esa conclusión?

—Sobre la base de la ropa que llevaba la víctima, que fue descrita a la policía por su esposa.

—¿No por su DNI?

—No fue posible establecer el DNI porque el cuerpo estaba en un avanzado estado de descomposición, después de tanto tiempo en el agua.

—¿Qué otro tipo de examen se practicó al cuerpo?

—Hasta donde yo sé, ninguno.

—Y usted, en su investigación independiente, ¿llevó a cabo otros exámenes?

—Sí, señor.

—¿Y existe alguna razón por la cual los laboratorios policiales no fueron más allá en su investigación, y tuvo que ser usted el que realizara esos exámenes?

—La razón es que los expertos de la policía no pudieron localizar los antecedentes dentales del señor Heller, para compararlo con el cadáver encontrado. Nosotros sí pudimos, casi por casualidad, ya que encontramos a alguien que trabajaba en la consulta de una odontóloga que atendía al señor Heller. Esa información no estaba en los archivos de la policía, ni estaba en conocimiento de la propia señora Heller.

—¿Es posible que la propia esposa del señor Heller no supiera con qué dentista se atendía su marido?

—En este caso sí. Por motivos, digamos, personales.

Jason se giró hacia el jurado, y sin hacer ningún gesto, dejó claro que la confidencialidad del asunto se debía a que el tío Heller tenía un asuntillo privado con la doctora, y la tía Kelly no necesitaba averiguar quién era. Conociendo la condición de relación abierta que ambos llevaban, me pareció extrañísimo el secretismo, pero mientras el jurado se lo tragara, mi opinión daba igual.

Reconozco que mi grado de paranoia estaba llegando a niveles inusuales pero, visto fríamente, las cosas estaban tomando un cariz demasiado sospechoso. Algo se encendió en mi cabeza cuando prestó declaración la persona con la que habíamos conversado antes de salir de excursión en el «Kelly», que daba la casualidad que era patólogo forense y que, casualmente también, fue elegido para analizar el cadáver encontrado que se presumía era del tío Heller. Por un momento hasta llegué a preguntarme si el cadáver, vestido convenientemente con la ropa de Gottfried, no podría haber sido también suministrado por el Laboratorio de Patología Forense del Condado de Los Ángeles, de entre los cuerpos no reclamados o donados a la ciencia. Era una idea insana, pero no desentonaba con lo que estaba viviendo.

Momentos más tarde, las cosas se empezaron a enredar todavía más en mi cabeza, cuando el doctor Rosenberg echó mano a su carpeta y extrajo unos documentos, uno de los cuales era el certificado que atestaba que la dentadura del cuerpo encontrado no correspondía a la del tío Heller. Al levantar una de las radiografías para ponerla a disposición de la corte como prueba, observé que en su dedo llevaba un anillo de oro, que tenía la curiosa forma de la cabeza de un animal, tocada con un extraño velo monacal.

21

Eran las siete de la mañana, y en algunas horas más daría comienzo mi interrogatorio ante el tribunal. Había decidido prestar declaración, pero al mismo tiempo había advertido a mi abogado que no contara conmigo para una batalla barriobajera contra nadie, hasta que no me hubiera enterado de lo que realmente había pasado. Y la verdad es que no eran muchas las esperanzas que tenía de que eso ocurriera.

Jason me recordaba cada vez más al abogado del famoso cuento de Averchenko, que culminaba, de épica manera, con el telegrama que el letrado dirigía a su madre al terminar el primer juicio en el que le había tocado participar en su vida: «Apreciada mamá: Acabo de darme a conocer como abogado, defendiendo procesado político. He sido absuelto.»

Si bien Jason Carey no se había mostrado como un hombre torpe ni descuidado, me daba la impresión de tener muy poco interés en conseguir mi libertad, a pesar de todos sus esfuerzos por convencerme de que todo estaba bien, y que mi liberación era una cuestión segura. Sin embargo, su aparente lealtad con sus empleadores —los compañeros del occiso, del cual ya estaba demostrado palmariamente que me había tirado a la mujer—, no me hacían abrigar precisamente esperanzas.

Para confundir todavía más las cosas, la tarjeta postal que mi abogado me había mostrado, me había abierto la puerta a un paraíso que todavía no sabía interpretar. Obviamente provenía de la tía Kelly, la que tuvo el detalle de omitir su nombre y ocultar su verdadera personalidad, detrás de siglas que estaba segura que yo reconocería sin problemas: «La M. P.». La mala puta. Y el texto era todavía más desconcertante. ¿Me estaba esperando? ¿Dónde? ¿Cuándo? ¿Para qué?

Estaba claro que Jason estaba en contacto con ella, tal como se lo dijo al juez, haciéndose el bobo, al informarle que tenía la intención de incluirla en su lista de testigos, pero que sirviera como nexo entre ella y yo para nuestras conversaciones «personales», ya era algo más difícil de compaginar para mí.

El hombre era absolutamente enigmático, y esa era la última característica que yo preferiría tener de alguien encargado de evitar que me condenaran a muerte. Sin embargo, de una forma u otra, siempre había conseguido evitar que mis dudas enturbiaran la relación, y me había tranquilizado, aunque fuera más con arengas y frases de buena crianza, que con hechos. Tenía una confianza infinita en lo que estaba haciendo, y era habilísimo en su tarea de marear la perdiz para conseguir hacérmelo creer a mí también.

Antes de que mi abogado me llamara al estrado, mi única preparación consistió en decirme que respondiera a sus preguntas y a las del fiscal con total veracidad, que no me dejara provocar por Reyes, que era un hombre hábil, y un buen manipulador, y que mostrara toda la tranquilidad y la humildad de que fuera capaz. No mucho, para llegar en condiciones de probar mi inocencia ante un crimen tan monstruoso como el que me atribuían.

«Tú, haz lo que te digo y tenme confianza», me había dicho Jason, dando por concluida la preparación, el día anterior al interrogatorio. «Ya llegará el momento en que lo entiendas.»

El momento llegó y, con paso firme, para disimular el temblor de mis piernas, me dirigí al estrado cuando el secretario del tribunal voceó mi nombre.

—¡Alan Lambert!

—Tome asiento, señor Lambert —dijo el juez, con la misma cortesía con que recibía a los demás testigos—. Entiendo que usted ya ha prestado juramento, ¿no es así?

—Sí, señoría —respondí.

—Señor Carey —dijo el juez—, puede proceder.

—Gracias, su señoría —dijo mi abogado, y dirigiéndose a mí, agregó con su habitual sonrisa—: ¿Cómo estás, Alan?

—Muy bien, señor, gracias.

—Alan, ya has visto que el señor Reyes ha hecho todo lo posible para demostrar al jurado que tuviste relaciones sexuales con Kelly Heller, ¿verdad?

—Sí, señor.

—¿Las tuviste?

—Sí, señor.

—¿Cuántas veces?

—Dos veces.

—¿Recuerdas cuándo?

—Hace varios meses.

—¿Dónde?

—Una vez en su casa y otra en el Motel Real.

—Gracias —dijo Jason teatralmente mirando al jurado—. No estamos ocultando nada aquí ¿OK? ¿Cómo empezó la relación?

—No lo tengo muy claro —respondí con total veracidad—, pero fue casi sin pensarlo, después de una reunión que tuvimos en su casa.

—¿Tú y ella solos?

—Sí, señor.

—¿Ocurría a menudo que os veíais a solas?

—Nunca. Esa fue la primera vez.

—¿Y por qué ocurrió?

—Kelly me llamó porque tenía la intención de escribir un libro, y quería que yo la ayudara.

—¿Cómo?

—En la redacción. Que escribiera lo que me contaba y que lo pusiera en palabras más «literarias».

—¿Tú cuántos libros has escrito, Alan?

—¿Yo? Ninguno.

—¿Cuál es tu experiencia en colaborar con personas que quieren escribir un libro contigo?

—Ninguna.

—¿Y no te pareció extraño que una personas con tantos recursos como la señora Heller, te eligiera justamente a ti para una labor para la que hay miles de profesionales que podrían hacerla mejor?

—Sí que me pareció extraño.

—¿No se te pasó por la mente que la señora Heller pudiera tener otro tipo de intención, más allá de escribir un libro?

—Objeción, su señoría —dijo el fiscal—. Especulación.

—Aceptada —respondió el juez Sleady.

Jason asintió, sin mostrar contrariedad. Obviamente la pregunta era tendenciosa y tenía el objeto de demostrar que la tía Kelly no tenía ninguna intención de escribir nada, y si me citó en su casa y me contó sus intimidades, era solamente con el objeto de follarme. El interrogatorio estaba tornándose favorable para mí, pero me estaba dejando una sensación ingrata. Era como si mi labor de desprestigiar a los tíos Heller ya hubiera comenzado en la persona de Kelly, a quien mi abogado estaba comenzando a pintar como un putón que se quería tirar a su sobrino político, y para ello había usado el primer subterfugio que encontró.

Por supuesto, como tantas veces, Jason tenía un nuevo vuelco preparado. Habiéndome dicho que no mencionara la grabación y que dijera toda la verdad, su interrogatorio se fue por un terreno de arenas movedizas.

—Por cierto, Alan, el jurado quisiera saber si tienes alguna prueba de que lo que dices sobre escribir el libro es verdad. ¿Tienes alguna?

—Bueno, tengo todas las notas que escribí de las conversaciones.

—Su señoría —dijo Jason, dirigiéndose al juez—, la defensa quisiera poner a disposición del tribunal las notas del señor Lambert, con las transcripciones de la conversación con la señora Heller, que demuestran que efectivamente dichas conversaciones tuvieron lugar, y que tuvieron el propósito que mi cliente ha descrito.

—Objeción, su señoría —saltó una vez más el abogado Reyes—. Las notas supuestamente tomadas por el acusado no demuestran nada. Cualquiera puede haber escrito cualquier cosa y decir que fue lo que la señora Heller le dictó. El acusado no puede construir sus propias coartadas.

El juez miró a Jason, sin poder evitar cierta conmiseración.

—Lo siento, señor Carter, pero el señor Reyes tiene razón. No podemos aceptar una prueba creada por el acusado para exculparlo de alguna sospecha. Petición denegada.

En ese momento tuve que pensar muy seriamente si, como en el caso del abogado de Averchenko, el mío también sería absuelto. No sabía si, realmente, podía ser legal que mi defensor no hiciera mención alguna a las grabaciones; una prueba irrefutable y que podía dar un giro a toda la investigación, aunque sin que quedara muy claro en favor de quién.

Si el jurado escuchara la grabación de mis sesiones con la tía Kelly, podría concluir que, efectivamente, ella tenía la intención de escribir un libro y me había pedido ayuda. Pero, por otro lado, esa abierta intimidad con la que me estaba tratando, también podía demostrar que yo tenía buenas razones para querer deshacerme del tío Heller y quedarme con su mujer y con su dinero.

Pero lo que terminó de mover el piso bajo mis pies, fue la continuación del interrogatorio.

—Alan —dijo Jason—, cuéntanos la conversación que tuviste con el señor Heller, en la que te propuso que llevaran a cabo una maniobra para engañar a las autoridades.

Había llegado el momento de lo que yo consideraba la gran traición. Dejar caer al tío Heller y a su mujer, denunciándolos como unos conspiradores deshonestos que me quisieron utilizar para defraudar al Estado. Si me sabía mal cuando le dije a mi abogado que no testificaría si tenía que pasar por eso, ahora que Jason me estaba sorprendiendo cuando ya no había vuelta atrás, y estaba en el estrado de los testigos, mi odio por él y sus métodos estaba tomando proporciones que podían resultar muy inconvenientes para mi defensa. No sé si mi mirada manifestó mi asco por su doblez, pero interiormente hubiera querido saltar del asiento y partirle su cara siempre sonriente.

—Estás bajo juramento, Alan— dijo mi abogado—.

Tienes que contarlo todo.

Reyes se puso de pie con una expresión casi divertida en la cara.

—Su señoría —dijo—, el defensor está tratando a su propio cliente como si fuera un testigo hostil.

—¿Se supone que eso es una objeción o un mensaje al jurado, señor Reyes? —preguntó el juez Sleady.

—No es una objeción, solamente...

—Entonces tenga a bien dejar los trucos para el circo —interrumpió el juez—. Continúe, señor Carey.

—Adelante, Alan —dijo Jason—. Qué fue lo que te propuso el señor Heller.

—Me propuso que fingiéramos su muerte —dije, con un hilo de voz.

—¿Para qué?

—Para poder retirarse de sus negocios.

—¿Y no lo podía hacer como todo el mundo, sin necesidad de morirse?

—Él prefería hacerlo así —dije con una candidez rayana en la estupidez, que despertó algunas risillas en el público. Mi abogado también sonrió y preguntó:

—¿Y te dijo por qué "prefería" hacerlo así?

—Me dijo que sus negocios no marchaban bien.

—Es decir, te dijo que fingierais su muerte para eludir la bancarrota, ¿no es así?

—Algo así. Yo de eso no entiendo.

—¿Y qué te ofreció a cambio?

—Dinero.

—¿Cuánto?

—Un millón de dólares.

—¿Y aceptaste?

—Sí, aunque también hubiera aceptado hacerlo sin que

me hubiera ofrecido nada. Yo le tengo mucho cariño, y haría cualquier cosa por él. Quizás esto fue un error.

—Seguro que fue un error. Pero, no lo mataste, ¿verdad?

—No. No lo maté. Nunca podría matar a nadie, ni menos al tío Heller.

—Gracias. No más preguntas, señoría.

Si hubiera sido apropiado en una corte de justicia, el fiscal se habría puesto de pie sobándose las manos, cuando se acercó al estrado en el que yo estaba prestando declaración. Su expresión, sin embargo, no podía ser más seria, y toda su actitud rezumaba confianza.

—Señor Lambert —comenzó—, ha dicho usted que tuvo dos encuentros sexuales con la señora Heller ¿no es verdad?

—Sí, señor.

—¿Y antes de eso no hubo nunca una indicación de que eso podría llegar a ocurrir?

—No entiendo.

—Es decir, ¿ella se le insinuó, o dejó entrever que tenía interés en usted como compañero sexual?

—No.

—Pero usted sí la deseaba, ¿no es verdad?

—Objeción, su señoría —intervino Jason—. Irrelevante.

—Denegada —dijo el juez—. Puede responder.

—Desearla no —dije, a pesar de estar bajo juramento—. Desde luego me parecía muy atractiva, como a todo el mundo, pero jamás esperaría tener relaciones sexuales con ella.

—Hasta que encontró la posibilidad de que ello ocurriera.

—¿Cuál posibilidad?

—Bueno, la posibilidad que le dio el haber estado a solas con ellas, en una suerte de intimidad, que al final llevó a que tuvieran sexo.

—Eso fue lo que pasó, sí. Pero ninguno de los dos lo buscó.

—O sea, ocurrió por arte de magia.

—Simplemente ocurrió.

—Y en ese momento, usted comenzó a elaborar planes en su cabeza para deshacerse del obstáculo que había entre la señora Heller y usted, ¿no es así?

—No. No es así.

—¿Esperaba usted que el señor Heller hubiera aceptado que su esposa se acostara con usted, sin plantear objeciones?

El abogado estaba tocando el nervio con su pregunta. Ese era el momento de revelar todo lo que me había contado la tía Kelly respecto a sus aventuras carnales con su marido, su tendencia a la permisividad y al voyerismo, y la amplitud de criterio cuando se trataba de vivir su vida y dejársela vivir a los demás. Una confesión completa, con grabación y todo, era la balsa salvavidas que me podía llevar a un puerto que no fuera aquel en el que estaba instalado mi cadalso a la espera de mi llegada, y tenía pocos segundos para decidir si abordarla o no.

—Yo no esperaba que el señor Heller fuera a aceptar nada, porque no tenía esperanzas de volver a acostarme con Kelly.

—Pero las dos veces que lo hizo, lo pasó muy bien, ¿no es así?

—¡Su señoría! —intervino Jason.

—Aceptada la objeción —dijo el juez—. Señor Reyes, usted puede hacerlo mejor.

El fiscal asintió con una sonrisa comprensiva, y continuó:

—Si las dos veces hubo sexo consensuado, ¿qué razones tenía para creer que no volverían a hacerlo?

—Nunca lo esperé, y después que lo hicimos, tampoco esperé que continuara. Me di por satisfecho con la experiencia y ya está.

—Una experiencia muy grata, desde luego.

—Gratísima, pero única.

Miré a Jason, que seguía garabateando notas en su cuaderno, y me pareció que esbozaba una sonrisa de aprobación. Hasta yo mismo pensé que estaba respondiendo bien, mientras no me apretaran demasiado, hasta forzarme, no solamente a omitir la información sobre la que no me habían preguntado nada, sino a cometer perjurio.

—¿Usted dice que el señor Heller le hizo la propuesta deshonesta porque estaba en bancarrota y quería rehuir sus responsabilidades? —continuó Reyes.

—Algo así me explicó.

—Su señoría, quisiera incluir entre las evidencias una prueba reciente. Se trata de una auditoría llevada a cabo a la firma del señor Gottfried Heller, y a sus filiales, que demuestra que las finanzas están absolutamente saneadas, sin deudas pendientes, y que la proyección económica a futuro es razonablemente optimista. Es decir, las razones que el acusado dice que le fueron dadas por el señor Heller para cometer el presunto fraude, no tienen asidero alguno. Si la defensa no tiene objeción, solicito que quede registrado en acta.

—No hay objeción, su señoría —dijo Jason.

Reyes entregó los papeles al secretario y se volvió hacia mí, con semblante de triunfo:

—¿Qué tiene que decir al respecto, señor Lambert?

—Yo solo le puedo decir lo que me dijo el señor Heller.

—¿Durante la conversación estaban solos?

—Sí.

—De modo que, aparte de usted y del señor Heller, nadie más estaba enterado de su confabulación.

En ese momento me vino el nombre de la tía Kelly a la cabeza, y con ello la necesidad de decidir si iba a jugar todas mis cartas, o si iba a confiar en mi cada vez menos transparente abogado. Me tomó tres segundos decidirme.

—No lo sé —respondí—. No tengo cómo saberlo.

22

Para mi sorpresa, en el tiempo que llevaba en prisión, había dormido plácidamente y sin interrupciones. Además, al parecer, la vida ordenada, con comidas regulares y alimenticias, y horas de sueño cuando correspondía tenerlas, me habían dado una sensación de salud que prácticamente no conocía en mi vida fuera de la cárcel.

Sin embargo, después del último interrogatorio, mis nervios estaban en un estado de excitación tal que, primero, me fue muy difícil conciliar el sueño, y cuando lo hice, mis pesadillas me hicieron despertarme varias veces, bañado en sudor y con temblores en todo el cuerpo.

La experiencia era nueva para mí en varios sentidos, pero el que más me afectaba, una vez despierto, era el haber sucumbido a un terror ocasionado por escenas tan trilladas. Cualquier película de bajo presupuesto de la serie B, habría podido salir con imágenes más impactantes que las de mi pesadilla, pero, sin embargo, en la indefensión del subconsciente, me aterraron hasta el límite de pegar unas voces que alarmaron a los carceleros.

Los protagonistas, obviamente, eran los personajes que me tenían en ese predicamento, encabezados por el tío Heller, vistiendo la ropa con la que presuntamente desapareció en el mar, y observándome fijamente, mientras la tía Kelly se acercaba, cimbreando su esculpida figura, como Dios la echó al mundo, con un látigo en su mano derecha, y una réplica enorme del anillo con la cabeza de cerdo, en la izquierda. A su lado, tomándola del talle, venía Gastone, con una jeringa en la mano. La inyección letal. Cuando Kelly llegó junto a mí, abrió la boca y despidió un aliento fétido que me echó para atrás, mientras, a sus espaldas, la piel del tío Heller, comenzaba a descomponerse ante mis ojos. Sus carnes se desprendían de su cuerpo y empezaban a dejar ver su esqueleto amarillento, mientras lo ojos eran prácticamente lo único que se sujetaba a la calavera, rodeada de una precaria cantidad de pellejo sanguinolento que resbalaba en cascada a lo largo de lo que quedaba de su figura.

—¿Qué te pasa? —dijo una voz al otro lado de la mirilla de la puerta de acero.

—Nada —respondí—. Tuve un mal sueño.

El guardia, posiblemente acostumbrado a ese tipo de situaciones, cerró la pequeña puerta sin agregar palabra, y me dejó solo, recuperándome del sobresalto. Rememorando el sueño desde fuera, la nauseabunda figura del tío Heller se convirtió en un monigote grotesco, que no asustaría a un niño de cuatro años, y la imagen del pobre Gastone, con la hipodérmica, movía a lástima. Pero la tía Kelly me llegaba a agitar hasta lo más profundo de mis sentidos. No sabía si la volvería a ver desnuda alguna vez, pero temía que, la sola noción, era capaz de motivarme para mantener mi lealtad, aunque fuera a costa de perderlo todo. Sinceramente no podía estar más desorientado respecto a mi futuro, mi conciencia o mi responsabilidad, especialmente cuando se me aparecía la imagen de esa mala puta, que me había cautivado hasta el punto de meterme a este berenjenal.

«Esto es absurdo.» pensé. «No me voy a dejar ejecutar

por serle fiel a una mujer a la que deseo, pero que no ha hecho otra cosa que hundirme. Y menos a un individuo que ni siquiera sé si vive o no. Si está vivo, es un cabrón que me utilizó para salvar su propio pellejo, nadie sabe de qué. Y si ha muerto, ha sido a manos de gente a la cual no tengo por qué encubrir, sino todo lo contrario. La lealtad es para los imbéciles, por lo visto. Y yo ya he demostrado serlo suficientemente.»

Una ducha tibia me terminó de despertar, y cuando me pasaron a buscar para llevarme al tribunal, ya estaba repuesto de la impresión, y expectante por lo que pudiera pasar en el juicio. Me subieron al furgón y, por primera vez, reparé en el trayecto. Me fijé en las calles y en la gente caminando libremente por ellas, y tuve la sensación de que las cosas se iban a aclarar definitivamente. De una forma u otra. Y hasta, ¿quien sabe? —pensé— mi confianza en el género humano y en personas que tenía tantas razones para querer incondicionalmente, tenía algún fundamento.

Encontré a Jason al entrar al juzgado, y lo primero que hizo fue llevarme a un costado.

—Hemos traído a Kelly y prestará declaración. Espero que no reacciones a nada de lo que diga, bueno o malo. Cualquier gesto puede ser malinterpretado por el jurado, y puede echar por tierra nuestro caso. Tú deja que yo me haga cargo y las cosas marcharán bien —me dijo mi abogado, con toda calma, para después desaparecer por la puerta que llevaba a la sala de sesiones.

Mis carceleros me tomaron del brazo y me guiaron en la misma dirección, aunque se detuvieron antes de entrar.

Una vez que las cosas estaban prontas para reanudar la sesión, fui conducido al sillón de los acusados a esperar por qué lado iba a ir mi destino.

Cuando el juez dio la orden de que se reiniciara el procedimiento, y escuché la voz de mi abogado llamando a su siguiente testigo, sentí como si me hubieran dado un mazazo en la boca del estómago:

—La defensa llama a Kelly Heller.

Tuve que hacer acopio de toda mi fuerza de voluntad para no girarme a ver como entraba la tía Kelly por la puerta de los testigos. Al sentir sus pasos a mi espalda, mi agitación crecía como si estuviera esperando una aparición divina. Una vez que la tuve en mi ángulo de visión, comprobé que, efectivamente, esa expresión era la más adecuada.

Vestía con sobria elegancia. Llevaba una combinación de chaqueta y pantalón de un tono gris oscuro, y una blusa clara con filigranas en negro. Había renunciado a toda ostentación, y las únicas joyas que llevaba eran su anillo de matrimonio y unos pendientes de diseño muy simple.

Todo lo demás lo hacía su presencia. Estaba más bella que nunca. Su expresión denotaba una gran seriedad. Su mirada, tranquila pero severa, se dirigió hacia el jurado, acompañada de una venia de cortesía, para después posarse en los ojos de mi abogado a la espera de la primera pregunta.

Mi corazón latía con furia. Lo peor era que tenía que reconocer que la excitación no se debía a que el testimonio de la tía Kelly podía decidir entre mi vida o mi muerte. La taquicardia era exclusivamente producto de la lujuria. Estaba viendo por primera vez en meses a la mujer que más deseaba en el mundo y, gilipollas de mí, ese sentimiento superaba a cualquier otro. Incluso al más elemental instinto de conservación.

—Señora Heller —dijo Jason—, por favor denos su nombre completo, su edad y su lugar de residencia.

La tía Kelly volvió a mirar al jurado, y con su voz ronca

de musa del cine italiano, dijo:

—Kelly Margaret Heller, cuarenta y un años, vivo en Los Ángeles, California.

—Señora Heller, ¿conoce usted al acusado, Alan Lambert?

—Sí, lo conozco.

—¿Desde hace cuánto tiempo?

—Desde que nació.

—¿Y cuál ha sido su relación con él, desde entonces?

—Prácticamente una relación de familia. A Gottfried y a mí los hermanos nos llaman «tíos».

—Para el acusado ¿usted era la «tía Kelly»?

—Sí.

—Sin embargo, esa relación cambió de carácter en los últimos meses, ¿no es así?

—Así es.

—¿Cómo se produjo ese cambio?

—No lo sé. Todavía no me lo explico.

—¿Había algún indicio de que su «sobrino» tuviera algún interés en usted que fuera más allá del cariño normal de cualquier amistad?

—No, que yo me haya dado cuenta.

—¿Y de su parte?

—Tampoco.

—Es decir, no había una atracción sexual entre ustedes.

—No.

—¿Y cuándo llegó?

—Cuando nos dimos cita para trabajar en un libro que yo quería escribir. Lo llamé para preguntarle si le gustaría hacerlo, y me dijo que sí.

—¿Dónde se reunieron?

—En mi casa.

—Su marido, el señor Heller, ¿dónde se encontraba?

—Estaba haciendo una cura en un sanatorio privado en San Francisco.

—¿Una cura de qué?

—Un tratamiento por un problema de trastorno disociativo.

—Y usted aprovechó la oportunidad para reunirse con el acusado a solas.

—No había mayor diferencia en que nos encontráramos estando mi marido. El propósito de la reunión era hablar de mi libro.

—Entiendo. Pero, la cosa fue más allá, ¿no es así?

—Sí.

—¿Fue el acusado el que se le hizo alguna proposición?

—No. Fui yo.

Mi atención, hasta ese momento, se dividía entre la embobada admiración por la belleza que tanto me cautivaba, y la necesidad de descubrir cuál sería el fondo del testimonio de la tía Kelly. En ese momento las cosas comenzaban a ir al grano. Y el camino escogido era una total sorpresa para mí.

—¿Usted se le insinuó? —continuó Jason.

—Yo lo seduje.

—¿Cómo?

—Lo cité en un hotel de parejas para hacer el amor con él.

—¿Hubo alguna resistencia por parte de mi cliente?

—Se mostró sorprendido, pero no se resistió.

—¿Qué razón pudo tener usted, conociendo los lazos que la unían a la familia de mi cliente, para tomar una decisión de ese tipo?

—Yo tampoco lo entiendo totalmente. Simplemente

hubo un momento en que no me pude resistir. La relación con mi marido estaba siendo difícil. Hacía tiempo que no teníamos mayor contacto. Sus problemas sicológicos estaban afectándonos de manera notoria. Hablábamos poco y lo veía cada vez más confundido. Yo misma tuve que forzarlo a que fuera a examinarse de nuevo.

—¿A qué problemas sicológicos se refiere?

—Al trastorno disociativo.

—¿Nos podría explicar en que consiste?

El fiscal Reyes, que escuchaba con inusual atención, se puso de pie.

—Su señoría —dijo—, la señora Heller no está cualificada para prestar testimonio como experta en sicología, hasta donde sabemos.

—Su señoría —dijo por su parte Jason—, la señora Heller está en condiciones de describirnos los síntomas de la persona con la que ha compartido su vida durante décadas. No se trata de que nos dé un informe médico. Ese lo tengo aquí, firmado por los doctores Reynolds y Vanderbeer, del Centro de Estudios Psiquiátricos Karl Lashley, en San Francisco, California, que espero que se me permita incluirlo en la evidencia.

—Si no hay oposición, será incluido—dijo el juez, para después dirigirse al fiscal y decir—: Objeción denegada, señor Reyes.

—¿Cuáles eran las características de la afección, señora Heller? —continuó Jason.

—Estaba deprimido, distante, tenía lagunas de memoria. También tenía fijaciones mentales acerca de una posible bancarrota. La crisis en el mercado inmobiliario lo afectó mucho. Estaba obsesionado ante la posibilidad de perderlo todo.

—Mi cliente dice haber tenido una reunión con su marido, en la que le habla de eso. ¿Tuvo conocimiento de esa conversación?

—Me dijo que iba a hablar con Alan, pero no me dijo exactamente lo que le iba a decir.

—Después de enterarse por las actas del juicio de lo que mi cliente dijo sobre una presunta conspiración para sacar dinero del país, y la posibilidad de quiebra de su empresa, ¿le sorprende una actitud así de parte de su marido?

—No me sorprende en absoluto. Era lo que venía repitiendo constantemente en los últimos meses.

—Y a usted no le dijo nada sobre la posibilidad de involucrar a mi cliente en una maniobra para sacar dinero del país y de irse a vivir a Hawái.

—No me lo dijo cuando fue a conversar con Alan la primera vez, pero después tuve la sospecha de que era lo que quería.

—¿Por qué tuvo esa sospecha, señora Heller?

—Por unas cartas que recibió de su banco y de su agente de propiedades en Hawái. Entonces me contó que eran para Alan, porque esperaba que se fuera a vivir con nosotros a Maui.

—Ustedes tienen una mansión en Maui.

—Efectivamente.

—¿Y esa conversación la hizo sospechar de que su marido tramaba una jugada para huir a Hawái con la complicidad de Alan?

—Sí.

—¿Y qué hizo entonces?

—Cité a Alan en el motel de Hollywood para advertirle de lo que pasaba.

—Y para tener sexo.

—También.

—O, mejor dicho, la razón principal fue la de tener sexo, ¿no es verdad?

—Sí.

—¿Y a qué se debió el que le dijera que llevara El Código Da Vinci?

—Fue para darle un propósito a la reunión. Si pensaba que era solamente para encontrarlo, puede que haya buscado una excusa para no ir.

—¿Me está diciendo que mi cliente no tenía interés en tener relaciones sexuales con usted?

—Le estoy diciendo que su cliente es un muchacho maravilloso. Yo temía que no quisiera causarme problemas. Y además, podría haber temido llevarse una desilusión si no ocurría nada, y no quería tener ese dolor.

—¿Quiere decir que Alan está enamorado de usted?

—Yo creo que sí.

—¿Y usted de él?

—También.

—Su testigo—, dijo Jason, dirigiéndose a Reyes.

El fiscal estaba relativamente confundido con el cariz que había tomado el interrogatorio de la tía Kelly, pero en ningún caso más de lo que estaba yo. Las declaraciones que acababa de escuchar distaban diametralmente de lo que había esperado, o hasta imaginado en mis sueños más optimistas.

Mi subconsciente seguía haciendo una diferencia entre lo que era el deseo y aquello que podía ayudar a mi causa, pero estaba comprobando que ambos terrenos estaban resolviéndose en mi favor.

La tía Kelly decía que me amaba, y además había salido con una información acerca de la salud mental del tío Heller, que era lo más parecido al perjurio que yo había escuchado en mi vida.

Si había algo por lo que el tío Heller se caracterizaba, era por su lucidez y por su claridad de mente. Si había llegado donde había llegado en su negocio, hasta convertirse en multimillonario en pocos años, era precisamente porque lo que le funcionaba era el coco.

Jamás se supo de ninguna afección siquiátrica ni de tratamiento alguno por alguna forma de trastorno mental. Y el que mejor podía dar fe de que lo que contaba la tía Kelly no era demasiado creíble, era yo.

La entrevista que sostuve con el tío Heller en la planificación del "golpe", había sido de una normalidad que desarmaba. Más allá de mi natural sorpresa por lo inusual de la propuesta, nada me hizo sospechar que me la estuviera haciendo movido por la demencia.

Todos los antecedentes que me dio eran impecables, y altamente atractivos para mí. E incluso aquella parte de la historia que me perjudicaba, y de la que me había advertido, se había desarrollado de una manera perfectamente coherente. Yo estaba aquí, ante un tribunal, sometido a juicio por homicidio, sin mayores posibilidades de defensa que la compasión de los que me metieron en este berenjenal.

Hacía ya bastante tiempo que había dejado de preocuparme de la parte lógica de la historia, y de lo que se trataba ahora era de salvar el pellejo como fuera. La tía Kelly, estaba haciendo todo lo posible para ayudarme a conseguirlo, incluso a riesgo de crear la sospecha de estar coludida conmigo para deshacerse de su marido.

Inventar un trastorno mental, claramente incomprobable, a pesar de los certificados que decía tener mi abogado, y además decir que me amaba, eran dos excelentes antecedentes para sospechar de ella. No era de extrañarse que mi corazón volviera a reproducir ritmos de percusión africana, cuando el fiscal Reyes se puso de pie para iniciar las repreguntas.

—Señora Heller, no me voy a detener en analizar el lado moral de su relación con un muchacho de la mitad de su edad...

—Objeción, su señoría —saltó mi abogado—. El fiscal está haciendo exactamente lo que dice que no va a hacer, que es tratar de influenciar al jurado.

—Para eso he venido aquí, señor Carter —dijo Reyes, con una sonrisa.

—Ha venido para tratar de convencerlo, señor Reyes, no para tratar de influenciarlo.

—Señores —interrumpió el juez—, dejemos los diálogos. Señor Reyes, limítese a repreguntar, sin comentarios personales.

—Gracias, señoría —respondió el fiscal, con afabilidad. Era un perro viejo en estas lides, y sabía que su introducción ya había quedado resonando en los oídos de los jurados. Ahora se trataba de aprovechar los prejuicios de esas buenas gentes para azuzarlos contra Kelly y contra mí.

—Señora Heller, usted ha indicado que su marido tenía problemas siquiátricos y que su relación estaba bastante deteriorada, ¿verdad?

—No he dicho que estuviera deteriorada. Dije que nos habíamos distanciado.

—Es más o menos lo mismo, ¿no cree?

—No. Es diferente.

—Pero sigue siendo una buena razón para serle infiel, ¿no es así?

—Objeción, su señoría —dijo Jason—. Argumentativo.

—Aceptada —dijo el juez Sleady.

—Déjeme ponerlo de esta manera —continuó Reyes—, ¿le había sido infiel a su marido anteriormente?

—Nunca le he sido infiel a mi marido.

La carcajada que soltó el fiscal retumbó por algunos segundos en la sala. Reyes miró a los jurados, tratando de compartir su estupefacción con ellos, y encontró a varios dispuestos a hacerlo.

—Señora Heller, por favor, nos acaba de decir que se acostó con el acusado en dos oportunidades en los últimos meses. Según entiendo, todavía estando casada con el señor Heller. ¿O me equivoco?

—Ser infiel significa mentir. Yo nunca le he mentido a mi marido. Lo que tuve con Alan se lo conté inmediatamente.

—¿Y cómo reaccionó?

—Lo entendió.

—¿Lo entendió?

—Sí, lo entendió.

—¿Y fue después de eso que él decidió convencer al acusado para tramar la presunta estafa y huir del país?

—De eso no sé nada.

—Por supuesto que no sabe nada porque nunca ocurrió.

—Su señoría —reaccionó Jason—, ¿hemos pasado ya a los alegatos finales?

—No —dijo el juez Sleady—. Continúe con el interrogatorio, señor Reyes, y deje sus conclusiones para después.

—Señora Heller, ¿no es verdad que usted y el acusado se pusieron de acuerdo para deshacerse del señor Heller,

quedarse con su dinero y continuar con la relación inces-
tuosa que los unía?

—¡Su señoría! —explotó Jason—. Mi cliente y la señora
Heller no son parientes. Solicito que se excluya del acta la
acusación del fiscal, y que el jurado no la considere. Me parece que es una falta de ética incalificable por parte de la
acusación utilizar esos recursos.

La indignación de mi abogado parecía sincera, aunque
yo no estaba tan seguro. En cualquier caso, dio resultado.

—El jurado no considerará la última observación del
fiscal —dijo el juez—. Señor Reyes, le advierto que no siga
por ahí.

No hacía falta que Reyes siguiera por ahí, porque ya había puesto otra gotita de veneno y, si bien el jurado no debía
considerarla, era difícil que la borrara de su cerebro. Además, había salido sorpresivamente con una teoría que no habíamos considerado: involucrarme a mí y a Kelly en una
confabulación para matar al tío Heller.

De ahí en adelante las cosas se ponían feas para la tía, y
presumo que su declaración se transformó en una bomba
de tiempo que llevó a la fiscalía a cambiar toda su táctica en
pocos segundos. No necesariamente porque creyera que estaba siguiendo una línea acusatoria legítima, sino porque la
otra se le estaba evaporando velozmente, y su carrera como
fiscal necesitaba algunos puntos a favor, en época de importantes decisiones políticas.

Por lo visto, el testimonio de Kelly, y su tono exculpa-
torio de toda responsabilidad mía en la desaparición del tío
Heller, había significado una traición para Reyes, quien, en
primera instancia, la había citado como testigo de cargo.

—Señora Heller, ¿recuerda usted lo que conversamos
acerca de la declaración que esperaba que usted prestara?

—Sí.

—¿Y que el propósito era aclararlo todo y decir toda la verdad?

—Efectivamente.

—¿Ha dicho usted toda la verdad?

—He dicho toda la verdad.

—Entonces comprenderá por qué iniciaré una causa en su contra por complicidad e inducción del presunto asesinato de su marido, ¿verdad?

—No responda, señora Heller —interrumpió mi abogado. Luego, dirigiéndose al juez, agregó—: Señoría, solicito un receso y una reunión en su despacho antes de continuar con el procedimiento.

—Así se hará —dijo el juez Sleady—. Tendremos un receso hasta después del almuerzo. Señoras y señores del jurado, pueden retirarse hasta que se reanude el juicio. Gracias.

23

—¿Me podríais decir qué coño significa todo este circo? —preguntó el juez Sleady a los abogados, mientras se despojaba de su toga y la colgaba en la percha de su oficina—. ¿Y qué hace este señor aquí? —agregó, señalándome a mí.

—Señoría —dijo mi abogado—, mi cliente solicita autorización para estar presente, debido a que cabe la posibilidad de que la fiscalía modifique los cargos presentados, y ganamos tiempo si él mismo nos da su parecer respecto a aceptar o no la propuesta.

—No un procedimiento regular, pero todo lo que nos ayude a ganar tiempo, o a no seguir perdiéndolo, es bienvenido —dijo el juez.

—Su señoría —tomó la palabra el fiscal—, no sé a qué se refiere el señor Carey cuando habla de modificar los cargos. La fiscalía no tiene ninguna intención de dejar caer la acusación contra el señor Lambert.

—Por favor, Willy —respondió Jason—, si tu caso se está cayendo a pedazos. No tienes cadáver, y las declaraciones de la señora Heller han sido demoledoras para la acusación. Tanto que has tenido que cambiar toda tu estrategia para involucrarla a última hora en la conspiración.

—Es verdad —terció el juez— que no escuchamos ninguna mención a una participación de la señora Heller en el supuesto crimen antes, Willy. ¿Qué ocurrió?

—La sospecha estaba, señoría —respondió Reyes—, pero me faltaba la confirmación. Y esa me fue dada por Kelly Heller cuando dijo que amaba al chico.

Al escuchar esas palabras una vez más, aunque vinieran de los labios de mi inquisidor, me hinché una vez más de satisfacción.

—Juez —dijo Jason—, me parece de un oportunismo producto de la desesperación. Si la sospecha hubiera sido real, el fiscal no habría intentado presentar a Kelly como un dechado de virtud que accedió a los requerimientos de mi cliente para que las cosas no se complicaran. ¡Venga ya! El caso de la acusación se cae a pedazos. Reconócelo, Willy.

William Reyes no estaba dispuesto a reconocer nada, y estaba a punto de declararlo enfáticamente, cuando Jason le propinó el siguiente porrazo.

—Por cierto, la historia del tratamiento psiquiátrico de Heller ha quedado demostrada por el certificado del Centro Karl Lashley, de San Francisco, y para que no sigamos perdiendo el tiempo y gastando el dinero de los contribuyentes, prefiero darte la mala noticia aquí y no en el tribunal.

—¿De qué se trata, Jason? —preguntó el juez Sleady, mientras desenvolvía un bocadillo vegetariano, y comenzaba a devorarlo junto con un batido de proteínas, que seguramente le había empacado la señora.

—Gottfried Heller está vivo, internado en una clínica siquiátrica en Maui, donde lo están sometiendo a un tratamiento de recuperación. Llegó allí convencido de que estaba llevando a cabo el plan que le propuso a mi cliente.

La expresión de los presentes mostraban todas las paletas posibles. El juez dejó caer la botella de indignación, Reyes no podía creer lo que había escuchado, y yo no pude evitar una sonrisa acompañada de un sonoro suspiro de alivio.

—Nadie sabe cómo consiguió llegar a Hawái, señoría, pero estamos seguros que se trata de él. No ha habido oportunidad de interrogarlo todavía, y no creo que pudiéramos sacar mucho en limpio si se hiciera. Pero estamos a la espera de la llegada de los exámenes dactiloscópicos y de DNI.

—¿Y por qué se van a demorar tanto? —preguntó el juez.

—Porque queremos presentar originales y no fotos o fotocopias, su señoría —respondió Jason—. Y el viaje desde Hawái hasta acá toma su tiempo.

—¿Cuándo recibiste esta información, Jason? —preguntó el juez.

—Ayer por la noche —respondió mi abogado.

—Entonces —dijo Sleady—, ahora tendrás que salir con una explicación impecable para evitar que te quiten el título y vayas a dar a la cárcel por mala práctica de la profesión.

—Juez —respondió Jason—, las pruebas todavía no han llegado. Sería inapropiado para mí pedir un receso antes de tener todos los antecedentes, y por eso he preferido que continuara el juicio normalmente, hasta poder presentar las nuevas evidencias. El testimonio de la señora Heller no iba a afectar mayormente la dirección del juicio, pero a Willy se le ocurrió dar un quiebre a una situación que ya tenía perdida, e involucrar a Kelly en el presunto homicidio.

El juez seguía mirando a mi abogado con escepticismo. Llevaba años impartiendo justicia en cortes californianas, y lo que Jason le estaba planteando era lo más parecido a un mojón pinchado en un palo que le había tocado escuchar en toda su carrera.

—Yo podría haber dejado que continuara, su señoría, pero habría sido una deslealtad demasiado grande para con el señor Reyes. Yo sé que está pasando por momentos decisivos en su carrera, y lo que menos necesita es hacer el ridículo, acumulando pistas falsas y suposiciones, en un caso que se va a solucionar en dos minutos, en el momento en que se establezca que está acusando a alguien de un asesinato que no existió.

El juez Sleady miró alternativamente a un abogado y al otro, mientras degustaba su merienda. Su rostro parecía mostrar resignación. Tenía en sus manos la posibilidad de hacer papilla a mi abogado, por granuja, de hacerle vivir un papelón al pobre señor Reyes por su falta de preparación, y hasta de mandarme a mí a la cárcel por cualquier causa que se le ocurriera, con la sola intención de joderme. Pero, sin duda, el camino más corto y más expedito era el de esperar que llegaran las hullas digitales, y las pruebas de DNI, y dar el caso por cerrado.

—Su señoría —insistió Reyes—, todo esto es altamente irregular. No puede ser tanta la casualidad. Nadie sabe de quién es el cadáver que se encontró, nadie sabe cómo consiguió irse el señor Heller del yate…

—Todo lo cual —interrumpió Jason— no tiene absolutamente nada que ver con mi cliente, juez. Alan estaba profundamente dormido cuando ocurrió todo, y recordemos que el señor Heller padece de serios trastornos sicológicos. Él sabrá cómo se las arregló para irse. No podemos saber qué ocurrió realmente, y por lo que respecta a nosotros, no nos interesa un comino.

—Retira los cargos, Willy —dijo el juez Sleady—. Y tú, Jason, no te aparezcas de nuevo por mi tribunal, a menos que quieras que te haga pasar los peores momentos de tu vida en una corte de justicia.

La reunión concluyó, y un guardia me llevó directamente a la sala del juzgado, donde, minutos más tarde, el honorable Louis S. Sleady informó al jurado que había aparecido nueva información que dejaba sin base la acusación de homicidio contra mí, porque el tipo al que maté estaba vivo.

El jurado tomó la noticia con menos humor del que se temía, y el juez Sleady había expulsado de la sala a todo el público y al único representante de la prensa que todavía cubría un caso que se había vuelto algo aburrido, de modo que se levantó la sesión sin mayores reacciones dignas de anotar. Los abogados se despidieron y el guarda entró a buscarme para hacerle firmar el recibo de mis pertenencias para proceder a la excarcelación.

Jason se había salido con la suya en todos los puntos, pero especialmente en el de mantenerme en la duda durante todo el tiempo que me representó. Hasta que salí de la prisión, y encontré a mis padres y a mis dos hermanos esperando en la puerta para llevarme a casa, nunca estuve seguro de que lo que mi abogado estaba haciendo fuera de algún beneficio para mí.

Y una vez libre, tampoco podía entender cómo era posible que todo marchara de una manera tan limpia, y que Jason no hubiera mostrado duda alguna, durante todo el desarrollo del juicio, incluso cuando las cosas se veían tan difíciles para mí.

Mi madre me dio un beso, mi padre me estrechó en sus brazos con simpatía, y mis dos hermanos me miraban con expresiones que eran una mezcla de admiración e incredulidad. De no haber sido porque se enteraron de los entresijos del juicio, ninguno de los dos habría tenido el tiempo ni el interés en ir a mostrarse solidarios conmigo a la salida de la prisión.

Pero allí estaban, contando las horas para someterme a un interrogatorio hasta el último de los detalles de mi aventura con la tía Kelly. Y lo que más temía es que se fueran a masturbar frente a mí cuando les fuera a contar la historia.

Pero yo estaba muy lejos de pensar siquiera en hacerlo. La vida me había llevado en los últimos meses por caminos que me distanciaban hasta lo irrecuperable de mis pobres hermanos. Yo me había hecho un hombre de un día para otro, y ellos, aun siendo mayores, habían quedado relegados a la pubertad hasta el fin de los tiempos.

Ya podrían tener todas las aventurillas que quisieran, con pobres chicas a las que se tiraban mientras éstas se hacían sus pinitos como niñeras, que yo había tenido algo inalcanzable, y de ese puto pedestal no me bajaba nadie nunca más. Aunque estaba claro que todo eso había terminado, que la tía Kelly se había marchado para siempre y que solamente estaba condenado a vivir de mi reputación, lo que había vivido ya era suficiente para hacerme feliz para toda la vida. Quizás más que si siguiera teniendo esas vivencias. Las vivencias se pueden estropear, los recuerdos no.

Además, quiso la fortuna que a las pocas semanas de retornar a la casa a eludir con desprecio todos los intentos de Sal y Herb de sonsacarme cosas, me llegó una carta de la empresa CCR de Nueva York. Se trataba de un centro que se especializaba en la "capacitación de relaciones", un término que no había escuchado en mi vida. Recordaba haber recibido un prospecto de ellos, a todo color, a mi nombre, y me había llamado la atención que me conocieran.

Esta vez, la carta era mucho más personalizada, aunque no terminaba de aclarar las funciones que podría cumplir yo en una organización de estudios sociales, de propósitos no especificados.

«Estimado Alan», comenzaba, «Como complemento de nuestra primera carta, tenemos el gusto de invitarte a considerar la oportunidad de realizar una pasantía de seis meses, prorrogable, en nuestra oficina de Nueva York, en el puesto de asistente creativo de nuestro departamento de relaciones humanas. Tu historial como estudiante nos ha convencido que eres la persona más adecuada para el puesto, y nos gustaría mucho tenerte entre nosotros durante un período de prueba. Después ambas partes podrán decidir si nuestra colaboración continúa en términos más estables.»

Para mí, la carta y el prospecto se veían como esas publicidades de agua milagrosa que envían los evangelistas de televisión, pero la posibilidad de largarme y poner tierra de por medio, era demasiado tentadora. Por una parte tenía que alejarme de mis padres, que eran unos santos, pero que no podían digerir lo que había pasado entre Kelly y yo. Y por otra, tenía que huir de los cenutrios de mis hermanos, a los que les costaba todavía más digerirlo todo, aunque por motivos diferentes.

Lo que ahora había que averiguar era si la empresa realmente existía, y a qué se debía el interés en mí. El logotipo en el sobre traía todas las informaciones necesarias para tomar contacto con ellos, pero ni siquiera eso ofrecía ninguna garantía de nada.

En todo caso, yo ya había aprendido en los últimos meses, y de la peor manera, todo lo que tenía que saber para no caer en trampas absurdas por ser demasiado crédulo.

—CCR, buenos días —respondió una voz de mujer al otro lado de la línea.

264

—Buenos días —dije—. Mi nombre es Alan Lambert. He recibido una carta de ustedes, y me preguntaba qué…

—Un momento, por favor —interrumpió la voz—. Lo comunico.

Escuché un clic y al cabo de unos segundos, otra voz, esta vez masculina, me dijo:

—¿Alan? ¿Qué tal? Me alegro que llames. Soy Rod Jones, Gerente de Recursos Humanos de CCR.

—Mucho gusto —dije, sin saber por dónde empezar.

—Supongo que te estarás preguntando por qué te hemos llamado a ti para participar en nuestro proyecto.

—Así es.

—¿Tienes Skype? —preguntó Jones.

—En estos momentos no —mentí. No quería abrirle la puerta de mi habitación a un desconocido.

—Bueno —dijo Jones—. Te lo preguntaba porque sería más fácil para mí mostrarte las instalaciones y enviarte algunos enlaces para que te familiarices con nuestra organización.

—Sí —dije—. Pero no lo tengo funcionando. Es una lástima.

—No pasa nada —dijo Jones—. Toda la información la puedes recoger en nuestra oficina en Los Ángeles, si te interesa. ¿Tienes dónde anotar?

—Sí —respondí, cogiendo mi bloc.

«Rod Jones» me dio la dirección de una suite en la Torre 777, en la avenida Figueroa, agregando todos los detalles imaginables para que no tuviera problema alguno en encontrarla.

—La oficina funciona desde las nueve hasta las cinco treinta, todos los días. Puedes venir cuando quieras. Basta que preguntes por mí y digas quién eres, para que te hagan pasar a mi oficina.

—Perdón —dije—, pero sinceramente no entiendo su interés. Yo debo ser uno de los millones de jóvenes de mi edad que cabrían perfectamente en la descripción de trabajo para el que usted me está eligiendo. Cualesquiera que sea ese trabajo, que tampoco lo tengo muy claro.

—Ya conversaremos aquí cuando vengas —dijo Rod.

Una vez que colgué, mi primera reacción fue entrar a internet a buscar todos los antecedentes posibles sobre la presunta compañía. No me costó demasiado. Había decenas de entradas en Google, que llevaban a diversos tipos de especialidades, desde seminarios, hasta la organización de viajes de perfeccionamiento, cursos de relaciones humanas e infinidad de colaboraciones con agencias de turismo y de empleo.

Resultaba algo problemático encontrar una relación exacta entre CCR, con tantas otras instancias tan disímiles, pero lo concreto es que estaban involucradas en trabajos conjuntos, y eran todas perfectamente legítimas y reconocibles. También aquellas que formaban parte de alguna agencia gubernamental o de consorcios internacionales de petróleo.

Para mí resultaba cada vez menos comprensible que una organización con tantas influencias y tantas relaciones, se pudiera interesar en mis servicios, además teniendo en cuenta que nunca se los había ofrecido. La posibilidad, sin embargo era lo suficientemente atractiva como para dejarla pasar, sin haberlo intentado al menos.

De resultar un traslado a Nueva York, mis pobres padres y yo podríamos tomarnos unas vacaciones de nosotros mismos, y dejar de vernos por un tiempo, hasta que se hubiera disipado la impresión del juicio, y pudiéramos volver a ser una familia corriente. Mi madre andaba como alma en pena, y mi padre hacía todo lo posible por aparentar que todo estaba bien, pero los esfuerzos le duraban poco tiempo.

Respecto a mis hermanos, las cosas habían comenzado como yo había temido. Me hacían una pregunta tras otra, y esperaban que les contara todo con lujo de detalles. Por suerte, detrás de su insistencia había un cierto temor reverencial por todo lo que había vivido, y no me costó demasiado bajarles el entusiasmo. Les dije que me dejaran en paz, porque de mí no conseguirían nada. Y además, les advertí que cualquier cosa que comentaran con alguien fuera de la casa de lo que me pasó, iba a significar una molestia muy seria para ellos.

—En la cárcel hice varias amistades —les dije— y tengo varios conocidos entre los convictos, que podrían solucionarme un problema si se los pidiera. De modo que fijaos bien con quién habláis y qué le contáis, porque como se vayan de lengua, lo van a pasar mal.

No sé si me habrán creído —tontos eran, como para creerme—, pero al parecer no quisieron tomar riesgos innecesarios y decidieron no molestarme más con el tema. Después de todo, tampoco era tan interesante, y hasta podría ser contraproducente. El pajearse con la imagen de la tía Kelly en la cabeza podría ser muy agradable, pero todo se podía desmoronar rápidamente si aparecía la mía en medio de la acción. Así no eyacula nadie.

24

El café de enfrente estaba casi vacío. Las mesas de la terraza, rodeadas de toda clase de columnas, y acariciadas por los suaves haces del sol de la mañana de Los Ángeles, permitían la vista perfecta del descomunal rascacielos de vidrio y acero, situado en el número 777 de la calle Figueroa. El capuchino estaba delicioso, y las masitas que me habían puesto para acompañarlo eran de una exquisitez que me traía recuerdos de la niñez. El entorno me daba exactamente la paz que necesitaba para reflexionar sobre el futuro. Y aunque el ambiente hubiera sido cualquier otro, todo era más apacible que la antesala del corredor de la muerte en la prisión del Condado.

Eran cerca de las once de la mañana, y la calle no mostraba gran actividad. El hecho de ir a visitar la oficina solamente era una forma de saciar mi curiosidad. Después de todo lo vivido, mi escepticismo me hacía dudar de que se pudiera sacar algo de la gestión, aunque no dejaba de producirme cierto nerviosismo el enfrentar una nueva situación. Ya sería suficientemente satisfactoria, si me permitiera salir de la ciudad y concentrarme en mi vida, sin la cariñosa espada de Damocles de mis amantes padres, pendiendo sobre mí, lista para decapitarme con una sonrisa, mezcla de amor y conmiseración. No habían podido aceptar que su hijo hubiera llegado a límites tan aborrecibles, que incluso lo llevaron a la cárcel y al escarnio público. Ese niño del que se esperaba todo lo que los otros dos palurdos no eran capaz de darle a la familia: seriedad, responsabilidad, conciencia. Ahora ya no tenían dónde cifrar esperanza alguna, y habían asumido su papel con la estoicidad de un misionero que, después de años, desiste de tratar de informar a la comunidad que no es conveniente comerse al vecino.

La vida de mi padre, ya pasados los cincuenta, era un dechado de rectitud. Sus negocios eran de una limpieza que habría sido el ejemplo para más de alguna institución del Estado, y de todas las sectas religiosas que gozan de exenciones de impuestos. Su vida personal, era igualmente intachable. Siendo un hombre lleno de vitalidad, alto y guapo, con un cabello entrecano que le daba un toque de distinción, nunca se le conoció desliz alguno desde que se casó con mi madre.

Y de ella, mejor ni hablar. Después de haber sido la «bella del baile» durante toda su juventud, y de tener a la población masculina de su entorno babeándole por una sonrisa, encontró a mi padre y el flechazo fue fulminante. La familia era bastante reservada en esparcir información de esa índole, pero, por lo visto tuvieron un noviazgo brevísimo y contrajeron matrimonio enseguida, para legalizar todo lo que estaban deseando hacer desde que sus ojos se cruzaron.

De ahí en adelante, su vida continuó dedicada a sus hijos y a su trabajo. Mi padre seguía siendo atractivo, un bombón, según alguna de mis compañeras de escuela, pero desde entonces no se le conoció aventura alguna. Mi madre, por su parte, aun conservando su belleza, consideró innecesario seguir atrayendo atenciones que no le interesaran y se dejó estar, para convertirse en una ama de casa, tan ejemplar como insípida.

Ante este panorama, mi situación era clara. Los había defraudado hasta lo más profundo, y aunque su inalterable sentido de la lealtad los había mantenido de mi lado, lo que iba por dentro era demasiado claro, especialmente por los esfuerzos que hacían por disimularlo.

Cuando les dije que tenía la posibilidad de conseguir un trabajo fuera de la ciudad, y que tendría que permanecer meses alejado de ellos, su reacción fue una mezcla de alivio con pesadumbre por dejar de verme.

—Nos escribirás con frecuencia —me dijo mi madre, como si la gente todavía se comunicara con tarjetas postales.

—Mamá, todavía no hay nada decidido —le dije—. Tengo que ver qué es y si me conviene aceptarlo. Y no te preocupes, que entro todos los días a mi correo. Cada vez que lo haga te mandaré un beso.

Mi padre me dijo que le informara exactamente sobre las características del puesto, para él hacer las averiguaciones del caso. Estaba claro que toda la confianza que habían depositado en mí hasta el momento de mi arresto, había dado paso a un justificado temor por la siguiente cagada.

Mi progenitor era un hombre con relaciones y sabía dónde averiguar en caso de dudas. Conocía mucha gente influyente que le podía dar los antecedentes, aunque el primero de ellos era el tío Heller, y éste, sepa Dios dónde estaba, y en qué condiciones mentales. Sin embargo, para mi sorpresa, más allá de mostrar frustración por tener esa vía de información cerrada, mi padre no volvió a tocar el tema, después de mostrarse tan interesado. Bastó con que viera el prospecto, para que asintiera brevemente y no se hablara más del asunto.

Y aquí estaba yo ahora, sentado frente a ese enorme

edificio, a la espera que se me aclararan cosas que todavía no había sido capaz siquiera de imaginar, y pensando por primera vez que podrían estar relacionadas con pasadas experiencias. El círculo se estaba comenzando a cerrar, de una manera u otra, pero no me sentía capaz para reconocerle la lógica.

La súbita ansiedad por tener alguna respuesta, me hizo apurar mi capuchino y cruzar la calle para llegar a las oficinas de CCR, Los Ángeles, a ver qué tenían para ofrecerme. Y por qué.

El ingreso al lobby del primer piso era tan espartano, que casi me recordó la arquitectura del realismo socialista. Era un lugar espacioso, de líneas rectas, de mármol rojizo y con un mobiliario simple para acoger a los visitantes. Una escalera mecánica conducía al segundo piso del lobby. Antes de llegar a ella, había un escritorio, ocupado por un hombre, al que me acerqué a preguntarle por la oficina que buscaba. El funcionario respondió con amabilidad, indicándome el ascensor que debía tomar para llegar a mi destino.

Al arribar al piso señalado, me recibió un cartel con el logotipo CCR, ante la puerta a la que debía acudir. No era la única oficina, pero parecía ser la más importante. La entrada estaba abierta, y después de una pequeña antesala, había un cuarto de grandes dimensiones, presidido por un mesón, ocupado por una dama vestida formalmente.

Al acercarme, comprobé que detrás de la mesa, había una centralita telefónica, además de algunos monitores y un computador.

—Buenos días —dije tímidamente, extrayendo la carta de invitación—. Mi nombre es Alan Lambert.

La mujer miró el papel, devolviéndome el saludo con cortés frialdad.

—Buenos días. El señor Jones está en una reunión, pero si desea esperarlo unos minutos, veré si lo puede atender.

—¿Unos minutos? —dije—. Aproximadamente ¿cuántos piensa usted que serán? Porque si son muchos, prefiero volver más tarde.

La mujer, levantó el auricular de su teléfono y pulsó un número.

—¿Rod? El señor Lambert está aquí.

Al cabo de unos segundos, la mujer colgó.

—Siga por este corredor —dijo— y entre a la segunda puerta de la izquierda.

Joder, por lo visto el tipo no bromeaba. Ya me había pasado alguna vez que había hecho una cita con alguien que me ofrecía algo, y había tenido que esperar largo rato para que me atendiera, si es que me atendía. La mayoría de las veces, la reunión no había arrojado ningún resultado. Ahora no tenía le intención de hacer la menor concesión, y estaba decidido a largarme a la menor señal de algún inconveniente. Pero no solamente no lo hubo, sino que Rod me iba a recibir enseguida, interrumpiendo una reunión, a pesar de que fui sin hacer una cita previa. Estaba claro: esta gente estaba hablando en serio.

Al llegar a la segunda puerta a la izquierda, golpeé suavemente con los nudillos.

—Entra —me dijo una voz desde el interior.

Entré, y Rod Jones se levantó de su escritorio para recibirme. En un principio, me pareció que lo de la reunión era una excusa, porque estaba solo, pero no tardó en aclarármelo.

—Estaba en una conferencia de video con nuestra oficina principal en Nueva York —dijo—. Has llegado justo a

272

tiempo.

Era un hombre de mediana estatura, moreno, bordeando los cuarenta, y vestía con una sobria elegancia.

—Soy Rod Jones —me dijo, tendiéndome la mano—. Por favor siéntate, Alan.

Nos sentamos, frente a frente, en unos sillones separados por una mesa de centro, y Rod retomó la palabra.

—Me alegro que hayas podido venir tan pronto. Hemos tomado todas las providencias del caso por si quieres aceptar nuestra oferta. Podrías comenzar a contar de la próxima semana, pero te puedes trasladar enseguida, si quieres.

—Señor Jones… —comencé.

—Lámame Rod —interrumpió.

—Rod, debo confesar que no entiendo nada —dije con total sinceridad—. Para empezar, ustedes no me conocen, me envían una invitación para que me presente a postular a un trabajo que no sé en qué consiste, ni tampoco si soy la persona idónea para realizarlo. No sé cuáles serán las condiciones, pero si están tan interesados, presumo que serán atractivas para mí.

Rod escuchaba con atención, sin manifestarse en un sentido u otro.

—Por si acaso no lo sabéis, acabo de salir de un juicio en el que fui acusado de un asesinato.

Rod no movió un músculo.

—Lo que quiero dejar bien claro es que fui absuelto de todo cargo, porque el asesinato ni siquiera había tenido lugar.

Rod respondió con una leve sonrisa.

—Estuve en la cárcel, sí, y mi reputación puede que haya sufrido, pero eso no significa que me haya transformado en un delincuente.

Rod asintió.

—No quiero ofenderte pero, para que no haya dudas, cualquier cosa que pudiera tener algo de ilegal, no la voy a aceptar. Mi época de reclusión no fue ni tan larga, ni tan penosa, como para hacerme seguir la carrera criminal.

Esta vez Rod rio abiertamente. Parecía causarle mucha gracia lo que le había contado, por lo que quise pensar que lo había tomado como una ironía. Desgraciadamente yo no lo tenía tan claro.

—No te preocupes —dijo—. Todo es perfectamente legal. Tu trabajo consistirá básicamente en coordinar relaciones humanas. La tarea es simple, como verás después de que te la expliquen. Tendrás que vivir en Nueva York por los primeros seis meses a prueba, y más tarde podrás decidir si sigues o no, o si prefieres trasladarte a nuestra oficina en Los Ángeles.

Rod echó mano a una carpeta, y la abrió.

—Aquí tienes el boleto de avión. Está extendido a una fecha, pero lo puedes cambiar si prefieres viajar otro día. O si prefieres no viajar en absoluto.

El hombre removió los papeles algo más, y sacó un pequeño cuadernillo.

—Esta es tu dirección en Nueva York y aquí están los datos de nuestra oficina. Si no nos dices nada de aquí a la próxima semana, te estarán esperando el jueves a la diez de la mañana.

Recibí la información sin tener la menor idea de lo que hacía. La confusión era cada vez más grande, y ya no me pude aguantar más.

—Rod —dije—, ¿se puede saber por qué…?

—Te lo explicarán todo en Nueva York —interrumpió Rod—. Perdona que sea tan poco informativo, pero se trata de una función en la oficina principal, y son ellos los que te deben dar todos los antecedentes. Créeme, todo es legítimo y no hay riesgo alguno para ti. De hecho, puedes decirme que no ahora mismo, y todo quedará en nada.

Observé displicentemente el boleto de avión, fechado para dentro de pocos días, y constaté que se trataba de un vuelo de ida y vuelta, en United Airlines, en clase Business, a Nueva York, sin escala, por un precio de casi cuatro mil quinientos dólares.

—¿Qué dices? —dijo Rod.

—Creo que valdría la pena intentarlo — respondí, tratando de disimular mi asombro—, pero déjame conversarlo con la almohada.

—Convérsalo con quien quieras. Y si llegas a la oficina central de Nueva York el jueves, allí se verá cómo marcha todo. Y ahora perdona que te deje, pero la conferencia de video sigue adelante, y no me quiero retrasar demasiado.

Dicho eso, Rod se puso de pie y me tendió la mano. Al salir del edificio, mi cabeza era un tiovivo, y lo único que atiné a hacer fue regresar al acogedor café de enfrente y ordenar otro capuchino con masitas.

Cuando regresé a casa y les conté a mis padres sobre mis planes inmediatos, recibieron la noticia muy emocionados, pero comprendieron. Mi pobre madre no podía parar de llorar cuando, junto con mi padre, me acompañó hasta el taxi que me pasó a buscar. No quise que me fueran a dejar al aeropuerto, y estuvieron de acuerdo en respetar mis deseos. Tenía muchas cosas en la cabeza y no quería que se me llenara más de admoniciones, consejos y advertencias.

Había empacado lo justo para mantenerme una semana, a la espera de lo que pudieran decirme. El billete tenía una fecha de regreso en seis meses más, pero no había problema en adelantarla, si fuera necesario.

Durante las poco más de cinco horas de vuelo, traté de analizar las cosas y comprendí que las cartas estaban echadas, y lo peor que me podría pasar era no conseguir el trabajo, volver a mi vida normal en casa y tener unos días de paseo por Nueva York.

25

En el momento de atravesar la puerta de corredera que daba salida hacia el hall del aeropuerto, con el fin de buscar la parada de taxis, me sorprendió la presencia de un hombre elegantemente vestido, portando un cartel con mi nombre.

—¿Señor Lambert? —me dijo, al ver que me acercaba.

—Sí —respondí.

El hombre sonrió y se hizo cargo de mi carro con el equipaje.

—¿Ha tenido un buen vuelo? —preguntó el desconocido. Y como asumiendo que la pregunta era de una obviedad inaceptable, cambió enseguida de tema—. Mi nombre es Brad. Soy su comité de recepción y su chofer personal.

—Encantado —dije.

Caminamos hasta el ascensor que nos llevaría al quinto nivel del parking, mientras Brad arreglaba las primeras medidas de organización.

—Lo iré a dejar a su apartamento, porque presumo que estará cansado después del viaje. Aunque si lo desea, podemos ir a la oficina y dejar atrás la cosa administrativa. Lo que usted quiera.

¿A mi apartamento? ¿Tenía yo un apartamento en Nueva York? Si bien mi curiosidad me estaba matando, primó la cordura, y le dije a Brad que le agradecería que me

fuera a dejar a «mi apartamento», y que mañana iría a la oficina a discutir mi futuro. Efectivamente estaba muy cansado, y prefería estar fresco para reaccionar a lo que se me
propondría. Por otra parte, mi curiosidad también era
grande por conocer el lugar que se me había asignado para
vivir.

Brad me condujo a través de Manhattan a una zona que
me pareció bastante exclusiva, a juzgar por los toldos en las
entradas de las residencias, los que siempre relacioné con un
buen estatus económico. En este caso no me equivocaba.

Detuvimos el coche ante la puerta de un edificio de arquitectura algo arcaica, que daba directamente al Central
Park. Un atento valet acudió a recibirnos y a hacerse cargo
del equipaje, mientras otro cogía las llaves del automóvil
para llevarlo al estacionamiento. No había una recepción, en
el sentido estricto de la palabra, aunque se trataba de un hotel de suites; solamente había un pequeño mesón de informaciones, donde había unos empleados uniformados, y algunos guardias de seguridad.

Al llegar a la puerta de mi apartamento, Brad me tendió
la tarjeta magnética para que la abriera.

—Esta es su llave —me dijo—. Solamente existe una
copia que tiene la administración. Sirve para todas las puertas a las que usted tenga acceso permitido.

—Gracias —dije, mientras ingresaba a lo que se supone
que sería mi hogar en los próximos meses.

Era un piso amplio, aunque no ostentoso. Tenía dos
dormitorios grandes, con baño en suite, igualmente espacioso, un living, un comedor y una zona de bar. Estaba ador-
nado con buen gusto, y tenía todos los equipamientos imaginables para tener un pasar cómodo.

—Nos hemos tomado la libertad de dejarle un pequeño

guardarropa, para el caso que desee utilizarlo —dijo Brad—
. Está en su closet.

—Gracias —dije.

—Cualquier cosa que necesite, se la dice a la administración. Basta con que marque el cero diez. Ahora lo dejo para que descanse. Encantado de conocerlo, señor Lambert.

Le di la mano al chofer y esperé que saliera para comenzar la exploración del lugar. Todo era de una pulcritud ejemplar. La cocina, colmada de aparatos que ni siquiera me podía imaginar para qué servían, era una patena. El baño olía a yerbas fragantes, y se sentía tan acogedor que ya deba la impresión de haber entrado a una tina de agua tibia en el momento en que se cruzaba su puerta.

Regresé a la habitación principal, en el preciso momento en que el televisor de cincuenta y dos pulgadas, se ponía en marcha, obviamente por algún tipo de reacción automática al movimiento, y la pantalla quedaba ocupada por el logotipo de CCR con un letrero que rezaba: «Bienvenido, señor Lambert».

Tomé el mando a distancia y presioné OK en el botón que decía «Información». De ahí en adelante, fui sometido a un tour exhaustivo acerca de todo lo que podía esperar del servicio, que era, prácticamente, todo. Desde comida a la habitación, hasta un sistema de computación de última generación o recomendaciones para asistir a espectáculos. Todo sin costo alguno.

Después del recorrido, abrí la puerta del closet, y lo que Brad había descrito como un «pequeño guardarropa», resultó ser una selección de tenidas exclusivas, formales e informales, que me calzaban como si fueran hechas a la medida, y correspondían exactamente a mi gusto.

En un momento pensé que era el objeto de algunos de

esos programas de televisión, donde sorprenden a incautos, llenándolos de cosas inesperadas, mientras los siguen por todos lados sin que se den cuenta para ver su reacción. Mi propensión a la paranoia había aumentado considerablemente en los últimos meses, y al poco rato me sorprendí revisando los rincones para ver si descubría cámaras ocultas.

En mi ruta de esfuerzos infructuosos, llegué a un tocador con un espejo, y al ver mi imagen, reflejada en plena labor de hacer el imbécil, desistí de continuar y decidí esperar al día siguiente, para ver qué ocurría en la reunión con los ejecutivos de CCR. El resto del día lo pasé tratando de acostumbrarme a lo que podría ser mi nuevo estatus.

Mientras desayunaba, al cabo de una buena ducha después de mi primera noche en Nueva York, escuché el timbre de un teléfono celular llamando. El tono no lo reconocía, y no sabía con exactitud de dónde venía. Me puse de pie y traté de seguir el sonido. En la mesa de centro, frente al televisor, vi un resplandor que acompañaba los tañidos del tono de llamada, y me acerqué a responder.

—¿Aló?

—Aló, señor Lambert, soy Brad.

—Buenos días —dije.

—Buenos días. Lo llamo para informarle que lo esperan en la oficina central, en cualquier momento que desee pasar por allí. Yo estoy aquí abajo con el coche. Cuando esté disponible, llámeme al número de «Brad», y yo lo esperaré en la puerta de entrada.

—Muchas gracias —respondí—. Deme algunos minutos para vestirme y bajo.

—Por supuesto —dijo Brad—. Por cierto, el celular es

suyo, para su uso personal. En la memoria están los números más utilizados de la oficina. Sería conveniente que, de ahora en adelante, lo llevara consigo.

Luego de esto, Brad colgó, y me dejó admirando mi nuevo teléfono, que debía costar una fortuna, porque sobrepasaba con mucho el que mi padre me había regalado para mi cumpleaños, ese aciago día del accidente de la tía Kelly.

La oficina central de CCR en Nueva York, estaba en un sector de negocios de Manhattan, no demasiado lejos del lugar que me habían asignado para vivir. No era un edificio de un lujo exagerado, y las dependencias de la organización eran razonablemente elegantes, pero sin mayor fastuosidad.

Entramos a una sala de espera, donde una secretaria nos saludó con cortesía y nos indicó la puerta por la que nos correspondía entrar. Tenía una cerradura de tarjeta magnética. Brad se giró hacia mí, y me indicó que hiciera los honores. Extraje la tarjeta que venía con la documentación que me habían dado, y la introduje en el lector.

La puerta se abrió. Era la confirmación de mi introducción oficial en un *sancta sanctorum* del que no tenía más antecedentes que las demostraciones de inexplicable interés que mostraban por mí, y la confianza que me conferían.

Accedimos a un corredor alfombrado, con puertas a los dos lados. La mayoría tenía un cartel con un nombre, aunque no especificaba funciones. Llegamos a una sin letrero, y Brad me invitó nuevamente a usar mi llave maestra.

Al entrar me encontré con una oficina suficientemente amplia para ser cómoda, con un gran escritorio delante de un ventanal, y provista de todos los elementos necesarios para un buen funcionamiento. Ahora se trataba de establecer en qué consistía un buen funcionamiento en ese lugar.

—¿Se supone que esperemos aquí? —pregunté a Brad.

—En realidad se supone que se instale —respondió el chofer—. No sé cuánto tiempo tomará hasta que el señor Miller lo venga a ver, pero mientras tanto se puede ir familiarizando con su lugar de trabajo.

—¿Éste es mi lugar de trabajo? —pregunté.

—Sólo en el caso que esté dispuesto a aceptarlo —respondió Brad, con una prudencia que ya me estaba pareciendo habitual en él.

—Entiendo.

—¿Algo más? —dijo Brad.

—Sí —dije—, ¿Quién es el señor Miller?

—Yo —dijo una voz profunda desde la puerta.

Un hombre de mediana edad, elegantemente vestido, de una corpulencia más cercana de ser atribuida al gimnasio que a la cocina, se acercó a nosotros.

—Eso sí —agregó—, no soy el «señor Miller», soy Richard.

Le estreché la mano mientras me observaba con una franca sonrisa. Se atusó el cabello negro que le caía sobre la frente, y me dijo:

—¿Te parece que nos sentemos?

El hombre ya actuaba como si tuviera que pedirme mi anuencia para tomar asiento en mi oficina, a pesar que era él el que me superaba ampliamente en jerarquía en la organización, si es que yo tenía alguna.

—Por supuesto —me apresuré a responder.

En una de las esquinas de la habitación, junto a un estante con libros y algunas fotos, había una mesa rodeada de sillones, en los que nos instalamos para iniciar la conversación.

—Entiendo que Brad ya te ha puesto al tanto de lo básico —dijo Richard.

—Efectivamente —contesté—, ya ha sido tan amable.

Brad, que había tomado asiento con gran naturalidad junto a nosotros, sonrió modestamente.

—Por supuesto que no te lo ha contado todo, pero para eso estoy yo. Yo soy el jefe de relaciones públicas de CCR, y estoy a cargo de tu monitoreo y de establecer las bases para nuestro trabajo conjunto.

Asentí mientras me invadía la excitación por ser capaz, por fin, de enterarme de algo respecto a mi futuro en esa enigmática organización.

—CCR es una empresa que se ocupa de tender lazos entre diversas ramas de la actividad comercial, turística, cultural y hasta política, con el fin de perseguir objetivos comunes. Estos contactos y estas colaboraciones nos han llevado a conseguir acuerdos, tanto diplomáticos como de negocios, que han resultado decisivos para la solución de problemas internacionales, que no habrían sido posibles por los caminos tradicionales. Todo a través de promover las relaciones interpersonales.

Yo escuchaba la explicación, como si estuviera oyendo la lectura del prólogo del diccionario de lugares comunes, generalidades y frases hechas. La información no podía ser más ambigua, lo que significaba que podía desembocar por cualquier lado. Podía ser realmente una organización que mejorara las relaciones humanas en el mundo, con resultados que significaran un avance para la humanidad, o simplemente una tapadera para otras actividades.

—Richard —dije—, todo me parece muy razonable, se escucha muy bien, y estoy seguro que la misión es encomiable, pero todavía no he escuchado una sola razón por la cual yo podría incorporarme a la organización.

Richard Miller detuvo su discurso por unos momentos,

al cabo de los cuales me miró con gesto serio pero siempre cordial.

—Alan —me dijo—, en nuestra organización hay dos valores que para nosotros son imprescindibles y que apreciamos más que nada: la lealtad y la discreción. Tú has demostrado que los tienes en los momentos más comprometidos. Eso para nosotros es decisivo. De ahí en adelante, podrás ir aprendiendo los detalles del trabajo. Tienes la inteligencia y la preparación para ser capaz de integrarte sin problema alguno a nuestro sistema. Ahí tienes las razones.

Lealtad y discreción. Cada vez me quedaba más claro que mis futuros empleadores habían seguido las alternativas de mi proceso con gran atención, y estaban impresionados por el hecho de que no hubiera traicionado la confianza que depositaron en mí los tíos Heller. Cómo y por qué se habían enterado de tantas cosas, no me quedaba claro, pero las sabían.

Ahora bien, obviamente, si esperaban lealtad de mí, no era solamente porque me habían visto demostrarla en otras circunstancias, para con otra gente más cercana. Después de todo, esa gente representaba más para mí que una compañía que no conocía de nada, por muy tentadoras que fueran las condiciones de trabajo. Si lo hacían era porque había cosas detrás, con las que yo estaba más involucrado de lo que pensaba, y eso era lo que había que aclarar, antes de que pudiera proclamar mi fidelidad a CCR.

—Ustedes están informados de mi juicio —dije.

—Sí, lo estamos —dijo Richard.

—Ustedes conocen el trasfondo de todo, o si no, no podrían hablar de lealtad o de discreción.

Richard asintió. Las cosas se iban aclarando lentamente.

—Ustedes saben que Gottfried Heller me ofreció hacerse cargo de mí, si colaboraba con él —dije, dando un salto al vacío que podía dar en el medio del blanco, o no tener nada que ver con lo que me estaban hablando.

Richard demoró en responder y lanzó una mirada de inteligencia a Brad. Este sonrió levemente y asintió.

—Ustedes conocen a Gottfried Heller —insistí.

—Gottfried Heller ya no está —dijo Richard—. Pero, sí, nos dejó el encargo de que nos ocupáramos de ti. Tendrás tu sueldo asegurado, que te llegará a través de nuestra oficina, y tendrás la suma prometida una vez que hayamos cerrado nuestro contrato, para pasar por alto todas las barreras legales y las obligaciones impositivas.

—¿Ya no está? —pregunté.

—No está —fue la parca respuesta—. No te preocupes más de él. Ya no está. No existe para nosotros ni para ti. Lo mejor que puedes hacer es olvidarte de él.

—Pero ¿está bien? —me atreví a preguntar.

—Eso ya no importa —volvió a decir Richard—. Tú olvídate de él.

¿Olvidarme del tío Heller? ¿Solamente porque me estaban ofreciendo asegurarme la existencia en condiciones que no podría esperar tener por otros medios? Vaya sentido de la lealtad que tenían como lema. Desistí de seguir preguntando, porque estaba claro que no conseguiría nada, pero antes de volverme a Los Ángeles, porque era lo que había decidido hacer, iba a hacer todo lo posible por averiguar la verdad.

Si el tío Heller estaba vivo, como se había dicho en el juicio, yo quería saber dónde estaba y en qué condiciones. Y si estaba muerto, llegaría hasta las últimas consecuencias para averiguar cómo ocurrió, cuándo y, especialmente, por qué. Sentía que estaba justamente en el lugar donde se manejaba toda esa información, y que ésta era mi oportunidad para conseguirla.

—Por cierto —dijo Richard, echando mano al bolsillo de su chaqueta—, estos son los papeles de tu banco, la tarjeta y tu último saldo.

En una actitud de dignidad que casi me sorprendió, conseguí coger los documentos y guardarlos en mi bolsillo sin echarles ni una mirada. El rechazarlos habría sido dar una señal demasiado clara de que no iba a participar en su juego, si eso significaba darle una puñalada en la espalda a gente que quería. Pero tampoco les di el gusto de mostrarme demasiado curioso ni complacido.

—Ya te irás familiarizando con el trabajo a medida que pasen los días —dijo Richard—. No hay prisa. De hecho, te esperábamos dentro de algunos días. Mientras tanto puedes recorrer la ciudad. ¿Conoces Nueva York?

—Estuve aquí algunas veces —respondí.

—Es una ciudad fascinante. Todo lo que te guste, sea lo que sea, lo encontrarás aquí. Si quieres un guía, seguro que Brad estará feliz de acompañarte. Él es un neoyorquino de pura cepa.

—Nacido en el Bronx, para más detalles —intervino el chofer.

—Muchas gracias —dije—. Por el momento me intentaré acostumbrar a vivir en una ciudad donde la gente camina.

Mi comentario fue recibido con una deferente sonrisa por parte de mis interlocutores.

—Richard —dije, con una seriedad que no permitía marcha atrás—, no sé en qué me estoy metiendo, pero antes de comprometerme totalmente necesito respuestas.

—Pregunta lo que quieras —contestó Richard—. Aunque habrá cosas que no sepamos o no te podamos responder.

—¿Cómo murió Gottfried Heller?

El silencio que se produjo fue claramente significativo de que había tocado un nervio. A pesar de todo, ni Richard ni Brad parecieron alterarse.

—Eso no te lo puedo decir —dijo Richard.

—¿Porque no lo sabes? ¿Porque no estás autorizado?

Ninguna de las cuestiones provocó alguna reacción inteligible, y los labios permanecían sellados.

—¿Porque no está muerto? —dije finalmente.

—Alan —dijo Richard—, todavía hay mucho de lo que debemos conversar, y muchas cosas que no vamos a aclarar nunca. Mientras tanto te recuerdo nuestro lema de trabajo: lealtad y discreción. Preferiríamos que no conversaras con extraños acerca de tu trabajo. Nos movemos en terrenos muy delicados, tanto económicos como políticos y sociales, y preferimos que nuestras actividades de desarrollen de forma cautelosa. Estoy seguro que lo entiendes.

—Entiendo —dije, poniéndome de pie—. Entiendo perfectamente.

26

—¿Señor Lambert?

Al darme vuelta vi a un hombre de unos cuarenta años, vestido con chaqueta y corbata. Su cara angulosa mostraba una profunda cicatriz en su mejilla izquierda. Su pelo ya comenzaba a mostrar algunas zonas entrecanas y su expresión era la de un funcionario que no tenía la menor intención de hacer amigos, sino solamente cumplir con un deber. A su lado había un hombre de color, igualmente vestido con descuidada formalidad, más joven y más retraído.

—¿Sí? —respondí.

Estábamos frente a la entrada de mi edificio. Brad me había dejado en la esquina, por sugerencia mía, para que no tuviera que dar demasiadas vueltas para regresar a la oficina. De todos modos ya no lo necesitaba, y el día estaba agradable para caminar.

—Soy el teniente O'Connor, Buró Federal de Investigación. Éste es el detective Milland. ¿Podríamos hablar con usted un momento?

El hombre me mostró la identificación, que lo acreditaba como agente del FBI.

—¿Sobre qué? —respondí, intentando disimular mi sorpresa.

—No tomará mucho tiempo —dijo el policía.

—Mire usted —dije—, no sé de qué se pueda tratar, pero ya he conversado suficiente con la policía local en los últimos meses, y lo único que me interesa por el momento, es limitar mis diálogos a personas que no lleven placa. Ya no tengo deuda alguna con la Justicia, y mi interés por relacionarme socialmente con sus representantes es inexistente. Buenas tardes.

—Se trata de Gottfried Heller —dijo el agente.

—¿Qué pasa con él? —pregunté.

—¿No le importaría que fuéramos a conversar a un sitio menos concurrido? —dijo el policía.

—Sí, me importaría —respondí con decisión—. A menos que me diga de qué se trata, olvídelo.

—Sabemos que está vivo —dijo el otro.

—Qué bien —dije, sin mostrar mayor emoción—. ¿Y?

—Sabemos también que está involucrado en asuntos turbios.

—Entonces, si está vivo y está metido en asuntos turbios, lo más razonable sería hablar con él, ¿no le parece? —respondí.

—Pero está empezando a implicarlo a usted en sus maniobras. Créame, su futuro no será demasiado promisorio si llega a comprometerse demasiado.

—No se preocupe de mi futuro —dije, comenzando a caminar hacia la entrada del edificio.

—Alan —dijo el policía, tomándome de un brazo—. Esto es demasiado serio. Se lo debes a tus padres. Ya han sufrido demasiado, como para que tengan todavía que perder a un hijo. Y tú tienes todas las de perder. No eres el primero al que le ofrecen un sueldo vitalicio y un millón de dólares, que nunca llegaron a gastar, porque esos servicios son de corta duración y terminan en la muerte.

—¿Qué dice? —repliqué, liberando mi brazo con violencia.

—Aquí tienes mi tarjeta —dijo el detective—. Si nos ayudas a esclarecer algunas cosas desde el interior de la organización, te podemos ofrecer más de lo que ellos te decían, y nunca te iban a dar. Además de seguridad.

Tomé la tarjeta maquinalmente y la metí en el bolsillo de mi saco, sin mirarla.

—Y no te hagas ilusiones con Kelly. Salió del país con su amante y se quedará en Europa. Su amante es el hombre con el que se estrelló en el coche, ¿recuerdas?

Si había algo que había que concederle al teniente O'Connor, era que estaba bien informado, y que sabía perfectamente dónde estaba la tecla que tenía que tocar para convencerme. Debió notar la sombra de alguna duda en mi mirada, porque continuó:

—Lo que necesitamos es muy simple. Son solamente algunos documentos, que te diremos dónde puedes buscar, y a los que no tenemos ninguna posibilidad de llegar. CCR es una sociedad hermética, y nadie tiene acceso a ella que no esté expresamente introducido por alguien influyente, como tu «tío Heller».

Yo seguía mirando al agente con desprecio, pero no dejaba de dar que pensar el hecho de que me advirtieran sobre los posibles riesgos que corría mi vida si no andaba con cuidado. La figura del tío Heller había cambiado de características radicalmente, desde que a la tía Kelly se le había ocurrido pedirme que le ayudara con su libro. Había pasado de ser un alemán seriote y formalito, a convertirse en un seductor y un manipulador, como el interpretado por Alain Cuny en la película «Emmanuelle».

Viendo esa extraña metamorfosis, no había razón para

no pensar que ese hombre tan leal y tan cariñoso, pudiera ser también egoísta y traicionero, capaz de embaucar a cualquiera para defender sus intereses. ¿O no fue él el que me metió en un lío que pudo haberme costado la vida? Bien es verdad, que dejó encargado a un abogado de mi defensa, y que el aparecer con vida fue una situación de *deus ex machina*, que llegó en el momento justo, para librarme del patíbulo, pero ¿para qué tanto sufrimiento? Mis padres, sus amigos de toda la vida, estaban desconsolados, y si todo era una treta, no le habría costado nada tranquilizarlos, y de paso tranquilizarme a mí.

No, estaba claro, el tío Heller podía ser un gran cabrón también. La cuestión era establecer hasta qué punto, y si estos tipos que tenía delante de mí podían ayudarme a no meterme en todavía más problemas.

—Piénselo, señor Lambert —dijo el agente, volviendo al trato formal—. Es demasiado lo que se está jugando. La solución es simple y muy favorable para usted, y estaría prestando un gran servicio a su país.

No supe qué responder, que pudiera caer dentro de los parámetros de la buena educación. Simplemente la situación era demasiado poco común para ponerme a rebuscar entre los usos y costumbres. Solamente asentí con la cabeza y entré en el edificio.

Al ingresar al apartamento, y verlo tan impecable, envuelto en una asepsia casi quirúrgica, sentí que me habían trasplantado a un mundo que no me pertenecía, aunque fuera en las condiciones que me habían prometido y que tantas esperanzas me habían despertado. A todo esto se sumaba el hecho de que esas condiciones tampoco eran reales. Si le daba crédito al FBI, no debía hacerme mayores ilusiones de que se fueran a cumplir. Todo lo contrario, era perfectamente posible que, después de utilizarme —no sabía exactamente en qué—, mi «carrera» dentro de CCR podía terminar de una manera tan abrupta, como altamente inconveniente para mi salud.

Lo que me llamó la atención, y me llenó de orgullo, fue el hecho que, dentro de todas las contradicciones y los enigmas que circulaban por mi cerebro, en ningún momento me detuve a pensar acerca de mi conveniencia económica. No me importaba el millón de dólares, ni el apartamento en Manhattan, ni el sueldo vitalicio. Lo único que me dolía era perder la imagen que tenía del tío Heller; que se transformara en un segundo padre, amigo y mentor que se moría de manera ignominiosa, llenándose de deshonor.

Me repantigué en el cómodo sofá de la habitación principal y saqué la tarjeta que me había dado el hombre del FBI. No me agregó ninguna información interesante, pero mientras le daba vueltas entre mis dedos, seguía reflexionando sobre lo que me había dicho. Estaba claro que lo sabía todo: la oferta de dinero, el sueldo vitalicio, la vida asegurada. Lo que además decía saber, era que todo eso era una encerrona para aprovecharse de mi buena fe, y después dejarme caer. Y además me ofrecía una alternativa, legalmente impecable, que me permitía una vida, quizás no tan lujosa, pero igual de cómoda e infinitamente más segura.

Lo que me dejó más intrigado de la breve conversación, fue el saber que había determinados documentos que la agencia no había podido robar, cuyo contenido era tan comprometedor y tan grave que podría significar la ruina de la organización. Mi escepticismo no me permitía llegar más allá en mis elucubraciones, pero quería saber de qué se trataban, y como tenía tiempo antes de presentar mi renuncia indeclinable al puesto, me propuse que me aclararan esa duda.

Dejé pasar un día y llamé, desde mi propio teléfono celular, y desde un café para evitar cualquier filtración.

—Soy Alan Lambert —dije—. Desearía hablar con el teniente O'Connor, por favor.

Escuché un clic al otro lado, y segundos después una voz de hombre:

—O'Connor.

—Teniente, soy Alan Lambert. Quisiera que nos juntáramos para que me diera toda la información acerca de lo que quiere que haga, de modo de hacerme una idea mejor antes de tomar mi decisión.

—¿Recuerda el sitio en que nos vimos la última vez? —preguntó el agente.

—Sí, nos vimos en…

—No diga dónde nos vimos —me interrumpió—. Mañana, a las siete de la tarde, desde ese mismo sitio caminará hacia el este, dos cuadras. Tuerce a la derecha y doscientos metros más adelante verá un estacionamiento. Entre y suba a la segunda planta.

El detective colgó. Había dado por hecho que yo haría todo lo que me dijera. Y tenía razón, Al día siguiente estaba yo en la segunda planta de un estacionamiento de automóviles, a las siete en punto. La escena se parecía sospechosamente a la de «Garganta Profunda», el informante que ayudó a desvelar el caso Watergate, hasta el punto que casi me entró la risa tonta. Pero, por lo visto, las cosas eran bastante serias.

Escuché llegar un coche que aparcó a unos treinta metros, y en ese momento parecí tomar conciencia de lo que estaba ocurriendo. Comencé a temblar levemente y percibí por primera vez el riesgo que estaba corriendo al encontrarme con policías en un sitio público, nada menos que para desbancar una organización que tenía el poder y los medios para hacerme desaparecer, sin que nadie llegara nunca a notarlo siquiera.

El teniente O'Connor venía solo. Se acercó caminando, mientras encendía un cigarrillo. Al llegar hasta donde yo estaba, preferí guardarme cualquier introducción e ir al grano.

—Le escucho —dije.

—En la oficina de Richard Miller hay un anaquel de acero que contiene documentos clasificados. Es imposible abrirlo para quien no tenga la llave, y de esas existen solamente dos.

—Entonces se jodió el invento —dije, haciendo ademán de marcharme.

—Espere —me detuvo O'Connor—. Una la tiene Jones. La otra es ésta.

Me extendió una pequeña llave, que me dio la impresión de ser demasiado simple para dar el acceso a una información tan sensible.

—Supongo que está de broma —le dije—. Esta porquería puede ser duplicada en cualquier tienda de Los Ángeles por un par de dólares.

—¿Está seguro? —dijo el teniente, dando vuelta la llave y enseñándome un chip dorado adosado a ella— No crea que somos tan ingenuos, señor Lambert. Esta llave es única.

—¿Y cómo es que fueron capaces de sustraerla para hacerle una copia, y no son capaces de entrar a la oficina y abrir la puñetera gaveta?

—La llave la obtuvimos de un ex empleado de CCR.

Fue capaz de hacer una copia él mismo. Trabajaba en el departamento encargado de la seguridad, pero le faltó tiempo para entrar a la oficina a mirar los documentos. Un día desapareció sin dejar rastro, y la sospecha de todo el mundo era que había sido por obra de sus empleadores. Hasta donde sabemos, tienen estrechos contactos con cárteles en Sudamérica, y estos se encargan de hacerles algunos trabajos de desaparición de personas. Afortunadamente alcanzó a decirnos que la copia estaba en un casillero en la Union Station.

—Y usted quiere que yo me exponga a que me pase lo mismo —dije.

—Lo más probable es que le pase lo mismo si no colabora con nosotros, señor Lambert. Créame, esta gente es peligrosa, tiene mucho poder y también mucho que perder. Por cierto, ya no existen los casilleros de equipaje en aeropuertos o estaciones en Los Ángeles, por razones de seguridad, después del 11 de septiembre.

Me quedé pensativo por un momento, sin que el agente del FBI hiciera ningún esfuerzo por apremiarme. Obviamente la decisión era, literalmente, de vida o muerte, y lo menos que me podía dar era algunos minutos para pensarla.

—¿Qué documentos son los que necesita ver? —dije finalmente.

—Aquí está la lista. Memorícela ahora y nos la devuelve. No es larga y los encontrará enseguida. Si algo caracteriza a CCR es su organización.

Tomé el papel que me extendía y le eché una mirada. Había solamente tres códigos escritos, compuestos por números y letras, que no me resultó difícil retener.

—Están en la gaveta superior. Si no es capaz de recordarlos, fotografíe todos los documentos que encuentre, que no serán muchos. Aquí tiene la cámara.

Me tendió una lapicera Parker de oro, que nadie podría haber tomado por otra cosa que un artilugio para escribir.

—Este es el lente —indicó— y éste es el disparador. Podrá fotografiar todos los documentos y le sobrará espacio. Lo que no le sobrará es tiempo, de modo que intente recordar los que nos interesan, y olvídese de los otros.

El detective echó mano a su bolsillo nuevamente, y extrajo un pequeño estuche alargado.

—Si lleva la cámara dentro de esta funda, no será detectado por sensores de seguridad —dijo O'Connor—. No olvide de volver a guardarla en el mismo lugar antes de salir. Una vez que tenga lo que buscamos, le diremos dónde dejarla.

Caminé de vuelta hacia mi apartamento, entré y me desplomé en el sofá. En la mesa de centro había dejado mi ordenador portátil. Busqué dentro de la bolsa y, sin necesidad de escarbar demasiado, saqué una foto que había empacado no sé por qué. Estaban mis padres, mis hermanos y yo, junto al tío Heller y la tía Kelly, sonriendo todos a la cámara, durante una celebración de Navidad, o Año Nuevo. No soy un tipo que acostumbre llorar, pero en ese momento estuve más cerca de hacerlo que nunca. O tal vez lo hice y no lo recuerdo.

En ese momento decidí llamar a la oficina y pedir una cita con Richard Miller lo más temprano que se pudiera.

27

A las nueve y media de la mañana, estaba en la oficina de Richard Miller, quien accedió a recibirme inmediatamente.

—¿Pasa algo malo? —preguntó.

—Si —dije—. Necesito saber ahora mismo el paradero de Gottfried Heller y de su mujer, y si están en perfecto estado. Y no me conformaré con tu palabra.

—No puedo darte nada más que mi palabra, Alan —respondió Richard.

—Entonces no cuentes conmigo. Esta misma tarde me vuelvo a Los Ángeles.

—¿Ha ocurrido algo? —preguntó Richard, con gesto de auténtica preocupación.

Me puse de pie, eché mano al bolsillo de mi saco, tomé la llave con el chip dorado y la lancé sobre el escritorio.

—¿De dónde has sacado esto? —dijo Richard.

—No tiene importancia —respondí—. No ha sido utilizada. Adiós.

—¡Alan! —exclamó Richard— Espera. ¿Estás seguro que quieres dejarnos?

—No tengo otra salida. Necesito claridad y, por lo visto, no la tendré hablando contigo. Lo mejor que podéis hacer es prescindir de mí y olvidarme.

Richard me hizo un gesto, indicándome que esperara,

mientras cogía el teléfono.

—¿Mildred? —dijo—, retira el expediente de Alan Lambert, y haz los preparativos para que viaje hoy de regreso… Sí, vuelo privado.

El hombre fuerte de CCR colgó y me dijo, en tono de comunicado oficial.

—A contar de este momento, queda suspendida nuestra relación formal. Brad te llevará a tu apartamento para recoger tus cosas y conducirte al aeropuerto. No te será posible conseguir un vuelo de línea a tan corto plazo. Te llevaremos en uno de nuestros aviones privados.

Eso era todo. Ni una explicación, ni un «lamento que nos dejes», nada. Ya no les servía, y a la calle. Por lo visto el hecho de que no los hubiera traicionado dando un destino inapropiado a la llave que me dieron los agentes federales, había prevenido, de alguna manera, que la reacción hubiera sido más hostil, pero no fue suficiente para conseguir ganarme cierta cortesía.

Segundos después, Brad aparecía por la puerta, con su semblante solícito.

—Por favor, Brad, lleva al señor Lambert a su apartamento, ayúdale a empacar y llévalo a Teterboro. Lo enviaremos en el vuelo de las diez de la noche, en el aparato ejecutivo.

Me di vuelta para seguir al chofer, consciente de que no podía esperar una prolongación del diálogo, aunque, para mi sorpresa, Richard todavía tenía algo que decir.

—Alan —llamó—. Esto es para ti.

Me extendió un pequeño cofre forrado en terciopelo azul, aunque lo retiró en el momento en que hice el ademán de tomarlo.

—Es nuestro regalo de despedida, pero Brad te lo llevará hasta que llegues a tu destino. Abrirlo antes de tiempo trae mala suerte —dijo, mientras sonreía extrañamente.

No le respondí el gesto ni vi razón alguna para agradecerle. Simplemente, me volví nuevamente y abandoné la oficina. Ya se podía quedar Brad con el estúpido «regalo de despedida» que yo no tenía el más mínimo interés en él. Lo único que faltaba para poner fin a una relación tan breve como insatisfactoria, era agregar un toque de sentimentalismo cursi a la partida.

Tanto el viaje en el coche, como el proceso de recoger los bártulos en el piso, se caracterizaron por el laconismo. Brad, tradicionalmente locuaz, había evitado dirigirme la palabra durante todo el camino, y en el apartamento, no fue necesario que hablara porque mi actividad se redujo a empacar cosas.

Solamente tomó la palabra una vez:

—Recuerde, señor Lambert, que todo lo que está en el closet es suyo. Puede llevarse la ropa en las valijas que hay detrás del armario.

—No hace falta —respondí con dignidad—. Me llevaré exactamente lo que traje. Y puede quedarse con mi regalo también. No lo necesito.

—Lo lamento —dijo Brad—, pero mis órdenes son entregárselo una vez que concluya el viaje.

—¿Volará usted también conmigo a Los Ángeles? —pregunté.

—Mis instrucciones son volar con usted.

—Ya veo —dije—. A asegurarse de que me voy.

—A asegurarme de que llegue sin novedad, señor.

—Perdón —dije—. Estoy un poco nervioso. No tenía

la intención de ofenderlo. Y, por favor, no me vuelvas a llamar «señor».

—De acuerdo, Alan —dijo Brad, cogiendo mis maletas ya empacadas—. Me llevaré tu equipaje y te pasaré a buscar a las nueve y media. Mientras tanto puedes hacer un poco de turismo en la ciudad.

Eso era lo último que se me habría pasado por la mente. Lo único que quería era estar solo y reflexionar sobre lo que había ocurrido, pero ni siquiera fui capaz de concentrarme. Sentía como si mi cabeza estuviera a punto de explotar, aunque no sentía dolor. Solamente una pesadez, quizás como producto de la cantidad de ideas contradictorias y absurdas que se me agolpaban.

Había perdido toda noción del tiempo, cuando Brad regresó a buscarme. Bajamos y le entregué la tarjeta del apartamento, apenas cruzamos el umbral.

—Puedes quedártela —me dijo—. Como recuerdo también.

Sinceramente no sabía qué tipo de recuerdos iba a relacionar con una estadía tan corta y tan poco fructífera, pero ya había sido suficientemente duro con alguien que, quizás, no tenía responsabilidad en lo que estaba ocurriendo, y decidí no volver a agraviarlo rechazando esa nueva atención.

Salimos por la avenida del Central Park, torcimos por la calle 72, y seguimos a lo largo del río Hudson, en dirección al norte. El coche se movía con suavidad por la vía en penumbras, flanqueada por el agua y los edificios, impersonal como cualquier carretera sin alma. Tomamos la amplia curva que lleva al puente George Washington, y esperamos pacientemente en la fila para pagar el peaje, hasta que pudimos cruzar en dirección a Teterboro, el pequeño aeropuerto en Nueva Jersey

A pesar de que daba la impresión como si la tensión se hubiera disipado algo, la situación no alcanzaba como para departir amistosamente. Brad, conducía concentrado, y no vio la necesidad de hacer ningún comentario durante el viaje. Por mi parte, no sé cómo habría recibido una apertura a un diálogo. Ya estaba suficientemente confundido y, ¿por qué no decirlo?, decepcionado, como para embarcarme en un coloquio superficial con el chofer.

Brad me dejó en el lobby privado del aeropuerto, mientras se encargaba de llevar las maletas al aparato. Siendo un vuelo privado, no había necesidad de pasar por ningún tipo de control.

Frente al amplio ventanal de la sala de espera para pasajeros VIP, había un Gulfstream, un aparato que yo conocía, porque formaba parte de la flota de aviones privados de más de algún magnate multimillonario. Yo solía leer la revista Forbes, a la que mi padre estaba suscrito, nadie sabe por qué.

Brad regresó de sus gestiones al cabo de algunos minutos, y me invitó a que saliéramos para abordar la nave.

—Podemos despegar en el momento en que la torre lo permita —dijo—. Somos los únicos pasajeros.

—¿Los únicos pasajeros? —dije—. ¿Tanto interés tiene CCR de que me largue lo antes posible?

Brad solamente sonrió y esperó que lo acompañara. Efectivamente era extraño. Un vuelo así, debía resultar muy costoso para llevar a una sola persona. Por un momento pensé que quizás querían restregarme en los morros lo que me estaba perdiendo por mi actitud imprudente. Si se podían dar el lujo de tratar como a un pachá a un chico de veinte años, qué no podrían hacer para con uno de los suyos.

Pero no les estaba dando resultado. Jamás me hubiera podido quedar trabajando allí, y usufructuando teóricamente de un favor que me hacía el tío Heller, sin saber a ciencia cierta cuál había sido su destino. Además, un principio de lealtad mínima para con su recuerdo, me hacía mandar a tomar por culo al FBI, y sus ofertas, y seguro que me habrían seguido hostilizando para que colaborara con ellos.

Caminamos hacia la escalerilla, Brad le hizo un gesto de saludo los pilotos, que ya se encontraban en su puesto. Por lo que pude ver, la tripulación estaba compuesta por cuatro personas, y el personal de cabina eran otros cuatro: dos asistentes de vuelo y dos sobrecargos. Es decir un despilfarro inexplicable.

—¿Realmente todo esto es solamente para mí?—, pregunté a Brad mientras subíamos la escalerilla.

—No —respondió—. La tripulación se quedará en el destino de todas maneras, porque tiene un vuelo pasado mañana de regreso, con más pasajeros. Si no estuvieras tú, habrían volado igual.

Entré al avión, devolviendo la sonrisa a una amable dama de uniforme azul, y me encontré con dos filas de masivos sillones blancos independientes, que transmitían una sensación de lujo y comodidad que movía a la relajación instantánea. Algunos estaban frente a frente, con una mesa que los separaba. En las paredes había unos monitores de alta definición, y las ventanas eran mucho más grandes que las tradicionales de los aviones comerciales.

Desgraciadamente, en un principio yo no estaba en condiciones de disfrutar esa esplendidez. Todo lo que había pasado en el último tiempo, directamente relacionado con aquellos que me ofrecían esa ostentación, hacía que la viera con ojos distintos. Además, por alguna treta del subconsciente, todo me recordaba mi última visita al «Kelly», el fastuoso yate del tío Heller, y eso era suficiente para desmoronar cualquier entusiasmo.

—Tenemos autorización de la torre de despegar enseguida —me dijo un fornido sobrecargo—. ¿Si tiene la bondad de abrocharse el cinturón, señor?

—Por supuesto, gracias —dije.

Una cosa era cierta: si estos cabrones tenían la misión de hacerme echar en falta esa vida privilegiada, estaban muy cerca de conseguirlo.

—Más tarde pasaré a darle la carta, para lo que desee comer o beber.

Asentí con una sonrisa, y me dispuse a prepararme para el despegue. Lo curioso, sin embargo, es que el avión todavía no había encendido los motores, y no entendía como esperaban partir tan pronto con tan pocos preparativos. Mis dudas se disiparon cuando el aparato comenzó a avanzar lentamente hacia la pista sin haber emitido ningún ruido. Mi capacidad de imaginarme estupideces salió en mi rescate, y por un momento pensé que el avión era eléctrico. Brad, que en ese momento ingresaba a la cabina de pasajeros, pareció sorprenderse gratamente de verme reír.

—¿Todo bien? —preguntó con afabilidad.

—Sí —respondí, volviendo a mi semblante más hosco—, gracias.

No tenía la intención de familiarizarme con un individuo que representaba tantas cosas negativas en mi vida; la peor de ellas, la desaparición de «los tíos Heller».

Brad se sentó en el sillón del lado opuesto, y se puso el cinturón de seguridad. Parecía acostumbrado al procedimiento y, por lo que yo había podido advertir, estaba ejerciendo las funciones de jefe de la excursión. El personal de cabina, e incluso uno de los pilotos, se acercaron varias veces, al parecer a consultarle algo en voz baja, y se retiraron después de recibir una respuesta.

El avión comenzó a tomar altura, sin que ninguna señal acústica delatara la maniobra. Tampoco el movimiento del aparato, parecía corresponder al de un avión en vuelo. O me había tocado el día con menos viento y nubes en décadas, o el vehículo tenía una capacidad de estabilización difícil de creer.

Cuando el comandante nos indicó que podíamos desatarnos, Brad se puso de pie y comenzó a dirigir sus pasos hacia la cabina del piloto.

—¿Brad? —dije.

El hombre se dio la vuelta y volvió sobre sus pasos.

—¿Puedo preguntarte algo?

—Desde luego —respondió Brad.

Con un gesto de mi mano lo invité a que tomara asiento en el sillón frente a mí.

—Sé que ya no tiene mayor sentido —dije—, pero me gustaría saber algo más acerca de tu empresa. Y especialmente del destino corrido por Gottfried.

La sonrisa cortés que solía lucir el chofer tendió a helarse levemente, pero su reacción no fue enteramente desalentadora.

—Entiendo que no puedas hablar demasiado, pero para mí es muy importante saber qué ocurrió con el señor Heller y con su esposa. Son los parientes más cercanos, afectivamente, que he tenido, y no quisiera dejar nada sin hacer para ayudarlos, en caso que lo necesiten.

—Creo que no lo necesitan —respondió Brad, esta vez

recuperando una sonrisa amplia y sincera.

—¿Dónde están? —insistí.

—No te lo puedo decir. Lo siento. Yo soy un personaje demasiado secundario en la organización, y además de no tener más que una información básica, tampoco estoy facultado para divulgarla.

Brad me miró con cara de carnero degollado.

—Si lo hago, me juego el puesto.

Asentí comprensivamente, aunque estaba seguro que el tipo sabía mucho más de lo que decía, y estaba en sus manos el decírmelo o no.

—Estoy convencido de que tus dudas se aclararán —concluyó Brad, volviendo a ponerse de pie—. Ahora perdóname. Tengo que ir a la cabina del personal a arreglar la cena. Ahora vuelvo.

El tiempo que siguió, debo reconocer que fue profundamente agradable. El lujo y las comodidades a mi alrededor, me estaban haciendo olvidar lo que había pasado. Y teniendo en cuenta que iba a ser capaz de disfrutarlos solamente una vez en mi vida, decidí posponer mis pensamientos oscuros para cuando hubiera llegado a Los Ángeles. Tenía todavía unas pocas horas para pertenecer al jet-set y no tenía la intención de estropearlas con pensamientos negativos. La comida estaba deliciosa, la película entretenidísima y el sillón reclinable tan cómodo, que no tuve más remedio que quedarme dormido como una marmota.

Se supone que los homo sapiens, los animales racionales, no tropiezan dos veces en la misma piedra. Eso, obviamente, no se aplicaba a mí. El que nace gilipollas, ya podrá hacer romerías a donde quiera y ponerle velas al santo que le salga de los huevos, porque va a seguir siendo tonto e incapaz de aprender de sus errores. Claro que dormí como una marmota. Como una marmota estúpida. No tenía otra posibilidad, con la cantidad de somnífero que algún hijo de puta me había puesto en el café, delicioso por cierto.

Habíamos salido de Nueva York alrededor de la diez de la noche, y cuando miré mi reloj eran las nueve de la mañana. La comodidad del sillón, el silencio del avión y el maldito somnífero, habían conseguido que durmiera plácidamente durante todo el viaje; y el viaje había tomado más del doble de tiempo que el Nueva York—Los Ángeles de siempre.

Cuando una mano me remeció suavemente para despertarme, yo estaba tendido en el diván, bastante más confortable que muchas de las camas de estudiante en las que había dormido en mi vida. Mi cabeza se reclinaba sobre mullidas almohadas, y una suave colcha cubría mi cuerpo.

Me incorporé y, a pesar que tenía ganas de preguntar muchas cosas, de insultar a alguien y, con suerte, de pegarle un puñetazo al primero que se me pusiera por delante, no atinaba a hacer nada. Los efectos del somnífero todavía duraban, aunque no me sentía demasiado mareado como para no poder tenerme en pie. El sobrecargo fornido me preguntó si deseaba refrescarme en el avión, o esperar a que llegáramos a nuestro destino final.

—¿Cuál es nuestro destino final? —pregunté con aspereza.

—Yo lo único que puedo hacer es preguntarle si quiere refrescarse aquí o en otro sitio, señor —respondió el hombre—. Si desea cambiarse de ropa, puedo traerle su valija.

—Da igual —dije—. Ya todo da igual.

Por lo visto, los tipos del FBI no estaban tan desencaminados. La gente desaparecía cuando no seguía los dictados de CCR. No podía imaginar que el hombre que copió la llave, hubiera pasado por un proceso tan agradable antes de ser asesinado, pero temía que el destino final fuera a ser el mismo. Curioso, todos mencionaban el lugar al que habíamos volado como el «destino». Y ahora comprendía demasiado bien por qué.

—Usted dirá, señor Lambert —dijo el auxiliar de vuelo.

La naturaleza humana es demasiado incoherente. Allí estaba yo, al borde de entrar a una situación desconocida que, si se daba lo que yo esperaba, iba a significar mi fin. Cualquiera, y yo especialmente, que era un cobarde de mucho cuidado, se habría desesperado y hecho cualquier cosa para salvarse, pero yo no. Intentaba eludir mi responsabilidad con el subterfugio de que, cualquier intento violento, habría sido neutralizado sin esfuerzo alguno por el gigantesco sobrecargo y, posiblemente acelerado las cosas.

Quería seguir viviendo la mayor cantidad de tiempo posible, y para ello había decidido obrar con toda la pasividad del mundo. Esperar acontecimientos como si lo que tenía por delante no fuera dramático. Como si hubiera la oportunidad de seguir vivo el día de mañana.

Bajé la escalerilla del avión y me encontré en un aeropuerto en medio de un descampado que no podía reconocer. Al parecer tenía tráfico comercial, y no solamente de jets privados, pero se veía algo abandonado, tal vez porque el avión estaba muy lejos del terminal. El paisaje tampoco me era familiar, aunque me daba la impresión de ser un entorno tropical, con palmeras y cerros llenos de vegetación. Como en Sudamérica.

Un Mercedes negro estaba estacionado en la pista, esperándome. El sobrecargo me dio la mano respetuosamente y me abrió la puerta del coche. Brad estaba sentado en el asiento de atrás, a la espera de que yo me montara.

En ese momento, me decidí a hacer el último intento para aliviar un poco mi predicamento, o para tener un poco más de claridad acerca de mi «destino».

—Brad —dije, tratando de usar el tono más familiar.

Brad me interrumpió con la mano. Las ventanillas del coche se cubrieron con una cortinilla plástica que parecía ser la forma de oscurecer los vidrios, de modo que no se pudiera ver desde fuera. El conductor del Mercedes observaba con atención a través del retrovisor. Brad echó mano al bolsillo de su chaqueta, con solemne parsimonia. Un leve temblor me invadió, pero conservé la suficiente dignidad para no mostrar miedo.

Mirándome fijamente, Brad extrajo el pequeño cofre de terciopelo azul que me habían dado, como regalo de despedida en la oficina del CCR, y lo abrió. En su interior había un anillo de forma extraña. Estaba hecho de oro y representaba la cabeza de un cerdo vistiendo una cofia de monja. CCR. Centro de Capacitación de Relaciones.

—Es tuyo —dijo Brad—. Puedes usarlo cuando quieras, pero trata de no mostrarlo demasiado.

CCR. Cerdo con Cofia de Religiosa.

28

El coche comenzó su andadura a lo largo de una carretera, alrededor de la cual era poco lo que se podía ver. Intenté fijarme en el entorno pero había poco para reconocer. Lo que mi «instinto infalible de sabueso» no me reveló hasta pasados algunos minutos, era que, después de haber comenzado a recorrer lo que parecían terrenos industriales típicos de salida de aeropuertos, todos los carteles estaban en inglés. Y si yo no hubiera sido un zopenco desde que nací, habría notado que las señales de tránsito también estaban en inglés.

—¿Dónde estamos? —me atreví a preguntar.

—Estamos llegando a destino —fue la críptica respuesta.

El coche llegó a una bifurcación que casi lindaba con una cadena montañosa no demasiado alta, y torció hacia la izquierda. Desde entonces nuestro viaje fue acompañado por un majestuoso océano que se extendía hasta donde llegaba la vista, y las zonas habitacionales comenzaron a hacerse más frecuentes.

Después de aproximadamente una hora de viaje, llegamos a un pequeño camino que llevaba a la entrada de lo que parecía ser un condominio. La reja y la caseta del guardia, daban a entender que se trataba de un terreno muy privado. Bastó que el vigilante viera aproximarse a nuestro Mercedes, para que se apresurara a activar el portón electrónico. Por sobre la verja que parecía recorrer todo el predio, había cámaras de vigilancia distribuidas regularmente. El sendero, flanqueado por hileras de pinos, llevaba a una mansión de dimensiones pantagruélicas, ubicada directamente frente el mar, ofreciendo una vista del océano de una belleza fuera de lo común.

El coche hizo un rodeo a la fastuosa construcción, y se estacionó frente a una puerta de vidrio templado. Brad descendió y el conductor lo hizo por su lado, dirigiéndose solícito a abrirme la puerta. En ese momento noté su corpachón descomunal y sus facciones polinésicas, iluminadas por una amplia sonrisa.

—Bienvenido, señor Lambert —dijo.

—Gracias —respondí.

Brad había sacado el equipaje del maletero y me precedió entrando a la casa. Después de tantos sopapos ya no había nada que me pudiera sorprender demasiado, pero la habitación a la que me condujeron estuvo a punto de hacerlo. Tenía una cama matrimonial en el centro, y el resto parecía relativamente espartano, para lo que se pudiera esperar en un entorno tan exuberante.

Mis acompañantes sonrieron con cortesía, y se retiraron, no sin antes decirme que todo estaba a mi disposición, y que si quería ducharme o echar un sueño, que lo hiciera. Todo el sentido de la lógica que me quedaba, me movía a tratar de enterarme de algo, pero no encontraba el valor para ponerme demasiado inquisitivo. No fuera a ser que el encanto se esfumara, y que lo que parecía una situación tan idílica, no fuera más que otra trampa para ponerme la miel en los labios y luego dejarme caer. Si, de todas maneras, ese era mi «destino» final, haría todo lo posible por no adelantar su llegada.

El cuarto se fue revelando poco a poco, a medida que lo iba recorriendo. El mobiliario era parco, pero el contenido era muy atractivo. Había mudas de ropa para distintas ocasiones, artículos electrónicos de gran utilidad, como una Tablet y un computador portátil de última generación. El baño, al que me dirigí de inmediato a darme la muy necesitada ducha, era un templo lleno de chucherías.

Al ver tamaña ostentación, mis pensamientos comenzaron a cambiar. Hasta ese momento me había sentido como Winston Smith, el de Orwell, llevando la vida tranquila y apacible del jubilado, sin tener, en apariencia, nada que temer, aunque a la espera del inexorable tiro en la nuca. Ahora parecía ser que mi situación era algo más promisoria.

Salí del cuarto de baño como un hombre nuevo, y a los pocos minutos sonó mi teléfono celular, asignado por CCR.

—¿Sí? —respondí.

—¿Alan? Soy Brad. Cuando desees puedes pasarte por la piscina. Está a la derecha de tu cuarto saliendo por tu entrada.

Mi habitación tenía, desde luego, dos entradas. Una que salía a una pequeña terraza, y otra que comunicaba con el resto de la mansión. Deshaciéndome de todos mis prejuicios, decidí ponerme la camisa deportiva color crema, y el pantalón blanco que colgaban en mi ropero, así como los mocasines de género que estaban en la última gaveta junto a otros zapatos de mi número.

Realmente ya no había por qué sospechar. Si se habían tomado tantas molestias, no iba a ser para cepillarme a los pocos días. Puse mi mente en blanco respecto a mi futuro inmediato o mediato, salí a la terraza y comencé a caminar por el senderillo de baldosas que se supone que conducía a la piscina. Al llegar a una breve escalerilla, se abrió ante mis ojos la interminable profundidad del mar en el fondo, y una enorme piscina de forma caprichosa, con un agua transparente que invitaba a sumergirse. Frente a eso, una amplia terraza, con un mobiliario que no habría desentonado en el living de cualquier vivienda elegante, y varias personas que lo ocupaban.

Había una dama rubia, de muy buen ver, vistiendo un pareo muy polinésico, y el sujetador de su bikini. Junto a ella, un hombre de unos treinta años, de complexión atlética, en bañador. Más allá, casi de espaldas, pero reconocible para mí, estaba la figura del tío Heller, con gafas oscuras, vestido deportivamente y leyendo una revista. Inmediatamente frente a él, la visión del Paraíso: la tía Kelly, tendida remolonamente en uno de los divanes, con un bikini color rosa, capaz de resucitar a un muerto, para matarlo inmediatamente después de la impresión.

Al verme entrar, Kelly me regaló su sonrisa bronceada, y me llamó con la mano.

El tío Heller, se dio vuelta al ver el gesto de su esposa, y me acogió con la naturalidad de alguien al que se ha visto el día anterior, sin que nada digno de mención hubiera ocurrido entretanto.

—Ah, Alan, ven.

Me acerqué lentamente, hice una venia a la pareja de desconocidos, y me dirigí hacia mis tíos. Gottfried permaneció sentado a la espera de mi llegada, pero Kelly me salió a recibir, con su calma ondulante y sus ojos italianos de zafiro negro.

Al llegar a mi lado, me cruzó la cintura con sus brazos y acercó sus labios a los míos, sin mayores prolegómenos.

—¿Esto es Maui? —dije.

Una risotada de todos los presentes, comentó mi pregunta.

—Sí —respondió Kelly—. Esto es Maui.

Mi boca encontró la suya, tan deseada y tan recordada. Fue como la escena del aeropuerto, pero con una variante importante: esta vez, sus labios se abrieron espontáneamente, y su lengua buscó la mía con la naturalidad de un apretón de manos. Nos besamos profundamente, ante la mirada atenta del resto de los presentes, y por mi parte no había intención alguna de dejar de hacerlo, hasta que ella lo decidiera.

Kelly se tomó su tiempo, y lo aprovechó introduciendo las variantes tradicionales del beso francés, con cambios de posición y jugueteos lúdicos de nuestras lenguas tratando de darse caza a la vista de todo el mundo. Cuando llegó el momento de separarse, nos miramos con mutua avidez, y Kelly me lanzó esa sonrisa romana irresistible.

—Te amo —me susurró, por primera vez sin estar bajo juramento.

—Te amo —respondí, y nos volvimos a besar brevemente.

—¡Qué bonito reencuentro! —exclamó la rubia, sin ningún atisbo de ironía en sus palabras.

—Ven aquí —me dijo el tío Heller, sin levantarse de su asiento.

Su sonrisa era la misma de siempre y su afecto lo demostraba de la misma manera. Me cogió la cabeza y me apretó entre sus brazos por largo rato, como siempre solía hacer, para culminar el achuchón con un beso en la mejilla.

—Me alegro de verte —dijo, delatando un dejo casi imperceptible de sentimentalidad, que corrigió enseguida.

—Yo también a ti —respondí, con sinceridad.

—Y yo también —terció la tía Kelly, desde su sillón.

—¡Vaya que no! —dijo el tío Heller—. ¿Qué le has hecho a esta mujer para obsesionarla tanto? No me dejó de joder hasta que arreglamos tu puesta en libertad, y a punto estuvo de estropearlo todo por querer acelerar las cosas.

—Bueno, todo eso me lo vas a explicar con lujo de detalles —dije—. Y sin omitir nada. Y sin mentirme.

—No te preocupes —respondió el tío Heller—. Ahora que ya eres uno de nosotros, no hay razón alguna para ocultarte nada.

«Uno de nosotros», repetí mentalmente. Quiere decir que ésta era la parte del plan que realmente era verdadera, y la entrega oficial del anillo del cochino con velo de monja, había sido la coronación de mi integración a quizás qué tipo de organización, logia o secta.

—¿Cuándo podemos hablar? —pregunté directamente.

—Cuando quieras, pero creo que primero querrás aclimatarte un poco a la situación —respondió Gottfried.

—Además —dijo Kelly—, nosotros tenemos todavía que recuperar el tiempo perdido, antes de dedicarnos al nuevo.

Tragué saliva ante lo directo de la formulación, pero el tío Heller pareció no enterarse de nada. Tampoco reaccionó cuando Kelly me cogió la mano y me condujo fuera de la habitación.

Caminamos hacia mi cuarto, con una tensa parsimonia, y mi impresión fue que, entendiera o no lo que estaba pasando, tenía que prepararme para el mejor de los desenlaces. Miraba a la tía Kelly caminando delante de mí, y mis jugos se revolvían en mis adentros, como un chico en la edad del pavo, confrontado con la primera mujer que lo desflorará.

Llegamos a mi aposento y Kelly observó la cama con

atención. Al parecer su análisis dio un resultado positivo porque regresó hasta donde yo estaba, se dio vuelta, presentándome su inmaculada espalda, y dijo:

—¿Qué esperas? ¿Quieres que lo haga todo sola?

Desaté su sostén con la torpeza de la ansiedad, y deslicé su tanga a lo largo de sus torneadas piernas. Kelly se giró, y la tuve delante de mí, después de tanto tiempo, luciendo toda la perfección de su figura, desnuda como la ramera Scylla, del imperio de Claudio, a la espera de la llegada de Mesalina a arrebatarle el cetro de la mejor puta de Roma.

Comenzó a desvestirme con esmero, acariciando cada punto de mi piel que iba quedando fuera del resguardo de la tela. Me iba reconociendo a besos, y mi epidermis reaccionaba a cada caricia con un estertor eléctrico en todo mi cuerpo. Sus manos suaves me recorrían con la levedad de una pluma, causándome un delicioso cosquilleo.

Cuando me hubo desempaquetado por completo, y me tuvo frente a ella, con una pétrea erección apuntando al cielo, sus labios se dirigieron a mi miembro, y se imantaron a él, en una ceremonia erótica de características no imaginables por un cerebro sano. Si después de esto, resultaba que la verdad era la que había temido en un principio, y de la que los tipos del FBI me habían advertido, no me importaba. Que me pegaran un tiro, que todo habría valido la pena. Follar a Kelly y después morir. Hasta tenía su punto de dramatismo shakesperiano.

Pasó una de esas eternidades que desgraciadamente tienen fin, y Kelly se puso de pie y se apretó contra mí, a la espera de que la tomara en mis brazos y la pusiera en la cama. Mientras lo hacía, su lengua buscó mi boca y me la invadió con voracidad. Respondí a su asalto con el ansia que venía conteniendo desde hacía meses, y no pasaron más que algunos segundos, antes de que la tuviera debajo, penetrándola con delirio, y sintiendo en mi sexo la caricia de terciopelo de sus carnes.

No recordaba haber visto a la tía Kelly reaccionar con pasión tan desenfrenada anteriormente. Lo había imaginado, lo había deseado, pero no estaba dentro de las imágenes auténticas de mis remembranzas. La besé con emoción mientras le hacía el amor, y me devolvió el beso mientras se le escabullía una lágrima por la cara. Estaba viviendo una bonificación inesperada en la relación. Estábamos haciendo el amor, en circunstancias que lo único con lo que yo había soñado, había sido con tirármela. Pero no; la estaba amando, y ella a mí también.

Un detalle tranquilizador dentro de todo el tráfago de romanticismo desbocado, fue que, al parecer, Kelly seguía siendo la misma tigresa, cualesquiera que fueran las emociones que la llevaban a tener sexo. Sus movimientos eran medidos y bien pensados, sus convulsiones tenían un propósito claro, y su pasión estaba administrada para dar y tener el máximo de placer posible.

Tomándome de sorpresa, cruzó una pierna por mi costado y me obligó a girarme bruscamente, hasta que quedé de espaldas, con ella cabalgándome con vigor. Habiendo tomado la iniciativa, y estando con el control de la situación, su semblante varió. Sus ojos demoledores se clavaron en los míos, mientras su pelvis ondulaba por la ruta de mis ingles. A esas alturas yo no podía hablar más de goce, sino de trance. Todo lo que recordaba o imaginaba quedaba corto ante lo que estaba viviendo. Mi naturaleza prudente, me solía recomendar no hacerme demasiadas ilusiones ante nada, porque indefectiblemente me estaba condenando a una decepción. Pues con la tía Kelly, siempre había resultado desmentido, y en esta oportunidad, con creces.

Mis manos actuaban casi automáticamente, acariciándole la cintura, los muslos, los senos. Mis ojos no se despegaban de los suyos, a pesar de la gran paleta de elecciones que tenía delante de mí. Mi subconsciente me indicaba que todo aquello ya era mío, y que no había ninguna necesidad de apresurar las cosas, de absorberlo todo de una vez, de comer demasiado rápido, en lugar de saborear lo que se me presentaba.

Kelly se despegó de mí, me besó tiernamente, y se giró para poner su espalda contra mi pecho, e iniciar nuestra peregrinación por la senda de «la cuchara». Aquella que me había vuelto loco la primera vez que lo hicimos, y que guardaba entre mis recuerdos más gratos. Comenzó los movimientos de sus caderas, tomando la iniciativa de inmediato, mientras giraba su cuello y su cara por sobre el hombro, para ofrecerme su boca.

No sé cuánto tiempo estuvimos en esa posición, pero podría haber sido toda una vida. Y eso era precisamente lo que había deseado mientras la practicábamos. Las cosas se enrarecieron algo, sin embargo, cuando, mientras besaba con toda la ternura de que era capaz el cuello de la tía Kelly, y ella respondía con roncos gemidos de satisfacción, por la puerta entreabierta de la habitación, apareció el tío Heller, sosteniendo sus gafas oscuras en una mano, y una copa de whisky en la otra.

Detuve automáticamente mis movimientos de caderas, y me quedé inerte a la espera de lo siguiente. Los últimos meses habían dado cuenta en gran medida de mi capacidad para sorprenderme, pero todavía no tenía respuestas inmediatas para todas las situaciones. Y ésta era definitivamente inusual. La tía Kelly, por su parte, al notar mi inactividad, comenzó a pendular con sus caderas, haciendo que la penetración retomara su ritmo normal.

—¿Cómo lo lleváis? —preguntó el tío Heller.

—Hmmm… —respondió Kelly con una voz todavía más profunda de lo habitual.

Por mi parte, omití cualquier respuesta, primero porque no hallaba qué decir, y además porque la pregunta no podía ser más inútil.

El tío Heller se acercó a la cama, por el lado de la tía Kelly, y se inclinó suavemente.

—Te dije que todo iría bien —le susurró casi al oído.

—Hmmm… repitió la tía Kelly, con tono somnoliento.

En el momento en que el tío Heller entró en los dominios de la acción, noté que mi mano derecha había estado en directo contacto con el pecho de la tía Kelly, y la intenté quitar rápidamente. Kelly, sin embargo, fue más veloz y me la sujetó con su palma, oprimiéndola todavía más en su seno, mientras me seguía columpiando en sus caderas.

Gottfried acercó su cara a la de Kelly, y ambos se dieron un beso intenso y hondo, que duró un buen rato. Tanto, que me hizo temer que me obligara a eyacular en el momento más inoportuno. Todos los jugueteos de lengua que habíamos practicado con Kelly en presencia de Gottfried, los estaban llevando a cabo ellos en presencia mía. Ellos parecían, obviamente, acostumbrados a estas cosas, pero yo, que venía egresando, sin distinción y con bastante retraso, de la virginidad, no tenía siquiera conocimiento de que este tipo de promiscuidades existieran.

No es que me molestaran, ni que me dieran vergüenza, sino simplemente no me cabían en la cabeza. Y, por cierto, que no esperaran que yo fuera capaz de seguir follando a

Kelly, con su marido mirando. Y no por falta de ganas, sino porque, para llegar a ese grado de soltura, tenía todavía que aprender y practicar mucho.

El tío Heller acarició suavemente el rostro de su esposa y se incorporó.

—Bueno, chicos, os dejo. Tomaos todo el tiempo que necesitéis, que hoy cenaremos un menú frío.

No bien Gottfried hubo salido de la habitación, la tía Kelly se giró y me besó casi con furia, mientras redoblaba sus mociones de caderas, gimiendo con fuerza. Por lo visto, la exhibicionista que llevaba adentro la hacía reaccionar con pasión ante este tipo de situaciones. En lo que me concernía a mí, eran demasiadas cosas que tenía que digerir antes de decidir si compartía sus tendencias o no.

De hecho, la primera vez que la vi en una situación íntima con alguien, durante la sesión de sadomasoquismo y caricias con Gastone, mi excitación fue incontenible. Esa mezcla de voyerismo y celos, formaban una combinación desconocida para mí, pero que me subyugó desde el primer segundo. Ahora, verla besar al tío Heller mientras seguía haciéndome que la penetrara, también me tuvo a punto de eyacular dentro de ella, y que Gottfried lo hubiera tomado tan deportivamente y se hubiera largado, hacían que mis ganas de seguirla poseyendo se multiplicaran por mil.

Kelly lo notó también, y aprovechó mi ímpetu para redoblar sus ataques, hasta que terminamos, con ella en cuatro patas, y yo penetrándola como a una perra en celo, sudando a mares y profiriendo alaridos.

Mis gemidos, cada vez más espasmódicos, le indicaron que el momento de la claudicación estaba llegando, y como si de una porno se tratara, se separó de mí, se dio vuelta con rapidez y abrió su boca a la espera de la descarga.

Kelly. La tía Kelly representando el papel de una «estrella» del Hollywood marginal, para satisfacerme a mí y, por lo visto, a sí misma. Si algo se podía pedir para alimentar la sucia imaginación de un «nerd» como yo, era eso que estaba viviendo en esos mismos momentos.

Mi orgasmo fue tan memorable como largo, al punto que motivó las risas de ambos, y que tuviéramos que esperar, fundidos en un estrecho abrazo, hasta que cesaran los retortijones a los que ella se había sumado, estimulando su propio placer con sus dedos. Después, la calma. La calma absoluta, sin condiciones ni cargos de conciencia, por primera vez después de tanto tiempo.

29

Para los que conozcan los amaneceres de Hawái solamente en dos dimensiones, con colores artificiales, sin los olores, las texturas y los sabores que los acompañan, ninguna descripción será suficiente. Por cierto que, para mí, todo estaba cubierto por el tul paradisíaco que acompañaba mi existencia en esos momentos, y cada sensación me llegaba con una intensidad redoblada. Se asemejaba a mis ensoñaciones "post-Kelly", después de haber tenido mis primeros encuentros amorosos con ella, pero la gran diferencia era la sensación de que, por muy pesimista que yo insistiera en ser, eso no se iba a terminar tan rápidamente.

La mansión parecía desierta. Nadie de los dueños de casa, o del personal, se había aparecido por el lugar que yo supuse más apropiado para buscar gente: la terraza que daba a la piscina. Por otra parte no se sentía ningún ruido, ni se notaba muestra de actividad alguna.

Volví sobre mis pasos y, desde mi habitación, comencé a recorrer el lugar al que daba la otra puerta, que yo todavía no había usado. La inspección me demostró que mi cuarto estaba en un ala propia, aislada del resto de la mansión, y que formaba parte de una zona que contaba con todas las características de un apartamento de dos dormitorios, con su living, su comedor, su cocina y el baño privado en suite.

El tío Heller me había prometido mi propio hogar cuando fuera a Maui, y yo empecé a desear con todas mis fuerzas que fuera éste y no otro, más lejos de la tía Kelly.

Llegué hasta la zona principal de la mansión, y allí estaban. El tío Heller, sentado en el sofá junto a la tía Kelly, y Brad en un sillón frente a ellos. La habitación parecía más voluminosa que la sala del tribunal donde me enjuiciaron por asesinato, pero adornada con mucho mejor gusto.

—¿No te han llevado el desayuno? —dijo Brad, levantándose de su asiento.

—No —respondí— pero no hace falta. Solamente beberé un jugo y quizás un café.

—¿Lo quieres aquí? —preguntó Brad.

—Si no hay problemas —dije.

—Aquí nunca hay problemas, Alan —me dijo el tío Heller—. Siéntate, que ahora te lo traen.

Me indicó el lugar en el amplio sofá, al otro lado de Kelly. Me acerqué a tomar asiento, y una vez al lado de ella, mi amada romana se inclinó hacia mí, y nos dimos un tierno beso en los labios, como dos recién casados.

—Te dejaría disfrutar de tus nuevas sensaciones —dijo Gottfried—, pero tal vez sea mejor que aclaremos las cosas que te ocupan, para que goces de la estadía con toda tranquilidad.

—Bien —dije— entonces comenzaré por lo primero. Dos hombres del FBI tomaron contacto conmigo en Nueva York. Me dijeron que estaban investigando CCR, y querían que colaborara con ellos sacando información de la oficina.

—Y si no tenías la intención de seguir en la firma, ¿por qué no lo hiciste? —preguntó el tío Heller.

—Porque era información acerca de ti —respondí—. Te acusaban de las peores cosas.

—¿Y tú me encubrirías aunque fueran verdaderas? —dijo Gottfried.

Guardé silencio por un momento, para después responder con firmeza:

—Sí. Hasta no escuchar de ti que eran verdad, desde luego. Y después, ya me explicarías tú todo.

—O sea, tomarías partido por mí, aunque yo fuera un criminal.

—Bueno —dije—, eres familia, joder. Mis padres también me apoyaron incondicionalmente durante el juicio, sin tener idea qué ocurría.

La tía Kelly me acarició el cabello mientras el tío Heller sonreía.

—Eso de ser familia, mejor lo dejamos de lado —dijo Kelly—, o si no se pondría la cosa muy chunga.

—En cualquier caso —dije, con una sonrisa, mientras un escalofrío ya conocido me recorría la espina dorsal—, espero que hayan cambiado la cerradura del casillero donde están los famosos documentos.

—¿Qué documentos? —dijo Gottfried.

—Los que te incriminan —dije.

—¿Y en qué casillero se supone que están?

—En el de la oficina de Richard. El que se abre con la llave con el chip que me dio el FBI.

—Entiendo —dijo Gottfried—. Te refieres al que está al lado de la ventana.

—Sí —respondí.

—Pues, ese casillero no tiene cerradura. Contiene solamente artículos de oficina, papel de carta, sobres, lápices, timbres. La mierda burocrática de todas las empresas grandes. La llave que te dieron no abre absolutamente nada.

—¿Y para qué me la dieron entonces? —pregunté.

—Para probar tu lealtad hacia mí y hacia la firma.

—¿Y por qué querrían hacer algo así los agentes federales? —pregunté.

—Porque no son agentes federales —fue la simple respuesta—. Son miembros de seguridad de CCR.

—O sea que las acusaciones en tu contra…

—Son todas falsas. No te preocupes.

—¿Satisfecho ahora? —preguntó Kelly, y el escuchar su maravillosa voz al lado de mi oreja, me trajo a la cabeza una duda todavía más acuciante que la de perder la confianza de Gottfried por cosas laborales.

—¿Y lo que pasó ayer con Kelly, también fue una prueba? —pregunté—. ¿Estaba traicionando tu confianza también, haciendo lo que hice?

—No —rio el tío Heller—. Todo lo contrario. La habrías traicionado si hubieras mostrado reticencia a hacerlo.

Si hacer el amor con la mujer más hermosa de la historia era una señal de fidelidad, podían contar con que yo era una mezcla de Nicolas Chauvin, Martin Borman y Rin Tin Tin.

—Alan —dijo el tío Heller—, tú has demostrado ser leal hasta el punto de comprometer tu propia vida, por defender la de tus seres queridos. Eso es lo que en nuestro entorno llamamos lealtad. No aquella acepción que da la sociedad tradicional al hecho de no ser capaz de compartir, sin correr el riesgo de perder. Los celos no son más que una manifestación de debilidad, de complejos, de inseguridad en ti mismo. Yo puedo ver a Kelly teniendo sexo con cualquier desconocido, y jamás pensaré que me está traicionado o que me haya dejado de amar. Esa es la fidelidad que CCR valora, la de ser capaz de ser leal en toda circunstancia, y nunca perder la conciencia de lo que es importante.

Se escuchaba tentadoramente razonable, pero todavía no tenía claro qué era lo tan importante que servía la firma. Y lo de "no tenerlo claro" era el eufemismo del siglo. La verdad es que no tenía puñetera idea de qué podría ser esa organización misteriosa y poderosa, a la cual había entrado sin darme cuenta, y sin siquiera saber para qué me podrían necesitar.

—¿Qué es CCR? —pregunté, cándidamente y al hueso.

—Es una organización, con sede central en EE.UU., que presta asesoría a gobiernos e instituciones internacionales para la solución de problemas que no han podido ser arreglados por la vía diplomática. La estructura y las ramificaciones son demasiado intrincadas para poder describírtelas en pocas palabras, pero ya te irás interiorizando del sistema a medida que lo vayas conociendo.

—¿Y cuántos miembros tiene? —pregunté.

—Más de lo que muchos sospechan, y en sitios donde nadie los esperaría —dijo Gottfried.

—¿Quieres decir que están infiltrados en organizaciones del Gobierno? —pregunté.

—Infiltrados es algo fuerte. Digamos que tienen relaciones e influencias en muchas organizaciones; políticas y económicas. Te sorprendería saber cuántas cosas has leído en el periódico en los últimos años, que se han producido por mediación de CCR.

—Pues no es mucho lo bueno que he leído en el periódico en los últimos años —dije.

—Pero te aseguro que podría haber sido mucho peor si no hubiéramos intervenido —aseguró el tío Heller—. Han debido ser operaciones muy delicadas y extremadamente secretas para conseguir cosas, quizás pequeñas, pero muy importantes. Por eso es que la confianza y la lealtad son tan imprescindibles para mantenernos a flote. Cualquier infidencia puede resultarnos fatal, y puede costar muchas vidas. Y esa confianza debe llegar a todos los ámbitos de la vida. También el personal. ¿Te va quedando un poco más claro?

La tía Kelly se puso de pie y dirigió sus pasos al comedor, en cuya mesa alguien había dejado unas ensaladas de fruta, y cogió uno de los potes.

—Gottfried —dijo—, ya habrá tiempo para que se adapte a la nueva vida. Deja que la vaya descubriendo. Y de paso que disfrute.

—De acuerdo —respondió el tío Heller.

—Aunque quizás habrá que contarle del Jardín, ¿te parece?—dijo Kelly.

—¿Tú crees?

Kelly asintió. Yo iba escuchando el diálogo y siguiendo con la cabeza a los protagonistas, como en un partido de tenis, sin enterarme de nada, y mi curiosidad aumentaba con cada palabra que oía. Por suerte, al parecer, la etapa de martirizarme ocultándome información ya había concluido, y yo ya me había hecho merecedor de explicaciones más concretas.

—Toda organización secreta que se precie, tiene algún tipo de liturgia. Especialmente las más poderosas. Las religiones, la masonería, la mafia, todas tienen algún tipo de ritual, necesario para mantener una cohesión que salga de lo estrictamente laboral. Nosotros también. Le llamamos El Jardín de las Delicias, y es una saturnal donde nos reunimos a manifestar nuestra decisión de seguir juntos, de protegernos y de amarnos.

—Por Dios, Gottfried —intervino riendo la tía Kelly—

, suena como si estuvieras leyendo un prospecto turístico.

—Y dirigiéndose a mí, agregó—: Es más sencillo que eso, Alan. Ya lo verás cuando tenga lugar.

La conversación se interrumpió con la llegada de Brad, quien, contrariamente a lo que le conocía, vestía de manera informal, y sus modales habían cambiado, de ser el obsecuente empleado, a una persona perfectamente normal. Traía un computador portátil en las manos y, sin mayores introducciones, se vino a sentar a mi lado.

—Alan —me dijo—, tengo una llamada para ti.

Puse el laptop en mis rodillas, y en la pantalla vi aparecer a mis padres, sonriendo de oreja a oreja.

—¿Alan? —dijo mi padre— ¿Cómo estás?

—No puedo estar mejor —se me salió, imprudentemente, pero intenté arreglarlo con un—: pero os echo de menos.

Mi padre rio y comentó:

—Seguro, estando en Maui habrá mucho que eches de menos de Los Ángeles.

—¿Cómo te sientes, hijo? —preguntó mi madre.

—Muy bien, mamá —respondí—, me han tratado maravillosamente.

—No te preocupes que te lo estamos cuidando bien —agregó la tía Kelly.

—¿Y cuándo nos lo mandáis de vuelta, Kelly? —repuso mi madre.

—No lo sé todavía, mamá —respondí—. Depende de muchas cosas. Además, recuerda que mi etapa de prueba en Nueva York es de seis meses.

—Vale, hijo —dijo mi padre—. Tómate tu tiempo.

No dijimos todas las frases de buena crianza del libro, todas las declaraciones de amor filial existentes, y todas las promesas de portarme bien y de cuidarme, y terminamos la comunicación.

Era realmente notable, cómo mis padres habían asimilado una situación tan difícil, como la vivida en los meses pasados, y se habían adaptado a la vida nuevamente, como si nada hubiera ocurrido. Especialmente me llamó la atención la jovialidad con que mi madre y la tía Kelly se comunicaban, incluso después de haberse hecho público que habíamos tenido una relación pecaminosa.

Respecto a la posición de mi familia directa respecto a lo que me había contado el tío Heller, también tenía curiosidad por saber más. Esperé que Brad, cerrara el computador y se marchara, para lanzar la siguiente pregunta.

—¿Mis padres también saben de la existencia de CCR?

—Tu padre más que tu madre —me respondió el tío Heller.

—¿Mi padre también pertenece a la organización?

—No —dijo Gottfried—, aunque podría si quisiera. Se lo hemos propuesto, pero ha declinado educadamente. Eso sí, ha colaborado mucho con nosotros en varias cosas importantes.

—En todo caso, él sabía lo que estabais haciendo conmigo —pregunté.

—No en detalle —dijo el tío Heller—, pero lo llamé para decirle que no se preocupara.

Ahora entendía varias cosas. Toda la farsa, orquestada para probar mi lealtad más allá de toda duda, haciendo uso incluso de la justicia ordinaria, con la consiguiente pérdida de tiempo y recursos de los contribuyentes, ya era conocida por mis padres, y a eso se debía su relativa pasividad, y el haber aceptado mantenerse al margen de los procedimientos.

—¿No es ilegal jugar así con la justicia, con la policía y con los impuestos de la gente, sólo para ver si aceptan un nuevo miembro para vuestra organización? —pregunté.

El tío Heller sonrió, complacido por mi franqueza.

—La justicia y la policía juegan con nosotros regularmente, y hemos hecho suficiente para aliviar los impuestos de los contribuyentes de este país, como para tener el derecho de tomarnos algo prestado de vuelta. Por cierto, CCR pagó las costas del juicio, aunque no le correspondiera, y la policía recibió una donación anónima de varios cientos de miles de dólares, para que modernice su laboratorio.

—¿Y qué pasará con Jason? —pregunté—. El juez le advirtió que no volviera a presentarse ante él por la manera como llevó mi defensa. Eso no puede ser bueno para su carrera, y a mí me sabe muy mal.

—No te preocupes por Jason —dijo el tío Heller—. Eso se lo ha dicho el juez Sleady unas treinta veces, pero en el fondo lo aprecia. Volverá a llevar un caso ante él, te lo aseguro.

Sacudí la cabeza, tratando de liberarme de los restos de incertidumbre que todavía me quedaban. Al parecer, la famosa organización de la cabeza de puerco investido de monja, tenía unos tentáculos ilimitados, al punto de ser capaz de poner o quitar gobiernos, de comenzar o terminar guerras y de decidir los destinos de cualquier organización, institución o estado. Y todo esto bajo la forma de una secta secreta, que funcionaba como una logia, con ceremonias paganas y todo.

Obviamente, para esto la organización interna y el secretismo tenían que ser impecables, y cualquier filtración podría resultar fatal. No creí que a mí, como el más nuevo de todos, me explicarían algo, pero de todos modos me atreví a preguntar.

—Cuéntame, tío Heller, ¿todos los miembros de CCR están al tanto de las actividades y los propósitos de la organización? ¿Todos tienen «jardines» y eso?

—No —respondió Gottfried—, solamente un grupo de elegidos tienen todos los privilegios y las informaciones. En el esquema hay rangos, que van desde los que piensan que trabajan en una ONG de ayuda al desarrollo, y manejan los documentos dándoles el significado literal, mientras otros pueden leer entre líneas e interpretar lo que realmente dicen. Pero esos tampoco lo saben todo. Están más comprometidos con la firma, pero en ningún caso podrían resultar peligrosos para CCR, porque no saben lo suficiente de nuestro funcionamiento. Y así va la pirámide hasta llegar a los Electa, los escogidos, que son los que tienen acceso a toda la información y a todas las ceremonias.

—¿Me estás diciendo que yo soy un electo? —pregunté.

—Un Electus. Sí. Por eso tienes el anillo.

—¿Y Brad? —pregunté, para cotejar hasta dónde llegaba mi exclusividad con la distinción.

—No —dijo el tío Heller—. Brad no. Es un funcionario de seguridad, con muchas atribuciones y razonablemente informado, pero no alcanza a ser un Electus. Por lo tanto no participa en ceremonias, ni tampoco tiene el derecho a usar anillo.

Brad regresó con una pequeña bandeja con un café y un zumo de naranjas, y lo dejó en la mesilla al lado del sofá. Le agradecí cordialmente el que se hubiera tomado la molestia y le dije que la próxima vez no se preocupara, que yo mismo me encargaría de hacerlo. Después de enterarme que se trataba de un agente de seguridad de la organización, me sabía muy mal tenerlo trabajando como un empleado para servicio doméstico.

—No te preocupes —dijo—. Es la única manera de contactar entre el personal de servicio y este lugar, cuando no hay una autorización expresa para que ellos puedan venir. Yo tengo acceso a todos los sitios, y por eso me encargo de hacerlo. Además no me cuesta nada.

Dicho esto, se dio media vuelta y se fue, para dejarnos conversar.

Asentí, creyendo entender, y una vez que hubo salido, pregunté al tío Heller:

—¿Éste es el cuartel general de CCR?

—No —dijo Gottfried—. Es nuestra casa. Y la tuya. El cuartel general está en Nueva York y es prácticamente invisible. Todo funciona a través de circuitos cerrados de internet en todo el mundo.

—Lo que sí está en Maui es el Jardín —agregó Kelly—. Aquí hacemos las ceremonias y nos reunimos cuando estamos de vacaciones.

No sé qué cara habré puesto, pero los tíos Heller tienen que haber notado que estaba siendo demasiada información de una vez, y me sonrieron con lástima.

—Bebe tu café —me dijo Gottfried—, que se te enfría.

30

El aeropuerto internacional Kahului, de Maui, estaba viviendo una época de bastante congestión con la llegada de una gran cantidad de jets privados, una contingencia que, afortunadamente, los controladores de vuelo tenían prevista, por haberla vivido anteriormente. Un importante número de limusinas con choferes uniformados, montaba guardia en el estacionamiento para recoger a decenas de pasajeros de ambos sexos, de aspecto próspero y elegantemente vestidos.

Uno de los viajeros recién llegados llevaba el nombre de Jason Carter, y era el que me había representado como abogado durante el juicio que se me siguió por el homicidio de la persona con la que yo había desayunado esta misma mañana.

Habían pasado seis días desde mi llegada a Maui, y mi vida no podía ser más apacible. Mi hambre por la tía Kelly seguía inalterable, pero nuestros encuentros se habían reducido al del día de mi llegada y poco más. O, mejor dicho, nada más. Fuera de los besos de buenos días, no habíamos tenido mayor acercamiento físico, pero yo, curiosamente, a pesar de conservar mi ímpetu juvenil intacto, había ganado considerablemente en paciencia.

Seguramente el hecho de saber que la posibilidad era

real y el deseo mutuo, me hacía saborear la pausa, seguro de que dejaría paso inexorablemente al amor carnal.

Vi llegar a Jason y descender de la limusina, acompañado de una bella mujer de unos treinta años. El chofer los dejó en la puerta de la casa y fue a aparcar el coche. En el momento en que lo veía aparecer desde mi balcón, sonó el teléfono celular «oficial».

—¿Sí? —respondí.

—Alan —me dijo el tío Heller—, tu abogado ha llegado, por si quieres venirlo a saludar.

—Seguro, voy enseguida —dije.

Ya desde hacía tiempo que tenía la impresión de que Jason era bastante más que un abogado encargado de los asuntos del tío Heller, entre los que se contaba el salvarme de la inyección letal, pero no sospechaba que fuera tan importante. Ahora que comprendía la significación del anillo oficial, que mi defensor lució durante de sus visitas a la cárcel, las cosas me quedaron más claras.

Cuando aparecí en el salón, me encontré con los tíos Heller y los recién llegados, departiendo amigablemente. Al verme entrar, Jason se acercó a saludarme, con gesto entre jovial e irónico:

—Vaya, vaya, se ve que la cárcel te ha sentado de maravilla. Y la recompensa por haber ido a ella, todavía más.

Nos estrechamos la mano con cordialidad, sonriéndonos mutuamente.

—Magda —dijo Jason—, ven a conocer a uno de mis más complicados clientes.

La mujer que venía con él, más guapa y más elegante de lo que pude constatar desde el balcón, se acercó a mí con expresión afable y me dio un sonoro beso en la mejilla, alcanzando a rozar la comisura de mis labios con los suyos.

—Cuidado, Magda, que te estoy mirando —dijo la tía Kelly, con una sonrisa.

—Genial —respondió Magda—, me encanta que me miren.

Jason se dirigió a mí con un aire algo más serio:

—Entiendo que ya has sido integrado con todos los honores.

—Casi todos —corrigió el tío Heller.

—Me alegro mucho por ti —dijo Jason—. Tienes que estar muy orgulloso. No ocurre a menudo que alguien es incorporado a nuestra organización, sin siquiera haber sido informado previamente de su existencia.

—Tampoco son muchos los que habrían aceptado ir a la cárcel o jugarse la vida, por no traicionar a su gente —dijo la tía Kelly.

—También es verdad —repuso Jason, con una sonrisa, señalando la escultural figura de la tía—, pero la recompensa hacía que valiera la pena.

—Pero eso Alan todavía no lo sabía —dijo Kelly.

El tío Heller se incorporó al diálogo, en un tono jocosamente severo:

—¡Joder! No lo sabía hasta que a ti se te ocurrió la brillante idea de enviarle una postal, para calentarle las hormonas al chico en la cárcel. Y este leguleyo irresponsable —agregó señalando a Jason— se la entregó.

—En ese momento ya todo estaba claro —dijo mi abogado—, y el chico había sufrido bastante como para no ofrecerle algún consuelo.

—Y vaya consuelo que le diste —agregó Gottfried—. Esta mujer estaba como una perra en celo a la espera de su Alan.

—Todavía lo estoy —susurró la tía Kelly, produciéndome el efecto de un golpe de corriente eléctrica en los genitales que, si no hubiera sido porque yo era uno de los pocos que conservaba un poco de sentido del decoro en esa reunión, me habría llevado a un orgasmo espontáneo.

—¿Participará en el Tríptico? —preguntó Magda.

—No —respondió el tío Heller—. Esperamos que solamente esté presente, si quiere.

—Paciencia, querida —dijo Jason a su mujer—. Ya llegará tu turno.

La tía Kelly reaccionó ante la broma con más seriedad de la esperable en gente tan sofisticada, pegándole un sopapo a mano abierta en la nuca a Jason, que casi lo hace derramar el licor que llevaba en la mano.

—Calma, mujer, que fue una broma —exclamó Jason, entre risas.

—¿Una broma? —intervino Magda—. ¡Una mierda! ¡De broma nada!

Yo observaba con estoica tranquilidad, al menos aparente, cómo esas buenas gentes se cachondeaban de mí, sin dejarme decir una palabra, pero no alcanzaba a enfadarme por lo que oía. Todo lo contrario. El diálogo era suficientemente explícito como para que me diera una idea bastante clara de los alcances de los eufemismos con que se referían a la famosa obra del Bosco. El "Jardín", el "Tríptico", todo apuntaba a la celebración de la "saturnal", aquella ceremonia misteriosa en la que los «Electus» de la poderosa CCR, se manifestaban recíprocamente su lealtad, su fidelidad y su libido.

—¿Vendrá Jake? —preguntó Jason, cambiando de tema.

—Supongo que sí —respondió el tío Heller—. Aunque

no suele llegar a última hora, y la reunión es mañana.

La tía Kelly se había reunido conmigo y me había tomado del brazo, quizás para marcar el territorio ante los tejos desvergonzados que me estaba tirando Magda.

—Jake es uno de los directores generales —me dijo Kelly al oído—. Es el hombre de gafas oscuras que te conté que encontré en el bar de Hollywood, donde conocí a Gottfried. No suele perderse los «Jardines», aunque, a sus más de setenta años, ya no suele participar.

—¿Y el próximo «Jardín» es mañana?

—Sí —dijo Kelly—. Mañana.

—¿Y dónde? —pregunté.

—En una mansión a unos dos kilómetros de aquí. Hasta hace algunos años se llevaban a cabo en Nueva York, pero por razones de seguridad se cambió de lugar, aunque se conservó la liturgia. ¿Vendrás?

—Si, seguro. Si me lo permiten.

—Por supuesto —dijo Kelly—. No hay quién pueda no permitírtelo, ahora que eres un Electus. Te vendrás en nuestra limusina. Brad te dejará tu esmoquin por la mañana.

—¿Esmoquin? —pregunté.

—La reunión es con traje de etiqueta.

—¿Y capuchones, caretas y antifaces? —pregunté, pensando en Kubrik y sus "ojos cerrados de par en par".

—No —rio Kelly—. Nosotros nos conocemos todos y no necesitamos ocultarnos.

—A mí no hay muchos que me conozcan —dije.

—Pero ya saben de ti. Y como puedes ver, has despertado mucha atención.

Ay, si los pendejos de mis hermanos me vieran ahora, con qué gusto me cachondearía de ellos hasta sacarles lágrimas de impotencia. Cómo se morirían de envidia, después de haberme despreciado durante tanto tiempo por no ser tan astuto y tan curtido como ellos. No es que los odiara, ni que les tuviera tanto rencor como para desearles mal, pero, joder, podrían haber sido un poco menos cabrones y menos egoístas con alguien que necesitaba tanta asesoría como yo.

La tía Kelly me miraba con ojos de «pobre, mi niño, vamos a ver si sobrevives ésta», mientras me pasaba la mano mansamente por el pecho. La impresión que me daba era la de una gran conmiseración, pero movida por el cariño. No podía entender ese súbito rapto de sensibilidad en una mujer tan dura como Kelly, pero las cosas se me aclararon cuando, al día siguiente, la limusina nos condujo a las ocho de la tarde, hasta una mansión, cercana a la playa en Lahaina.

El traje de etiqueta me quedaba como hecho a la medida. La tía Kelly estaba despampanante, con un vestido de noche negro, sin mangas, pegado al cuerpo, que le hacía destacar sus esculturales líneas. Llevaba su cabello azabache tomado en un moño que resaltaba la belleza de su cara. No llevaba pendientes, ni joyas, ni adornos de ningún tipo. Era su hermosura y su vestido, y no hacía falta más.

El tío Heller, con su elegancia habitual, lucía un esmoquin negro de tres piezas, con camisa con chorrera y corbatín de lazo tradicional. Parecíamos un grupo en dirección a un estreno de Hollywood, aunque la ocasión era bastante menos frívola que esa.

Cuando arribamos a la descomunal mansión, el ambiente distaba mucho de ser festivo. Las luces de la entrada eran discretas, cumpliendo solamente con la función de permitir orientarse a los visitantes. El portón de doble hoja estaba cerrado, y cuando nuestro chofer nos abrió la puerta para que bajáramos, el tío Heller me hizo entrega de una tarjeta magnética dorada.

—Haz los honores, Alan —me dijo—. Bienvenido al Jardín de las Delicias.

Introduje la tarjeta en la ranura, y el portón se abrió, solemnemente, para dejarnos entrar. Detrás encontramos un ambiente en semipenumbra, pero suficientemente iluminado para reconocer el lugar. Un mayordomo uniformado nos dio la bienvenida, y nos precedió hasta lo que parecía ser el salón principal, ampliamente iluminado.

Era una estancia que contrastaba con la arquitectura exterior de la mansión. Tenía formas arcaicas de castillo francés del Siglo XIX, con arcos y balcones que nadie hubiera esperado encontrar en un entorno tan moderno. Sin embargo, no parecía ser una escenografía de cartón piedra, como en los parques temáticos, sino que daba la impresión de auténtico.

Lo que desde luego no era artificial, eran los atavíos de los invitados. Había unas treinta personas, de ambos sexos, vistiendo trajes y joyas que, sumadas, deberían haber alcanzado para pagar la deuda externa de cualquier país del Tercer Mundo. El mobiliario, relativamente profuso, también daba la impresión de antiguo, aunque con elementos muy funcionales. Había algunas camas redondas, cojines o pufs, que se entremezclaban con los sofás y los sillones de estilo Luis XV.

Caminamos por el salón, saludando con inclinaciones de cabeza a los presentes. Nadie hablaba, pero todos nos respondían la venia con una sonrisa. Parecían estar esperando algo, pero el ambiente era relajado.

En un momento, mientras recorría con la mirada la habitación, tropecé involuntariamente con una mujer. Se dio vuelta y me miró con unos ojos verdes que no recordaba haber visto tan bellos en mi vida. Lejos de molestarse por mi torpeza, me miró con simpatía y asintió con la cabeza, antes de que yo tuviera la posibilidad de decir algo, y romper la ordenanza de silencio, que, al parecer, regía en el lugar. Su cara era la de una modelo de Vogue, y su cuerpo de Victoria's Secret. Incliné mi cabeza en señal de respeto, y seguí mi camino, mientras ella se daba vuelta hacia su acompañante.

Jason nos divisó desde una esquina y se acercó a encontrarnos, acompañado por Magda, su esposa. Nos estrechamos las manos, nos abrazamos con auténtica cordialidad y los hombres nos besamos con las mujeres. Magda, esta vez, no se molestó en detenerse en mis comisuras, y me plantificó sus labios directamente en la boca, como lo hizo también con Gottfried y con Kelly.

El camino estaba señalado y solamente faltaba que lo siguiéramos. O, mejor dicho, lo siguieran, porque yo no estaba allí para participar en nada, sino como observador atento, y ávido de aprender. El tío Heller, todavía sin pronunciar palabra, me tomó del brazo y me condujo hacia uno de los sillones para que tomáramos asiento. A nuestro lado, un hombre mayor, de cabello cano y gafas oscuras, nos recibió con un parco movimiento de cabeza. Presumí que ése era el mencionado Jake, testigo de la primera azotaina que se llevó la tía Kelly en ese bar de mala muerte, como preludio a la vida que tenía la suerte de disfrutar hoy.

La luz se atenuó levemente, con la excepción de algunos focos direccionales que permanecieron brillantes, cuando se escuchó el sonido de un gong. Varios de los asistentes cambiaron de posición, y otros se ausentaron. El silencio reinante se vio cortado por la inconfundible música tradicional hawaiana, que se escuchaba desde el exterior, con sus instrumentos de percusión, hechos con una calabaza, y sus flautas de bambú sopladas con la nariz.

La mayoría de la gente que yo conocía, que eran cuatro personas, había desaparecido sin que me percatara. El único que quedaba de la expedición, el tío Heller, no demoró en ponerse de pie y caminar hacia otra habitación. Yo, que ignoraba las reglas de procedimiento, permanecí sentado e inmóvil, a la espera de que ocurriera algo.

El momento no tardó. La mujer alta, de ojos verdes, que me había llamado la atención cuando entré, por su porte elegante y su bella figura, apareció en uno de los pasillos del piso superior, dirigiéndose a la escalera para bajar nuevamente a la sala. No la había visto subir, pero en medio de tanta gente, y curioso como estaba por absorber todo lo que pudiera de lo que estaba viviendo, no me pareció extraño.

Lo que me llamó más la atención, sin embargo, fue que viniera desnuda, flanqueada por dos hombres, vestidos con la misma elegancia del resto de los presentes, y con una expresión de seriedad en su rostro. Detrás venía otra mujer si ropa, y después varias más, todas acompañadas por fornidos galanes vestidos de etiqueta. Una vez llegadas a la planta baja, se distribuyeron por la gran habitación, y a la hermosa de lo ojos verdes casi la perdí de vista.

A mi alrededor, varios hombres y mujeres se pusieron de pie y comenzaron a recorrer el salón, por razones no enteramente justificables, lo que me motivó para hacer lo mismo. En mi caso, sin embargo, la razón era más que comprensible: una curiosidad malsana que me hacía buscar a la de los ojos verdes para seguirme maravillando con su belleza, y para tratar de enterarme en qué consistía su participación desnuda en la festividad.

No tardé en encontrármela a los pocos metros, teniendo sexo furiosamente con uno de los hombres que la acompañaban, en medio de una corte de observadores que seguían atentamente la acción. La escena era suficientemente interesante como para atraer la atracción de un mirón bisoño y pueril como yo, pero en algún sitio de mi cerebro, había otra escena que me producía un temor que no alcanzaba a entender. Por como se habían dado las cosas, y por lo que me habían explicado, el escenario que me imaginaba me parecía perfectamente concebible. Lo que temía era no ser capaz de soportarlo.

Separé mis ojos de la pareja y me dirigí al dintel de la siguiente salida, cubierta por la tela roja de la cortina. Tenía la sensación de estar entrando a la cueva de un oso, listo para descuartizarme de un zarpazo apenas asomara la cabeza. Todos mis sentidos se concentraban en tratar de quitarme de la cabeza los malos presagios, pero no lo conseguía. Hubiera bastado con darme la media vuelta y volver a mi sitio, o a mirar a la de los ojos verdes, siendo violentamente poseída por un extraño, pero mis reflejos no me respondían.

Aparté la cortina y entré a una habitación más pequeña, pero con un decorado similar a la principal. Había varias parejas haciendo el amor, y la regla del silencio, al parecer, ya se había derogado hacía algún tiempo, porque los gemidos se sentían por todos los sitios, sin que nadie pareciera esforzarse en contenerlos. Sin necesidad de prestar mayor atención, reconocí una voz ronca, fascinante y erótica, que me traía tantos recuerdos. Reaccionaba como si estuviera comenzando a aproximarse a un orgasmo, repitiendo gemidos intermitentes, como un mantra, con una tesitura cada vez más baja y menos audible, pero presente como los resoplidos del viento previos al temporal.

Me acerqué y vi a la tía Kelly en los brazos de Jason

Carter, profiriendo los grititos que presagiaban la eyaculación. El punto culminante no tardó en llegar, y el cuerpo escultural de la tía Kelly se arqueó, en una contorsión lasciva, dejando salir todos los jugos imaginables, y empapando toda la habitación con el metal impúdico de su voz. De su voz de mala puta romana.

Si hubiera sido creyente, lo único que hubiera hecho en ese momento, habría sido rogarle a Dios para que me permitiera llorar. Para que me dejara caer una lágrima que me dejara en claro que estaba sufriendo. Para que me consolara, convenciéndome de que la erección que sentía, no era más que un reflejo de mi sistema nervioso, que nada tenía que ver con la excitación sexual de ver a la mujer que amaba, en brazos de cualquier hijo de puta.

Kelly envolvió el cuello de su amante y lo besó en los labios con un ardor indecoroso, sucio, ideal para impulsarme a largarme de allí y lanzarme a las vías del metro. «¿Habrá metro en Maui?» Seguro que no, me dije. Y lanzarse a las ruedas de un bus, no es lo mismo. Sin darme cuenta, me sorprendí riendo como un idiota, tratando de organizar en la estantería de mi cerebro, todas las ideas que mariposeaban en su interior. Y muy especialmente, tratando de entender qué sentía. Podían ser celos, o ira, o desprecio, o dolor, o excitación. O tal vez amor, un amor irremediable, insoportable e incorruptible. Amor. Eso podía ser también, sin duda.

31

En el tiempo que llevaba viviendo en la mansión en Maui, nunca nadie me intentó coaccionar para que hiciera algo que no fuera exactamente lo que me saliera de los cojones. El respeto por mi privacidad era absoluto, y a nadie se le hubiera ocurrido violarlo. A pesar de eso, no había pasado un día sin que me hubiera juntado con los tíos Heller. No necesariamente para desarrollar alguna actividad, sino simplemente para tener alguna conversación o saludarnos fugazmente.

Todos los días habíamos desayunado juntos, excepto el posterior al «Jardín de las Delicias». Nadie, ni los tíos, ni los miembros del personal de servicio, que se desvivían por satisfacer todos mis deseos, hicieron ningún intento por convencerme, o siquiera invitarme, a que continuara con la incipiente tradición. De la cocina me llamaron para preguntarme si quería desayunar, y dónde, alrededor de una hora después de que notaran que no había acudido a mi cita matinal habitual con los tíos.

El día transcurrió sin que nada alterara la paz de mi estancia. Sin habérmelo propuesto, había conseguido poner mi mente en blanco y pensar en otras cosas, para no tener que verme confrontado con algún dilema interno. Dios no me había mandado ni un solo sollozo todavía, aunque, bien es verdad que apenas se lo había pedido, y no muy convencido. «Será que de verdad no existe», pensé, y pasé página.

Toda esta comedia de auto engaño, desde luego, venía motivada por mi más sincera cobardía. No me atrevía a enfrentarme con la tía Kelly, que era enfrentarme con mis debilidades. Y tampoco quería estropear una carrera ya comenzada tan promisoriamente, embadurnándola con heridas que a nadie le interesaban y que habían nacido para ser invisibles. La había visto con otro hombre. Pues, a la mierda. Si había de ser así, que fuera así.

Por otra parte, nadie me habría exigido jamás fidelidad a mí tampoco. Y esa era una ventaja que estaba dispuesto a aprovechar el primer día en que participara en un «Jardín» activamente. Me pegaría como lapa a la mujer de los ojos verdes, y no la soltaría hasta que me hubiera dado el gusto. O a Magda. Especialmente a Magda. Ella me deseaba, y no podría haber una satisfacción mayor para mí, que follarle la mujer a ese hijo de mil putas que se atrevió a tocar a Kelly.

No, sinceramente no había remedio. Mientras más buenos propósitos reuniera y más buenas razones recolectara, el puñal seguía donde estaba, y mientras más lo movía, más me dolía. Mala puta. Por lo visto habías nacido para hacerme sufrir. Y lo de la mente en blanco era una mentira. Una mentira más de las muchas que estaba viviendo.

El celular sonó a eso de las seis de la tarde. Había almorzado solo en mi cuarto, y había pasado el tiempo tratando de concentrarme en otras cosas que no fueran mis obsesiones. Era un SMS del tío Heller.

«Si quieres ver imágenes del Jardín, vente al dormitorio.»

Imágenes del Jardín. Lo único que me faltaba. Tenía la cabeza llena de imágenes que no podía sacudirme y que me estaban lacerando la puta alma, y ahora me invitaban a ver las fotos. Parecía una confabulación, y presumí que sería una prueba más. Y estaba convencido que esta vez no la pasaría.

«Voy enseguida», tecleé, dispuesto a enfrentar mi destino y a sincerarme con el tío Heller. No podía seguir así. El espectáculo de ayer me había roto el corazón, y ya era hora de reconocerlo. Y si esa era la condición para seguir formando parte de la organización, que no contaran conmigo. Mi lealtad seguiría siendo la de siempre, pero había pruebas que estaban por encima de mi capacidad de dolor, y me alegré de haberlo reconocido a tiempo.

Golpee comedidamente con los nudillos en la puerta, y desde dentro, la voz de Gottfried me invitó a entrar:

—Pasa, Alan.

Abrí, y vi a los tíos Heller, recostados en la espaciosa cama, manipulando varios mandos a distancia a la vez. La tía Kelly me dirigió una de sus sonrisas y me paró el corazón. Mi reacción fue la única que no había previsto, entre las muchas que había imaginado durante mis sesiones de auto flagelación espiritual.

Recordé inmediatamente su cuerpo desnudo, balanceándose, en una penumbra rojiza, sobre el vigoroso miembro de mi abogado, y lo que sentí fue la más primitiva y brutal excitación sexual. Me hubiera corrido ahí mismo, si no fuera porque mi visita tenía otros propósitos. La ira dejó paso al deseo, los celos a la lujuria, el amor a la obsesión.

Además, no podía estar más bella. Estaba arrodillada en la cama, vistiendo un sujetador de triángulo, color crema, unos shorts tipo bóxer con estampado de tigre, y su cuerpo perfecto. El pelo lo llevaba atado nuevamente en un moño; como aquel que quedó hecho una miseria ayer, a consecuencia de los tirones y los sudores de la fornicación pública.

—Ven, Alan, siéntate aquí —dijo el tío Heller, señalando el otro lado de la cama.

Mi voz, que no parecía responder a mis órdenes cerebrales, dijo:

—¿Sabes, tío Heller? Prefiero que no.

Ambos me miraron extrañados. La tía Kelly se dio vuelta y me clavó los ojos, con una expresión, entre dolor y rabia, que nunca le había visto. O eso creí interpretar. Parecía ofendida por mi actitud, y yo no podía entender a qué se podría deber. Al cabo de unos segundos, siguió manipulando el mando a distancia y lo apuntó hacia el enorme televisor que colgaba de la pared.

—¿Qué haces? —preguntó el tío Heller.

—Lo apago —dijo la tía Kelly, con voz queda.

Ambos se quedaron mirando por algunos momentos, y al parecer llegaron a un acuerdo, porque el tío Heller dejó el otro mando en la mesa de noche, y cruzó los brazos a la espera de mi reacción.

—Siéntate —me insistió Kelly—. No seas tonto.

Me tendió la mano y me llamó a su lado, y ahora sí que fui incapaz de negarme a obedecer.

—Por lo visto prefieres olvidar la ceremonia de ayer —dijo el tío Heller, yendo al hueso de la cuestión.

No respondí, pero seguro que mi rostro había contestado por mí.

—No pasa nada —dijo Kelly—. No cambiará nada. Estás en tu derecho.

—Lamento no ser tan evolucionado —dije—, pero antes de mostrar debilidad, prefiero hacerme a un lado. Espero no estar faltando a la lealtad con eso.

—¡Pero, qué dices! —exclamó el tío Heller—. Todo está dentro de lo normal, y tu imagen no cambiará en nada

porque no te puedas adaptar a determinadas formas de vida.

—No creas que eres el único —terció Kelly—. No alcanzamos a llegar a esa parte tú y yo cuando estábamos trabajando en el libro, pero a mí me pusieron pruebas muy difíciles también. Tanto que estuve pensando seriamente en no continuar. Por suerte, parecen estar tan seguros cuando eligen un miembro, que cuentan con que, con el tiempo, terminará cumpliendo con todos los requisitos.

Pues, por lo visto, conmigo no habían acertado, y me pareció extraño. ¿Es que no habían hecho un análisis psicológico lo suficientemente serio de las reacciones de un veinteañero, como para no correr el riesgo de incorporarlo a tareas tan delicadas y a compartir secretos tan sensibles, sin temor a una reacción inconveniente? Me costaba creerlo, pero al parecer era así. A menos que yo no me conociera a mí mismo tan bien como me conocían ellos.

—Todos están conscientes que la famosa «ceremonia» no es más que una cochinada para tener sexo con todo el mundo —dijo Kelly—. Aunque también sirva para evaluar personalidades. En mi caso, estos cerdos me pusieron a prueba el primer día. Me plantaron delante un chico polinésico que no tendría más de quince años.

—Tenía veintiuno —interrumpió el tío Heller—, solo que se veía más joven.

—Pero no me lo dijeron. El hecho —continuó Kelly—, es que se veía tan niño que me imaginé que podrías ser tú —esa era tu edad, en esos tiempos— y no me lo pude tirar. Después me dijeron la verdadera edad y me dieron una segunda oportunidad.

—Y vaya que la aprovechaste —dijo el tío Heller.

—Y tú también, cabrón —dijo Kelly, dando un pellizco en el brazo a su marido. Y luego, dirigiéndose a mí, agregó—

: Estos degenerados me follaron entre los dos.

El sentido de la conversación me estaba recordando la atmósfera de «las memorias», sólo que esta vez, su «alemán» estaba presente acariciándole los muslos, mientras ella contaba las aventuras sexuales a las que había tenido que sumarse, para demostrar sus aptitudes como miembro de pleno derecho de CCR. Como era de esperarse, mi reacción estaba también comenzando a ser la misma. Estaba sintiendo una excitación extraña que me hacía olvidar todo lo que pudiera haber a mi alrededor, y pasar por alto cualquier objeción ética, sentimental o social que pudiera tener.

—Yo tenía poca experiencia en los tríos, y ni hablar de la doble penetración —continuó Kelly, con la naturalidad de quien está contando de sus últimas vacaciones en Tampa.

Era increíble que estuviéramos hablando de esas cosas, cuando en todos lo años que los conocía, no recordaba que hubiera habido una sola conversación respecto a intimidades sexuales, subida de tono o con groserías gruesas por parte de nadie. El tema y la situación eran totalmente surrealistas, y yo me sentía a merced de aquellas personas tan cercanas y, a la vez, tan desconocidas, cuya cama estaba compartiendo.

—Por lo visto, nuestro Alan todavía no se termina de acostumbrar —dijo el tío Heller, interrumpiendo la entretenida narración de Kelly.

—Ya lo hará —respondió la tía, mientras se desataba despreocupadamente los tirantes del sujetador de triángulo, color crema—. Y que no piense que tener celos, o que le duela algo en algún sitio por ver a la persona que ama teniendo sexo con otro, es totalmente malo. De ninguna manera. Yo también he tenido que tragar saliva más de una vez, viendo a mi alemán follar a una desconocida. Y más si es más guapa que yo.

—Nadie es más guapa que tú —saqué la voz por primera vez, después de mucho rato.

Gottfried rio francamente y comentó:

—¿Lo ves?

—Sí —respondió Kelly—. Aprende pronto. De hecho esa frase te correspondía decirla a ti.

—Ya te la he dicho demasiadas veces —respondió el tío Heller.

—Nunca son demasiadas —dijo Kelly. Y acercándose a mí, agregó—: Gracias, mi amor.

El beso llegó como de la nada. Nuestros labios se juntaron suavemente, se abrieron como si fuera un automatismo, largamente practicado, y nuestras lenguas se acariciaron con la dulzura de la primera vez, y la cotidianeidad de los que se aman desde siempre. La mano de la tía Kelly acariciaba la pierna de Gottfried, mientras nos perdíamos en el beso.

Cuando nos separamos, con la parsimonia de quienes no quieren dejar de amarse tan pronto, me percaté que la escena se estaba pareciendo el famoso «Almuerzo sobre la Hierba», de Manet, que muestra a una mujer desnuda sentada entre varones completamente vestidos. Yo, al igual que el tío Heller, llevaba una camiseta y un pantalón deportivo, tenidas que contrastaban con la semidesnudez de la tía Kelly. La situación pareció llamarle la atención también a Gottfried, porque, como si nos hubiéramos puesto de acuerdo, dijo:

—Parecemos los protagonistas de un famoso cuadro francés.

Kelly captó la idea inmediatamente y reaccionó.

—Espera, no totalmente.

Rápidamente se despojó de su short con adorno de tigresa, y adoptó la pose de la modelo de la pintura. Los tíos Heller rieron. Yo no pude más que sonreír y tragar saliva.

—¿Todavía te pone violento que alguien, fuera de ti, me vea desnuda, Alan?

—Bueno —respondí—, el tío Heller es tu marido. Es a él al que debiera molestar que yo te viera desnuda.

—Pero a él no le molesta —dijo Kelly—. ¿No te parece significativo?

No tenía muy claro hacia dónde iba la conversación, pero estaba cierto de que el propósito de la reunión era aclarar algo la parte psicológica del trato.

—Y tampoco le molestó que yo te besara —continuó Kelly—. ¿Te molestaría verme besándolo a él? Al fin y al cabo, él es mi marido. Tú lo has dicho.

—No lo sé —respondí, algo fastidiado—. Da igual.

—¿Da igual? —preguntó Kelly, ante la atenta mirada de su esposo—. ¿De verdad?

Guardé silencio a la espera de lo que venía. Y lo que vino fue lo más obvio y lo más temido. Kelly giró su cuerpo felino hacia Gottfried, y sus labios se unieron en un beso largo y hondo, mientras las manos del tío Heller recorrían el cuerpo primorosamente torneado de su mujer, desde el nacimiento de sus caderas, a través de su espalda hasta llegar a su cuello tostado por el sol, que yo quería estar acariciando en esos momentos.

La mano de Kelly se separó de su cuerpo y se extendió hacia donde yo estaba. Me prendió de la camiseta y me atrajo hacia sí. Cuando me tuvo a la suficiente distancia, dejó de besar a Gottfried, giró su cabeza por sobre el hombro, y me ofreció sus labios. Volví a sentir su lengua acariciar la mía, y mi deseo se multiplicó hasta el infinito, al punto que, armado de un valor desconocido, me atreví a rodear su cintura y tenderla suavemente sobre la cama. Me recliné por sobre ellas, besándola con ansias y con el propósito de no dejarla más.

Noté que Gottfried le acariciaba el pelo azabache, y que la sensación de su mano hacía que la tía exhalara roncos gemidos de satisfacción que me traspasaba con su boca. Casi sin querer, mi mano recorría su muslo, hasta llegar al costado de sus caderas. Como un niño que no puede resistir la tentación de entrar a robar manzanas, estando la verja abierta de par en par, mis dedos buscaron su sexo. Comencé a palparla suavemente hasta que me decidí a penetrarla con mi índice.

Kelly separó las piernas para permitirme accionar mejor, pero al mismo tiempo separaba sus labios de los míos, para posarlos sobre los de su alemán. El tío Heller se había despojado de sus ropas sin que yo me hubiera percatado, y su miembro, admirablemente cooperativo para un cincuentón, estaba presto a iniciar las actividades.

Me hice a un lado, comedidamente, mientras Gottfried se recostaba sobre su mujer y comenzaba a poseerla con esmero, esperando la reacción a cada sacudida. La mano de Kelly me buscaba, mientras sus suspiros delataban su placer. Cogí sus dedos entre los míos, y sentí cómo la tía los oprimía cada vez que se veía inundada por el ímpetu de su alemán.

En medio de la acción, mi excitación ya estaba mostrando contornos inconfundibles que no pasaron desapercibidos para la tía Kelly. Retiró su mano de la mía y palpó hasta encontrar mi pantalón deportivo. Luego de varios intentos chapuceros por quitármelo, la liberé de la obligación y me lo desabotoné yo mismo.

Su mano cogió mi sexo y comenzó a acariciarlo con fuerza, mientras el resto de su cerebro se concentraba en el goce que le estaba entregando Gottfried. Y el primer orgasmo no se hizo esperar. El registro vocal de la tía Kelly bajó a tesituras cavernosas, y las convulsiones de su cuerpo comenzaron poco a poco a remecer todo el entorno, hasta llegar al punto culminante.

Un áspero aullido detuvo el tiempo, y el fastuoso cuerpo de Kelly adquirió una rigidez marmórea, mientras su mano oprimía mi miembro hasta hacerme temer por su integridad, y con la otra clavaba las uñas en la espalda del tío Heller hasta dejarle visibles marcas.

No sé si en medio de su frenesí, la tía Kelly tuvo la precaución de oprimir mi pene para evitar una eyaculación precoz, o si fue una casualidad, pero en la práctica eso fue precisamente lo que hizo. Por mi parte, a pesar de mi escepticismo frente a lo paranormal, sentía que estaba teniendo una experiencia extracorpórea. Mi cuerpo astral flotaba por el recinto, totalmente ajeno a lo que estaba ocurriendo, y no conseguía hacerme a la idea de que en ese momento se estaba celebrando una orgía íntima, con la tía Kelly como protagonista estelar y conmigo de figurante.

Quizás eso me salvó de empezar a hacerme composiciones de lugar y exámenes de conciencia, que habrían resultado muy inoportunos en esos momentos. La tía Kelly me volvió a traer a la tierra con una sonora carcajada, y deshaciéndose del tío Heller se dio vuelta hacia mí, me agarró por el cuello y me dio un furibundo beso. Después, con la prolijidad de una enfermera profesional, me tendió de espaldas y se inclinó recorriéndome el torso con sus labios hasta llegar a mis zonas más erógenas.

Escogió la más prominente y comenzó a lamerla con

delectación. Ya tenía yo la experiencia de varias veces anteriores, como para saber las alturas insondables en que se encontraban la tía Kelly en el arte de la felación, pero esta vez se agregó un elemento todavía más afrodisíaco. Mientras la tía repasaba con su lengua toda la superficie de mi miembro, el tío Heller aprovechaba la oportunidad para poseerla por detrás, dando el disparo de salida para una serie de ingeniosas variantes.

Yo ya había bajado varios escalones en la categoría animal, y lo único que me importaba era satisfacer mi concupiscencia, aunque corriera el riesgo de degradar a alguien que amaba. En cualquier caso, la impulsora de toda la situación, parecía ser precisamente la persona a la que yo tenía temor de herir en su sensibilidad. Durante la sesión, fue ella la que eligió posiciones y amantes, y ella la que llenó la pieza de orgasmos, mientras que el tío Heller y yo no fuimos más que obedientes voluntarios, ávidos por provocárselos.

En un momento en el que el devenir de los acontecimientos sorprendió al tío Heller de espaldas, con Kelly cabalgándolo abrazado a su cuello, mientras yo los observaba, se produjo lo que parecía ser la coronación de los excesos.

—¿Estás segura? —preguntó el tío Heller a su mujer.

—Fue idea tuya —respondió Kelly—. Hay que ser consecuentes.

—Como quieras.

El rostro, de la tía Kelly, perlado de transpiración y parcialmente velado por una cascada de pelo negro, se giró hacia donde yo estaba. Me miró con una media sonrisa, que tiene que haber sido la versión bella de la que le dedicó la serpiente parlante a nuestra primera madre cuando le ofreció la fruta. Su dedo índice me hizo la señal, para mí inequívoca, de que su deseo era que me acercara a ellos y la penetrara por detrás mientras el tío la poseía vaginalmente.

Lo hice. Mi cuerpo astral me observó atentamente mientras vivía un estado extraño, entre exaltación y temor. Me sentía coronando la relación más pura con la gente amada, y al mismo tiempo mancillándola con mi placer indebido. Kelly resoplaba como una loba, mientras su cuerpo eterno determinaba el ritmo de las embestidas.

Su boca iba desde los labios del tío Heller a los míos, como si tratara de engullir un momento irrepetible, y de dejar escapar todo el fuego que llevaba adentro, mientras se aseguraba de que no la abandonáramos. Nos tenía dentro de ella, taladrando sus entrañas, y no nos iba a dejar escapar.

No sé cuánto duró, pero fue corto. Aunque hubiera durado años, fue corto. Aunque hubiera durado toda una vida, fue interminablemente corto. Un acto de sexo salvaje convertido en acto de amor y, como todo acto de amor, finito. No podría decir qué fue lo que nos llevó, a Gottfried y a mí, a eyacular casi al mismo tiempo. Habrá sido algo que Kelly nos dijo, o algo que hayamos visto, o tal vez pura magia. De todos modos, por lo que a mí respectaba, la realidad ya no existía. Estaba viviendo el final de un sueño, y al despertarme ya habría tiempo de descubrir si fue bueno o no.

La tía Kelly permaneció tendida en el pecho de su marido por mucho tiempo, hasta recuperarse de las sacudidas que había compartido con nosotros en el orgasmo común. Yo, por mi parte, habiendo hecho entrega oficial de la mujer que amaba, al hombre que la amaba antes que yo, me salí de mi cárcel de piel húmeda, con el cuidado del que manipula una mariposa en un insectario, a sabiendas que cualquier movimiento brusco puede destrozarla.

Era el respeto antinatural, movido por razones estéticas,

hacia un insecto muerto. En este caso, no sabía qué había muerto, pero la situación era la misma. Un temor reverencial ante algo que había dejado de existir. La tía Kelly lanzó un breve chillido al notar que me salía, pero no intentó detenerme. Solamente se incorporó perezosamente y me dio un corto beso en el pecho.

Me eché a un lado de la cama, y esperé a que ocurriera algo.

—Joder —dijo Kelly, con voz aguardentosa.

—¿Estás bien? —preguntó el tío Heller.

—Sí —respondió, quitándose una mata de pelo de delante de los ojos.

Pasados algunos momentos, la tía Kelly se dio vuelta hacia mí y repitió la pregunta:

—¿Estás bien?

Cualquier respuesta que hubiera dado habría sido incompleta, por lo que me decanté por un «sí», sin mayores añadidos.

32

¿Cuántas veces puede cambiar radicalmente la vida de un ser humano sin que se vuelva loco? Una vez mi padre denunció a alguien que se pasaba la vida dando órdenes contradictorias a un perro, con el sólo propósito de confundirlo, con lo que había logrado ponerlo al borde de la insania, y desarrollado una agresividad que lo hacía muy peligroso. La policía le dijo que no podía hacer nada, pero una sociedad de protección de animales tomó el caso en sus manos, y en pocas semanas el perro estaba en un refugio para animales maltratados.

En los últimos días me había cruzado por la mente llamar a esa sociedad para ver qué podían hacer por mí. Había pasado de tener una vida totalmente anodina, a transformarme en el centro de atención de una organización de poder ilimitado. Esa tía política que yo y mis hermanos admirábamos, desde la intimidad de nuestro cuarto de baño, se había transformado en mi amante, me había costado un juicio por asesinato, y ahora que me había vuelto loco por ella de deseo, se ponía a tirar con otros hombres delante de mí.

Y para completarlo, un trío de proporciones épicas con ella y otra de las personas a las que yo admiraba y quería como a un padre: el tío Heller, su propio marido. Toda la soberbia que me había hecho mofarme a la distancia de mis pobres hermanos, se había esfumado por completo. No llegué a pensar que no les desearía que pasaran por lo que yo estaba pasando, porque estoy seguro que lo habrían disfrutado como cerdos, pero ya no podía mofarme de mi propia felicidad. Esa felicidad que, a estas alturas, se había vuelto irreconocible.

No sabía qué había pasado en mi cabeza y me odiaba a mí mismo por no ser capaz de disfrutar lo que otros matarían por tener. ¿Quién sabe? A lo mejor al perro le gustaba que lo trataran así y mi padre le jodió la vida. A lo mejor a mí me gustaba la vida de nerd que el destino me había adjudicado, y la fortuna, el poder y el sexo que me ofrecía CCR, obviamente sin pedir nada a cambio, solamente servían para hacerme salir del único entorno en el que podría haber llegado a ser feliz por mí mismo.

Pasaron varios días y los tíos Heller habían desaparecido o, al menos, sus actividades se desarrollaban en todos lo sitios en los que yo no estaba presente. Los desayunos comunes se acabaron por decisión mía. Las tardes en la piscina se transformaron en plácidos chapuzones en las cristalinas aguas del Pacífico, en la playa más lejana a la mansión.

Era posible que estuviera echando por la borda una oportunidad única, pero algo en mi interior me decía que yo era un juguete. Un monigote del que se estaban burlando. Y eran tan cabrones que, para hacerlo, no escatimaban gastos ni esfuerzos. Quizás hasta hayan hecho alguna apuesta entre ellos, diez dólares o algo así, a que me quebraría antes de darme cuenta de que todo era una broma pesada.

Seguro que después me dejarían en paz. No pensaba que los tíos Heller fueran a desearme mayor mal que el de reírse un poco a mis expensas. Pero incluso eso lo ponía en duda. Si la imagen de ellos había cambiado tan dramáticamente, respecto a lo que yo les conocía, ¿por qué no se podrían haber transformado también en una pareja de inescrupulosos, capaces de traicionar la lealtad que ellos mismos exaltaban tanto, y de destruirme la vida?

Un día, regresando de la playa, sonó el teléfono celular. Al otro lado escuché una voz que me sonaba familiar.

—¿Alan? Soy Richard. Richard Miller. ¿Te acuerdas de mí?

—Por cierto —respondí.

—¿Cómo te han tratado en Maui? —preguntó.

—No me puedo quejar —contesté.

—Me imagino —rio Richard—. ¿Cuánto tiempo piensas quedarte?

—¿En Maui? —dije—. No lo sé. Hasta que me lleven de vuelta, supongo.

—Pero no has decidido nada todavía —dijo Richard.

¿Decidido? Pero ¿qué tenía yo que decidir? Yo solamente era un bufón al servicio de los señores para que se troncharan de la risa de mí. Un inservible del que no podían sacar más provecho que el utilizarlo para una diversión pasajera. No era más que aquel pobre joven polinésico que utilizaron para bautizo de sangre y semen de Kelly durante sus orgías. Seguro que ése habrá corrido la misma suerte que iba a correr yo, pensaba. Seguro que le dieron la patada en el culo y volvieron a lo suyo como si nada, hasta encontrar a otro desgraciado para reírse de él.

Mi estado de ánimo estaba en un punto tan bajo que ya no podía pensar claramente en nada. Era como si me estuviera dejando arrastrar por la ola a la playa, habiendo perdido toda posibilidad de llegar nadando, para que me azotara contra las rocas como a un pelele. Yo no podía ofrecer otra alternativa mejor. ¿Y ahora yo tenía que decidir?

—No —dije, continuando la conversación—, no he pensado en nada.

—Bueno —dijo Richard—, entonces podemos comenzar a planificar.

Guardé silencio. A planificar, dijo Richard. A planificar. Vamos a ver por dónde salen ahora. Me quieren volver loco, pensé. Una cosa es que me hayan apartado temporalmente de mi condición de capullo ingenuo e inexperto, y otra que me conviertan en un paranoico. Podría ser algún tipo de experimento psiquiátrico o algo, como los que hacían los rusos en los años de la Guerra Fría.

—¿Alan? —dijo Richard.

—Sí —respondí, algo sobresaltado—, estoy aquí.

—¿Tienes tu agenda?

El cuaderno al que se refería era el hombre de CCR, estaba sobre la cómoda de la habitación, y me había llamado la atención en el momento que entre a vivir allí, pero desde entonces no me había vuelto a interesar.

—Sí, aquí la tengo —dije.

—¿Qué te parece el dieciséis? —preguntó Richard—. En tres días más ¿Tienes algo?

—No —respondí—, no tengo nada.

—Perfecto. Entonces quedamos en el dieciséis a las tres de la tarde, en la oficina central de Los Ángeles.

—¿No en Nueva York? —pregunté, no sé por qué.

—No. No es necesario. Son cosas que se pueden llevar en California.

—Bien —dije, sin entender una palabra.

—Y, por cierto —dijo Richard—, tu renuncia a CCR no ha sido aceptada. Nos vemos.

Colgué y, como si no tuviera suficientes problemas tratando de imaginarme lo peor, la llamada me había abierto otras dudas en otros flancos. Por lo visto yo no era desechable. Tuve que ponerme de pie y dar algunos pasos por la habitación, hasta que se me quitaran las ganas de coger la botella de vino y rompérmela en la cabeza por idiota. Una cosa era ser poco realista, otra era ser demasiado pesimista, y otra era ser gilipollas. Ya estaba bien de seguir imaginándome lo peor. Ahora se trataba de sacar algo en limpio, por fin, respecto a mi futuro en la organización.

El motivo para ponerme en contacto con el tío Heller no podía ser más válido. Tenía que marcharme y había que organizar las cosas. Lo llamé a su número y me respondió enseguida:

—Dime, Alan.

—Tío Heller, necesito que hablemos.

—Te espero en el escritorio—me dijo Gottfried, poniendo fin a la conversación.

Cuando pocos minutos después entré al amplio salón que hacía las veces de escritorio, pero que en realidad era una pinacoteca, con cuadros que serían el orgullo de cualquier museo de clase media europeo, el tío Heller me esperaba fumando su pipa.

—Ven —me dijo—. Sentémonos aquí.

Nos ubicamos en un apartado con confortables sillones, y una mesa con dos tazas de café, listas para ser llenadas. El tío Heller tomó la cafetera de porcelana y me dijo:

—¿Te sirvo?

—No gracias —respondí—, ahora no.

—Bueno, tú dirás.

El semblante del tío Heller era tranquilo, sin denotar ningún tipo de sentimiento que no fuera de atención por lo que tenía que decirle.

—Richard Miller me ha llamado. Me ha dicho que tenemos una reunión el dieciséis en Los Ángeles.

El tío Heller dio una bocanada a su pipa y dijo:

—¿Se trata de la cita del DIF?

—No lo sé —respondí.

—Seguramente es eso —dijo Gottfried—. Es el Departamento de Informática Forense. Seguramente te van a evaluar para darte las primeras orientaciones. Por cierto, si prefieres hacerlo en Nueva York, puedo pedir que lo cambien.

—No, no —respondí, aliviado por ver una reacción tan natural por parte del tío Heller.

—En la práctica da igual porque la comunicación es por conferencia a diversos países. En principio, tú deberías estar en Nueva York, pero tu tía Kelly decidió que quería viajar el dieciséis a Los Ángeles y contamos solamente con un avión.

—Qué bien —dije, como podría haber dicho cualquier cosa.

—Es importante que te compenetres muy bien en lo que se discuta —continuó el tío Heller—, porque a contar de un determinado momento tu trabajo será crucial, como el de todos los informáticos forenses de la firma. Paralelamente irás recibiendo instrucción por circuito privado de internet, para irte poniendo al día de todas las materias que desconoces. Creo que con la base que tienes, no tendrás problema en aprobarlo todo en muy poco tiempo.

Asentí educadamente, tratando de poner las piezas del rompecabezas en el agujero adecuado.

—Me hubiera gustado que te hubieras quedado más tiempo disfrutando de tu tiempo libre —dijo el tío Heller—, pero quizá sea mejor que cambies de aire, y que regreses más fresco a aprovechar este paraíso.

Unos suaves golpes en la puerta interrumpieron la conversación.

—Adelante —dijo el tío Heller.

Brad, el fiel empleado de la casa, entró con una carpeta y la dejó sobre el escritorio.

—Cuando tengas tiempo, los revisas, Gottfried, por favor. Hola, Alan.

—Hola —respondí.

—He empacado tu maleta con tus cosas para el viaje. Si quieres revisarlas están sobre la cómoda en tu habitación. Espero que no te moleste que haya entrado sin avisar.

—De ninguna manera —dije—. Gracias.

El empleado hizo una venia y se retiró.

—No te preocupes por nada —dijo el tío Heller inesperadamente—. Ya estás dentro y no tienes nada que temer. No habrá más pruebas, y las que has tenido las has pasado con honores.

Sonreí, me puse de pie y me acerqué al tío Heller para darle un abrazo, como solía hacer antes que se transformara en un coloso insondable, y era solamente el cariñoso y fiel marido de la tía Kelly.

Gottfried me dio el beso de siempre y echó mano a las carpetas para comenzar a estudiar los documentos que trajo Brad. La reunión había terminado.

Salí al pasillo y algo me hizo querer recorrer el camino de los dormitorios para dirigirme a mi apartamento. Era más largo y totalmente innecesario, pero quería pasar por el sitio de los excesos para ver mi reacción. El asesino siempre vuelve al lugar del crimen. Había muchas cosas todavía dando vuelta por mi cabeza, y quería darme una pequeña terapia de shock, a ver si podía ordenar algo antes de marcharme.

Crucé frente a la puerta del dormitorio principal y percibí el vaho de perfume que provenía desde dentro. Mi memoria se llenó de imágenes sueltas, sucediéndose con violencia, una tras otra, incluyendo todas las que pensé que quería olvidar para poder retomar mi vida, y mi reacción, una vez más, fue exactamente la opuesta a la que quería tener. Esta vez, sin embargo, asumí la situación como era e intenté comenzar a convivir conmigo mismo.

Yo era un egoísta, un posesivo y un celoso, y a la vez, mi libido se soliviantaba ante determinados estímulos que justamente atacaban esos puntos de mi personalidad. Quería a Kelly para mí solo, pero verla hacer el amor con otros me excitaba hasta la locura. Algo que seguramente le ocurría al tío Heller también. La gran diferencia es que él era la persona con la que había unido su vida para siempre, y yo era un pasatiempo. En cualquiera de los casos el dolor era dulce, pero era un dolor. Y lo sería mucho más cuando llegara el momento de terminarlo todo.

¿Carpe diem? Una leche. Yo era demasiado pusilánime para eso. Todos a mi alrededor eran más fuertes, y todos tenían el poder para hacerme daño. Mi refugio era mi habitación en la casa de mis padres, con mi computador y mis recuerdos. La manera de no sufrir decepciones es no hacerse ilusiones. Vivir de lo que uno tiene sin aspirar a más, y disfrutar mientras pueda.

Viviría de mi prestigio y de mis secretos. Y Herb y Sal se morirían de envidia y de curiosidad. Suficiente para mí.

33

Llegué al salón y allí estaba Kelly, más bella que nunca, sentada en el sofá, hojeando algo con su aire de emperatriz. Levantó los ojos cuando me sintió entrar, y parsimoniosamente se puso de pie. Me detuve como el conejo encandilado por las luces del coche, mientras ella se acercaba a mí, con aire displicente.

Llegó a mi lado y me abrazó por la cintura. Miré sus ojos y me dio la impresión de que había llorado. Nunca vi llorar a la tía Kelly, y no sabía cuales eran los resultados cuando ocurría, pero creí adivinar un tono enrojecido en su mirada, como si por allí hubieran corrido lágrimas.

—¿Me vas a llevar a Los Ángeles? —preguntó.

—Sí —respondí.

—¿Me amas? —dijo.

—Más que a nadie en el mundo —contesté.

Me abrazó fuertemente, recostando su cabeza en mi hombro, y pensé que estaba luchando por no quebrarse. Vaya idea estúpida. ¿Por qué iba a quebrarse la tía Kelly en presencia mía? Era la persona más fuerte que conocía. Una persona que se había divertido haciéndome sufrir y abusando de mi admiración perruna hacia su persona. Seguro que no lo hacía con mala intención, pero es una ley natural que los alfas usufructúen de su poder ante los sumisos de la manada.

Alzó la cabeza y pude percibir el vestigio de una sonrisa. Me miró fijamente a los ojos y me besó. Nos besamos. Con el oficio ya adquirido de las parejas enamoradas, buscando los sitios y los movimientos ya conocidos. Acariciando nuestras lenguas y oprimiendo nuestros cuerpos con sutil energía.

—Alguna vez habremos de conversar sobre todo esto —me dijo, buscando las formulaciones—. Espero no haberte hecho daño. Siento que me amas más de lo que pensaba y que no te has podido deshacer de los pensamientos… amargos que te ha dejado verme en determinadas… situaciones. ¿Tengo razón?

—Un poco —dije, sonriendo.

—A mí me pasa lo mismo —dijo Kelly—. Hay que ser pendeja. Venir a enamorarme de un mocoso imberbe como tú. Pero es así. Contra eso no puedo hacer nada.

Mi cuerpo, generalmente presa de una dulce tensión cada vez que tenía contacto con la tía Kelly, sufrió un remezón de una intensidad que no recordaba haber sentido antes. Las palabras de la tía Kelly eran sinceras. Sus ojos la delataban y mi corazón las reconocía.

—No cambia nada —continuó Kelly—. Gottfried y tú son mis grandes amores y lo serán para siempre. Por lo demás, ya veré si me apetece alguna vez volver a tener sexo con alguien que no seáis vosotros. Si a ti no te importa lo haré, porque mi alemán lo disfruta. Y si no, lo convenceré de que no te puedo hacer sufrir.

Me costaba creer lo que estaba escuchando. La tía Kelly estaba tomando decisiones vitales, basada en mis sentimientos. De mí dependía si la vida libre y sincera que compartía con el tío Heller continuaba o no. El sentido de la lealtad volvía a ponerse a prueba con aristas diferentes, como todas las lealtades. Serle fiel a uno, significa serle infiel a otro. CCR, secta de la cabeza de cerdo, ya puedes ir modificando tus estúpidos principios y tus idealismos de culebrón. La lealtad no existe.

EPÍLOGO

El miércoles quince, a las trece horas, Brad me pasó a buscar a mi apartamento para llevarme al aeropuerto. Cogió mi maleta y me precedió a la puerta.

—¿Llevas tu celular y las tarjetas? —preguntó.

—Sí —respondí.

—El anillo puedes dejarlo aquí si lo deseas. No creo que lo vayas a necesitar en Los Ángeles.

—Lo he dejado en la caja de seguridad —dije.

Me había despedido del tío Heller el día anterior, porque él tenía que viajar a Honolulu, y habíamos quedado de encontrarnos de vuelta en Los Ángeles en ese mismo mes.

Cuando llegamos al coche, Brad me abrió la portezuela y allí estaba la tía Kelly con los ojos pegados a su móvil.

—Buenas tardes —dijo, con una sonrisa—. Bienvenido a bordo.

Nos oprimimos la mano sin mayores efusiones y nos acomodamos en los mullidos sofás de la limusina. Durante el camino hacia el aeropuerto no recuerdo que hayamos cruzado palabra. Cada uno iba mirando por su ventanilla y tengo la impresión de que ambos sonreíamos. Yo, desde luego, pero me pareció que ella también. El día estaba soleado, con algunos nubarrones más oscuros en el horizonte. El mar, de color turquesa, con manchas blanquecinas de las crestas de las olas, parecía estar en relativa calma. El camino se hizo corto y bello.

Llegamos al aeropuerto de Kahului y, como era de esperarse, todas las formalidades fueron olímpicamente ignoradas, para llevarnos directamente y sin control alguno al aparato que nos esperaba.

Subimos y nos acomodamos en nuestros asientos, mientras la tripulación se esmeraba en hacer todo lo posible para conseguir nuestra comodidad. En la cabina de pasajeros se respiraba un aire de paz. Nos repantigamos en nuestros asientos, y por alguna razón inescrutable que hace a los enamorados comportarse como idiotas, nos volvimos a sonreír.

Cuando desde la cabina del piloto nos llegó la instrucción de abrocharnos el cinturón porque estábamos a punto de partir, Kelly se levantó de su sitio en el otro costado del avión, y vino a sentarse a mi lado. Me cogió la mano y entrelazamos los dedos, mientras el aparato iniciaba su despegue, calmo e insonoro como siempre. El avión tomó altura en poco tiempo, y volví a sentir ese estado de levitación mágica que tanto me había impresionado a la ida.

—¿Regresarás a Maui alguna vez? —preguntó Kelly.

—No lo sé —dije con sinceridad.

—Yo sí —dijo la tía, secamente.

La aclaración era evidentemente superflua. Por supuesto que regresaría. Tenía su hogar y su marido allí, y por su cabeza no pasaban todos los fantasmas que llenaban la mía. A ella no le causaba ningún conflicto su vida de participante activa de «Jardines». Todo lo contrario, solamente le traía satisfacciones, goce físico y tranquilidad espiritual. Y la posibilidad de demostrar una y otra vez su lealtad a la organización y su fidelidad *sui generis* a su esposo. Por supuesto que regresaría.

—Me gustaría que tú también lo hicieras —agregó—, pero no te lo puedo exigir.

—Duele mucho —se me salió, sin querer.

Kelly alzó mi mano y la besó suavemente.

—Lo sé —dijo—. A mí me está doliendo también.

La miré sin entender, pero no me atreví a preguntar. Cuando la puerta de la cabina de servicio se abrió, y un sobrecargo entró a ofrecernos algo de beber, Kelly me soltó la mano y se puso de pie para retornar a su asiento.

El silencio que tanto había admirado en esos aviones de lujo, lejos de tener el efecto relajante de la primera vez, se transformó en un factor de tensión. No podía llenarlo con música, porque me habría puesto más inquieto, ni me atrevía a cubrirlo con palabras porque no sabía las que iba a escuchar de vuelta de Kelly. Y nada me causaba más temor que oírle las equivocadas.

Pasaron las horas y los numerosos refrigerios con los que el personal nos agasajó, y el comandante nos informó que estábamos comenzando a aterrizar en Los Ángeles. Nos conminó a que nos abrocháramos nuestros cinturones de seguridad y nos manifestó su esperanza de que el viaje hubiera sido agradable.

Por lo visto, el despegue y el aterrizaje eran procedimientos que inquietaban a la tía Kelly, a pesar de su experiencia en el jet set, y del hecho que volar en avión es el sistema de transporte más seguro. Sin decir palabra, se vino a sentar nuevamente a mi lado y me cogió la mano para volver a entrelazar los dedos.

—Tengo que verte nuevamente en Maui —dijo suavemente—. Son demasiadas cosas las que quiero aclarar, y el único lugar para hacerlo es ese.

—Si me quieres en Maui, me tendrás en Maui —respondí.

Me dio un pequeño apretón y pocos minutos después el avión tomaba tierra. Como siempre, el procedimiento, despojado de formalidades y de burocracia, fue muy rápido, y después de despedirnos de la tripulación nos encaminamos al Mercedes negro que nos esperaba a algunos metros del avión.

Gastone estaba parado al lado, con una amplia sonrisa y vestido elegantemente. Después de los saludos de rigor nos montamos en el voluminoso carro.

—¿Dónde vamos primero, señora? —preguntó Gastone.

—Dejaremos primero a Alan y después a casa —respondió Kelly.

El coche comenzó a recorrer las atestadas calles, cubiertas de humo, en dirección a mi hogar. No les había avisado de mi llegada, pero presumí que la eficiencia enervante de CCR había cumplido con ese trámite.

La llegada a Los Ángeles no nos había vuelto más locuaces, y Gastone no colaboró demasiado en que esa situación cambiara. Parecía complacido de vernos llegar, y especialmente a su señora, aunque no lo manifestó demasiado abiertamente. Kelly le había dado un sonoro beso en la mejilla cuando llegó, y a eso se redujo el contacto hasta que aparcamos el carro frente a mi casa.

Se produjo un momento de tirante silencio, hasta que la tía Kelly se volvió hacia mí, acercó sus labios a los míos y después de besarme suavemente me dijo:

—Adiós, Alan. No te olvides de llamarme mañana. Todavía nos queda mucho que trabajar en el libro.